之
Balancing
间

平　衡　你　自　己

深渊与繁星

王晓渔 著

南方传媒 广东人民出版社
· 广州 ·

图书在版编目（CIP）数据

深渊与繁星 / 王晓渔著 . -- 广州 : 广东人民出版
社 , 2025.6. -- (斯文丛书). -- ISBN 978-7-218
-18042-7

I. I267.1

中国国家版本馆 CIP 数据核字第 2024DN7450 号

SHENYUAN YU FANXING
深渊与繁星

王晓渔　著

版权所有　翻印必究

出 版 人：肖风华

策划编辑：陈　卓
责任编辑：钱飞遥　陈　卓
封面设计：周伟伟
责任技编：吴彦斌

出版发行　广东人民出版社
地　　址：广州市越秀区大沙头四马路 10 号（邮政编码：510199）
电　　话：（020）85716809（总编室）
传　　真：（020）83289585
网　　址：https://www.gdpph.com
印　　刷：广东信源文化科技有限公司
开　　本：889 毫米 × 1194 毫米　1/32
印　　张：9.5　　字　　数：160 千
版　　次：2025 年 6 月第 1 版
印　　次：2025 年 6 月第 1 次印刷
定　　价：59.00 元

如发现印装质量问题，影响阅读，请与出版社（020-87712513）
联系调换。
售书热线：（020）87717307

序言

　　"深渊"一词来自鲁迅的《野草·墓碣文》（1925
年）："于浩歌狂热之际中寒；于天上看见深渊。于一切
眼中看见无所有；于无所希望中得救。"这里的"深渊"
或许受尼采影响，不仅是那句被简化为格言的"当你凝
视深渊，深渊也凝视着你"（《善恶的彼岸》）；"深渊"也
来自"渊深"，鲁迅在《摩罗诗力说》（1907年）开篇以
尼采语句作为引言："求古源尽者将求方来之泉，将求新
源。嗟我昆弟，新生之作，新泉之涌于渊深，其非远矣。"
（《查拉图斯特拉如是说》）

"繁星"一词来自一位捷克剧作家:"有时,我们要下到井里看看繁星。"此前,康德说过:"位我上者,灿烂星空;道德律令,在我心中。"

"于天上看见深渊"与"下到井里看看繁星",形成互文。深渊可能是新泉,新泉映照着繁星。

2023 年冬春之际于上海

目录

辑一｜寒冬夜行人

在一望无垠的沙漠中奔驰
——"浪子"常玉

在《巴黎的鳞爪》里，徐志摩想起在巴黎时常拜访一位不羁的画家。这位画家住在一条弥漫着鱼腥味的小街尽头，A字型阁楼中间是一张书桌，堆满画册、烂袜子、各色的药瓶、断头的笔杆、没有盖的墨水瓶子、手枪、照相镜子、断齿的梳子……一侧是黑毛毡的床铺，翻身就会碰到屋顶。一只破木板箱蒙着一块灰布，既是梳妆台又是书架，上面是晃着半盆胰子水的洋瓷面盆和一部旧版的卢梭集子。

这完全是一个垃圾窝，但徐志摩称为"艳丽的垃圾窝"。"艳丽"，是因为斑斓的墙壁上贴着主人到处淘来的画，可能出自罗丹和蒙克之手。已经陷下去的发霉的沙发上，曾经坐过至少一两百个模特，破床下面有画家十年来千把张的人体素描。

这位画家是常玉（San Yu）。在诸多中国留法画家中，徐悲鸿和林风眠最为知名，常玉与他们系同时代人，却在中国大陆名声不彰，至今画册及研究著作仅有两三本。但在海外拍卖市场，常玉几乎是最受关注的中国现代画家。2011年，他的作品《五裸女》（1950年）以1.28亿港元的价格成交，刷新此前华人油画成交的最高纪录。常玉不仅在拍卖市场上得到承认，还享受着种种迟到的哀荣。2017年台湾历史博物馆举办了"相思巴黎—常玉的艺术"大展，展品包括经过修复的馆藏49幅油画和3幅素描。台湾艺术界对常玉的研究更早，《华裔美术选集：常玉》（陈炎锋著，艺术家出版社）出版于1995年，《常玉油画全集》（衣淑凡编，大未来艺术出版社）出版于2001年。两位作者都做了许多细致的功课，寻访当时健在的常玉亲友，查找资料，考订出他的生平，让这位形象朦胧的画家逐渐变得清晰起来。

这一切，都已与常玉无关。1966年8月，遥远的东方值天翻地覆之时，常玉于巴黎寓所安静离世，原因是煤气中毒。常玉晚年生活非常拮据，曾因修理屋顶的玻璃而摔伤，为了节省颜料的费用他甚至用油漆创作。

常玉于锦衣玉食之家长大，并非贫寒出身。1901年（一说1900年），常玉生于四川，排行第六，有两个哥哥经商颇为成功。常玉的父亲是画师，常玉幼时即拜蜀中名家赵熙为师。俗说"老不出蜀"，常玉在少时即离家远行，先至上海、东京，1921年至巴黎，余生都在"花都"

度过。其间仅回国两次：一次是1927年左右，回国时曾参加作家邵洵美的婚礼；一次是1938年左右，因为兄长去世而奔丧。60年代，常玉一度准备去台湾办画展，并至台湾师范大学授课，但因护照问题未能成行。台湾历史博物馆的部分展品正是他当年寄到台湾的画作，也幸亏有这些画作，使台湾艺术界重新发现常玉。否则，常玉的被发现，可能会再晚上几十年。

游于艺

常玉的一生，有三分之二时间在巴黎度过。"整个的巴黎就像是一床野鸭绒的垫褥，衬得你通体舒泰，硬骨头都给熏酥了的——有时许太热一些"，徐志摩这样说。20年代的巴黎是艺术家的福地，许多成名的或者尚未成名的艺术家聚集在那里，有着各种异想天开的想法，以至于异想天开也变得有些寻常了。

因为有兄长的经济支持，常玉在巴黎最初的生活很从容，从容到了有些游手好闲的程度。游手好闲常有贬义，但"闲暇"是文艺和思想产生的重要前提，school（学派、学校）一词即是从希腊语 skhole（闲暇）演化而来。亚里士多德区分了闲暇和消遣，消遣是"休息与松懈"，闲暇则与沉思有关，"是别无其他目的而全然出于自身兴趣的活动"。（亚里士多德《尼各马可伦理学》，廖申白译，商务印书馆，2003 年，第 306 页）友人王季冈回忆常玉，"人美丰仪，且衣着考究，拉小提琴，打网球，更擅撞球"，但"烟酒无缘，不跳舞，也不赌"。他的生活更接近闲暇而非消遣，可谓"游于艺"。

一个耐人寻味的细节是，常玉没有对现代都市的"震惊"体验，至少在他的画里看不出来。常玉的作品里没有巴黎，也没有其他城市，只是偶尔出现艺术家常去的咖啡馆。但有一件现代器物让常玉着迷，那就是照相机，徐志摩称为"照相镜子"。1919 年，陈独秀在《新青年》（第 6 卷第 1 号）称，"改良中国画，断不能不采用洋画写实的精神"。当写实主义在中国成为美术革命的潮流，常玉却始终保持距离，不知是否是因为对摄影的热爱使他注意到写实面临的危机。

徐悲鸿和林风眠都在巴黎高等美术学校求学，接受学院训练。常玉则在"大茅屋"画室度过自己的游学生涯。"大茅屋"是一座私立画室，只要买票就能进行人体写生。画家庞薰琹想在巴黎高等美术学校进修，被常玉劝阻。常玉还曾对邵洵美表示，如果想成为大画家，在懂得捏笔之后，千万不要再到卢浮宫去。为什么常玉对学院和传统表现出这种决绝的否定？或许是个性使然，更有可能是受到了正在转型的欧洲现代艺术的影响。

常玉前往巴黎之前，中国刚刚发生激烈批判传统的新文化运动，许多中国知识人转而"求新声于异邦"。但在异邦，杜尚们的作品同样颠覆了古典的艺术法则。这或许提醒常玉，可能成为重负的传统不仅来自故国，也有可能来自异邦。批评学院不等于放弃绘画的训练，成百上千张的人体素描说明常玉的闲暇一点儿也没闲着；疏离传统不等于对传统的无知，只有熟悉传统才能从中金蝉脱壳。

巴黎让常玉最为震惊的是人体。在故国频频因为人体模特问题引发争议的年代，常玉只要在"大茅屋"交钱就可以写生。模特不是洪水猛兽，而是游走于艺术家之间的社交明星，其中KiKi被称为蒙巴纳斯女神。在《巴黎的鳞爪》里，不羁的画家表达了对人体之美的迷恋，自称画画的动机"是对人体秘密的好奇"，像矿师发掘矿苗寻觅着"美苗"，"先生，你见过艳丽的肉没有？"

常玉笔下的女性，多有着丰硕的大腿，有时大腿几乎占据了整个画面，徐志摩把他的画称为"宇宙大腿"。这种对身体的夸张描绘，受到欧洲画家们的影响。曾在巴黎生活的画家莫迪利亚尼，笔下的裸女也常有"宇宙大腿"的风采。常玉对"宇宙大腿"的偏爱，不单单是模仿前辈，也可以理解为表达不满，不满于习惯忽略身体、压抑身体的故国传统。

人体不仅是常玉的观看对象，甚至成为常玉观看事物的方式。他会把男性画成女性，甚至万事万物在常玉那里都是和女体相通的，《白瓶花卉》（1930 年代）把花瓶和花画成了身体的模样。《猫捕蝶》（1933 年）里的猫俯身向下捕捉蝴蝶，身体几近于人体，仿佛猫女郎。当时也在巴黎的日本画家藤田嗣治常把裸女和猫并置在同一幅画作里，常玉的裸女和猫融为一体，猫体就是女体。反之，常玉笔下的女体也有可能是万事万物，《金毯上的四裸女》（1950 年）里的四名裸女交错仰卧在沙滩上，具有了鱼的形状，如同施蛰存笔下的《银鱼》："横陈在菜市里的银鱼 / 土耳其风的女浴场。"

虽然四名裸女都是仰卧，但在其中三名裸女的面孔上，常玉只画了一只眼睛。这是常玉的常见画法，《三裸女》（1940 年代）全是一只眼睛。拍出天价的《五裸女》也是如此，五名裸女有四名只画一只眼睛。关于常玉的独具只眼，有很多解释，陈炎锋认为这与当时盛行的绘画技法有关，"能够增加想象空间的单眼人物绘画盛行于20 年代的巴黎"。常玉在一张自己的照片里，故意闭上一只眼睛。原因同样成谜，是为了表现他使用照相机时的神情吗？

重与轻

常玉在巴黎没有水土不服，而是有些如鱼得水的感觉。他有作品参加沙龙展，平日与画家们交往密切，与收藏家侯谢建立联系，还与一位法国小姐成婚，一度从

"艳丽的垃圾窝"搬进摩登公寓。常玉曾为诗人梁宗岱的《陶潜诗选》法文本作过三帧插图，这本书的序言由诗人瓦雷里撰写。我最初知道常玉，正是在翻看《梁宗岱文集》时，被插图触动，进而寻觅常玉的资料，注意到他那些让人折服的作品。

常玉没有像其他画家那样学成归国，迅速执掌艺术机构并培养学生，迅速"桃李满天下"。常玉倾向于"桃李不言"，是否"下自成蹊"不属于他的考虑范围。

画家吴冠中称常玉为"浪子"。随性而为的常玉留在了巴黎，乐不思"蜀"，但也遇到种种问题。常玉的婚姻大概只维持了两年，此后终身没有再婚。常玉与收藏家或经纪人的关系，总是在紧张之中。在艺术市场中，艺术家不仅需要负责创作，经常要分出一半的精力和才能用于自我推销。虽然有经纪人专职做这些事情，但需要有艺术家的配合，常玉却是顽固的不合作者。根据庞薰琹的回忆，常玉常常免费把画送人，同时又会拒绝画商的购买，"人家请他画像，他约法三章：一先付钱，二画的时候不要看，三画完了拿了画就走，不提这样那样的意见。"

长兄去世之后，常玉迅速用掉了自己拿到的遗产，然后经济失去来源。此时，二战开始，巴黎沦陷，常玉只能通过制作陶器维生。战后，常玉一度与摄影家法兰克互换工作室，在纽约生活了短暂的大约一年的时间，然后返回巴黎。他不愿卖画为生，发明了"乒乓网球"，竭力推广，但最终未能获得普遍接受。为了谋生，他出版过中国菜谱，在仿古中国家具店工作，即使如此，购买颜料也成了难题，他后期绘画常用油漆。

1962年，已过60岁的常玉因为修理天窗而摔倒，可谓穷困潦倒。画家黄永玉回忆，"他不认为这叫做苦和艰难，自然也并非快乐。"但是，"不改其乐"正是对常玉的最好评价。有人问常玉年龄，常玉的回答有些"不知老之将至"的感觉："不记得，大概六十岁了。……只要身体好，过得快活，也不觉得年纪有多大。"常玉平时会和植物说话，放音乐给植物听——此种在他人看来有些怪异的举动，如"饭疏食，饮水，曲肱而枕之，乐亦在其中矣"。

40年代是常玉一生的转折点，不仅经济由从容到窘迫，画风也发生变化。艺术史家对这种变化有许多总结：从主题的角度看，早期作品以女体为主，后期作品则以动物为主，植物贯穿始终；从色彩的角度看，早期作品主要是黑、白、粉红三色，后期作品色彩更为多样，黑色贯穿始终。最根本的区别可能表现在内在精神上，常玉早期的作品以轻逸为主，后期的作品则做到了重与轻的平衡。

在故国，救亡和启蒙的任务过于迫切，艺术承担了许多难以承受的重任。重与轻的美学分别被赋予褒贬含义：一边是沉重、凝重、厚重、庄重；一边是轻浮、轻飘、轻佻、轻薄。"轻逸"的美学始终被忽略，或者被等同为轻浮、轻飘、轻佻、轻薄。如果被称为"颓废"，可谓是灭顶之灾。

常玉曾与徐悲鸿往来密切，也加入过"天狗会"，但双方的美学具有巨大的差异。徐悲鸿在艺术史上的地位得益于他坚持重的传统，他的作品和宏大的民族、国家、时代相关，无论是《田横五百士》（1930年）还是《愚公移山图》（1940年）均是如此。同样画马，常玉与徐悲鸿有着天壤之别：徐悲鸿笔下的骏马更多是军马，肩负着某种重任；常玉笔下大多是未经驯化的野马，哪怕是马戏团的马也充满欢快之情。这种反重力的"轻逸"的美学，很容易因为无法满足读者对重的期待而被忽略。

当我因为《陶潜诗选》的插图找到常玉的画册，最为"震惊"的不是那些在拍卖场上已成天价的人体和植物，而是他后期创作的那些动物，既有虎、豹、象、鹰等"猛兽"，也有鱼、水牛、马、长颈鹿等温柔的物种。这些动物在现实中的体积有着千差万别，比如老虎是鱼的无数倍，但常玉把一个个动物放在极为广袤的背景之下，与这种广袤的背景相比，老虎和鱼的区别可以忽略不计。他的《水牛》（1940—1950年代），如果不是有标题提醒，水牛很容易被看作蝌蚪。这种观看视角，显然受到庄子的影响。在《豹栖巨木》（1950—1960年代），豹子在树枝上栖息，树大极了，豹子小极了。

常玉笔下的这些动物是"轻逸"的，它们或者打滚、散步、奔跑，或者在水中游动，或者在空中滑翔，有时还会做出高难度的动作，如《仰躺的豹》（1940年代）和《打滚的马》（1940年）。但是，这些动物与它们所处世界的巨大反差，又唤起时间匆匆而过的仓促感、没有归宿的游离感。尤其是那些微小的猛兽，将重与轻融于一身。友人达昂回忆，晚年的常玉画了一只极小的象，在一望无垠的沙漠中奔驰，他指着这只动物说，"这就是我"。大象无形，小象也无形。

浪子回头

常玉至死未再返回故国，可是在他的画里，故国却无处不在。《猫捕蝶》不仅是把猫体画成了女体，还隐藏了一个中国典故——"猫蝶"与"耄耋"同音，指称八十岁以上的长者。年轻的女体与耄耋的长者，就这样通过"猫捕蝶"建立了神秘的联系。常玉留下的文字很少，没有发表过旧邦如何新命，"老大帝国"如何转型为"少年中国"的议论。但是，他的美学又间接地回应了这些问题。

人们习惯认为中西之间为天堑，"复古"或者"西化"成了两个水火不容的选项。常玉试图越过这个天堑，寻找两者相通之处。在巴黎，他用毛笔进行人体写生，还经常使用宣纸。这些尝试在规范的学院里很难被允许，哪怕你说这是实验艺术，也要等到拥有一定的话语权才行。

常玉喜欢使用各种民间符号和花纹，这些符号和花纹在巴黎如同天书，正如法国观众很难理解"猫蝶"与"耄耋"的关系。菊、莲、梅、牡丹或鱼、马、象、豹，在故国可以引发无数文化想象："采菊东篱下""鱼戏莲叶间""暗香浮动月黄昏""云想衣裳花想容""白马非马""野马也，尘埃也""大象无形""君子豹变"……但是这些在"花都"的观众那里都不复存在，常玉对自己的不被理解很有耐心，一点儿也不着急。

在中国的传统里，常玉很少涉足常见的山水画，笔下偶有风景，也是"素以为绚"。陈炎锋注意到常玉的《盆果》（1932年）与13世纪同乡牧谿和尚的《六柿图》有异曲同工之处。常玉的画愈到晚年愈有禅意，他有多幅画写上"万物静观皆自得，四时佳兴与人同"的诗句（《猫与雀》，约1953年；《万物静观皆自得》，约1955年），诗句来自宋代理学家程颢的《偶成》，而程颢从禅宗那里汲取了许多思想资源。

常玉使用的各种民间符号和花纹，在当时常被艺术家忽略，其中却隐藏着诸多可能。友人庞薰琹回国之后，在这一领域用力甚勤，成为工艺美术的大家。工艺美术有实用的一面，常玉在家具店谋生，即是受益于此，但常玉更为关注的是故国的工艺美术如何成为现代艺术的资源。

常玉没有复古的意思，他试图在中西古今之间穿行。他的作品受到莫迪利亚尼、毕加索、马蒂斯等许多欧洲画家的影响，比如《五裸女》受惠于马蒂斯的《舞蹈》（1910年）。奉写实为圭臬的徐悲鸿，得出"马奈（Manet）之庸，雷诺阿（Renoir）之俗，塞尚（Cezanne）之浮，马蒂斯（Matisse）之劣"的结论，在1929年与倾心现代艺术的徐志摩产生了一场论争。常玉接近徐志摩，他的用心之处在于试图从古典中国寻找现代艺术的源泉。

工艺美术的抽象和文人画的写意，成为常玉理解现代艺术之筏。常玉透露自己的绘画秘密，"化简""再化简"。但是，他没有完全走到抽象艺术的领地，比如只画各种线条、色块，或者涂鸦。或许在他看来，这在故国的工艺美术中都已经出现，并不新鲜。常玉疏离写实的传统，又坚持不彻底放弃具象，写意却不走向抽象主义之途。

常玉的绘画，哪怕是没有任何艺术经验的观众，也不会像观看现代艺术展尤其是抽象主义的作品，完全不知所云。早期作品以《符号化裸女》（约1930年）最为抽象，裸女的头被省略，只是背部和一个极小的三角符号，如果不看标题，很难判断是什么事物。但如果熟悉常玉的作品，会发现它与《曲线裸女》（1932年）非常相似，后者清晰地呈现出女性的面孔和背后的枕头。"符号化裸女"很抽象，她身下的物也很抽象，无法辨认是床还是沙发，但其上的图案却容易辨认，常玉不厌其烦地画出孤舟、奔马、双蟹、浮鱼，等等。晚期作品以《夜景》、《新月》（约1960年）等最为抽象，如果把月抹去，几乎就是抽象绘画，常玉却没有再往前走一步，坚持留下了具体的月。

这种游移于重与轻、故国与异域之间、现代与古典、抽象与具象之间的态度，可能正是常玉被忽略的深层原因。在重看来过于轻，在故国看来过于异域，在现代看来过于古典，在抽象看来过于具象，反之也多半是相看两厌。但这也正是常玉的价值所在，他仿佛奔驰的小象，试图越过种种天堑。

伦勃朗的名作《浪子回头》（1668—1669年），呈现了路加福音里浪子回头的场景。常玉再也没有返回故国，浪子不回头；但他又在自己的作品里无数次"回头"，或许正是无数次的"回头"，使他拥有了在一望无垠的沙漠中奔驰的力量。

（原载《书城》2019年第8期）

谁能够筑墙垣，围得住杜鹃
——"隐者"朱英诞

万人如海一身藏

20世纪50年代至80年代，在北京西城祖家街（1965年更名为富国街）一座三进院落的后院，住着一位常年养病的中学语文教员朱仁建。在女儿的记忆里，父亲带着孩子们种向日葵、步步高、茉莉花、非洲菊、牵牛，一起下象棋、唱京剧、耍花腔。他搜集民间医病偏方，懂点穴位按摩，常帮家人邻里看些小病，平日与人友善，居委会的大嫂不会读报和写大字报，也会来找他。

朱仁建常年生病，提前退休在家，在这里度过了从中年到晚年的时光。这三十年，与同时代绝大多数人不同，朱仁建的一生平静度过。万人如海，朱仁建"泯然众人矣"，却留下约三千首现代诗，此外还有约一千首旧体诗和数百篇文章等。

朱仁健，号英诞，1913 年生于天津，与何炳棣是总角之交，两人同时考入南开中学。一年后朱英诞因病休学，后来考入汇文中学。1932 年，他随家搬至北平，在民国学院读书时遇到老师林庚，林庚介绍他认识了废名。1935 年，诗集《无题之秋》出版，林庚作序；1936 年编成诗集《小园集》，废名作序，未及出版，因为七七事变而作罢。1939 至 1944 年，朱英诞执教于北京大学文学院，讲授新诗。因为沈启无与周作人失和，朱英诞离开北大，后至东北、唐山。1950 年前后，朱英诞返回北京，先后于贝满女中及三十九中学教书，中间短暂在故宫博物院明清档案馆工作，在海淀温泉工读学校讲课。1963 年因病退休，1983 年病逝。

这份简历非常简单，尤其后三十年一览无余，几乎都在祖家街的院落度过。朱英诞与林庚和废名等故旧师友也失去联系，以至于林庚以为他早已无心于诗。朱英诞自认"逃人如逃寇"，"畏名利如猛虎"。这不是他应对时代的权变之宜，"逃人如逃寇"早在 1942 年就曾在一篇文章中作如是说，"畏名利如猛虎"是 1982 年回顾一生时有感。

虽然 80 年代新诗如盛开的昙花，朱英诞的作品也曾刊发过，但没有引发太多关注，出版诗集的计划也搁浅。直至 1994 年，文津出版社才出版《冬叶冬花集》，印数 1500 册。即使在专业范围里，朱英诞渐渐为人所知，也要等到他和废名在北京大学的《新诗讲稿》在2008年由北京大学出版社推出。这两年，海峡两岸陆续出版了他的许多著作，《朱英诞诗文选》是一个较为重要的选本，缺点是编校疏漏极多。

"美好出艰难"

朱英诞受到废名、林庚的影响，这一脉络注重接续古典，尤其重在温李，而非元白。朱英诞最初的写作是田园式的，远人、青天、残照、雪意、浓荫、花香袅袅，这些意象频繁出现在他的作品中。他一度尝试过格律体，每行押韵，字数固定，但很快放弃。

大约从1944年开始，朱英诞的写作开始呈现出复杂性，前面那些熟悉的意象依旧存在，但是增加了新的元素。在《黄昏》（1944年）里，有熟悉的"夜之阴凉里／你拂动着／那一些柔和的柳丝"，更多的是陌生的"地域的时间多么奇异／将点燃起一盏魔术的小灯来；／毒性的花朵是白日的梦影？"《探险家》（1944年）开篇是熟悉的"听取海天私语／阳光为你再满斟一杯"，接下来却是"天秤颠簸像小船／小，但安放着死亡／在一端而另一端是／把死亡掷到夜空的手指。"田园式的和谐感，被"魔术""毒性""颠簸""死亡"打破，带来不确定性。

朱英诞写过颂歌，但颂歌不是全部，他继续着此前的写作，并且做出各种尝试。《小巷的秋深》（1956年）既有平淡的"明天依旧可爱／一段蓝天，一段红墙"，又有奇异的"明天，还很遥远／地球像一柄雨伞／任凭鸡叫，近午夜了"。"一唱雄鸡天下白"是当时的主旋律，朱英诞刚学写诗的时候也曾写过"人间隐隐一声鸡／蓦的唱出红日来"（《红日》，1933年），这时却是"任凭鸡叫，近午夜了"。"地球像一柄雨伞"，很有些废名"灯光里我看见宇宙的衣裳"的风格，但此时的废名已经融入了新的话语体系，并在数年之后写出了《歌颂篇三百首》。

有时候，朱英诞的坚持有些不食人间烟火。大饥荒时期，朱英诞因为生病需要薏仁米做药，但药房中人认为是"以药代粮"。多年以后回想这段往事，平和的朱英诞无法控制愤怒："这实在是可恶之极！然而实际竟没有一个人敢于对此恶毒有所争论！"（《梅花忆旧》，1982年）

在诗中，现实之"恶"并未直接现身。1962年，朱英诞在《韦应物赞》中关心的是西伯利亚的雪和伦敦的雾，韦应物的诗和倪云林的画。在《金环》（1962年）里，他似乎做出了回应，"我望望天空／我望望太阳／沉沦在大海中"。

1964年，朱英诞在《石榴花开有感》中写道：

那么，将要上天入地吗？

不。我将把斗智的心

放进花朵的包容去

将把远行放在闲静里，像鱼

　　"上天入地"是一种战斗的、进取的姿态，朱英诞反其道而行之，"把斗智的心 / 放进花朵的包容去"，"把远行放在闲静里，像鱼"。花朵和鱼、包容和宁静，是朱英诞习惯书写的对象，但这种美好不再是一种自然状态，需要面对"上天入地"和"斗智的心"。美好是艰难的，也只有经历过艰难，美好才不是脆弱的。"人间正无味，美好出艰难"，朱英诞经常引用苏东坡的这句诗，他把快乐分为两种，一种是自然的快乐，一种是苦口余生的快乐，"美好出艰难"属于后者。(《支园小记》，1973 年）

　　朱英诞有着自己"上天入地"的方式，他把自己的诗视为"杰阁"（即高阁），认定"登高是我的隐退的路"（《楼阁》，1971 年），"我退却到高高的小屋里来"（《写于高楼上的诗》，1936 年）是他一以贯之的理念。他曾这样讲述自己的写作历程，"我只是在家园里掘一口井"（《梅花依旧》，1982 年）。向上的"登高"和向下的"掘井"，与"可上九天揽月，可下五洋捉鳖"面对的是不同的天地。祖家街的院落是朱英诞的宇宙，他很早就说过，"象牙之塔原是广阔的"（《诗之有用论》，1935 年）。

　　1969 年，朱英诞在《秋夜》里写道：

> 我们的小舟，共济的小舟，
>
> 这星球，也是美好的一株。

艰难给个人造成的最大伤害，是忘记什么是美好：认为美好是不存在的，进而站在了施虐的一方；或者把艰难视为美好，开始热爱受虐。两者又是一体的，朱英诞曾在文章中谈到过"虐他狂和自虐狂"（《余波》，1975年）。摆脱这种困境的方式是在艰难中保有美好。当艰难唤起的不是恶，而是美好，恶就失败了。"美好出艰难"不是美化艰难，不是盲目乐观，而是承认艰难，并对人性保有信心。在那个人心惟危的时代，朱英诞接着写道：

> 我们漂流在奇异的海洋里，
>
> 一个小岛，那么美丽而寂寞，
>
> 两个陌生者相遇也会握手言欢，
>
> 他们将于此重建家园。

两个陌生者，此前甚至有可能是敌人。重建家园的前提不是大义灭亲，是"两个陌生者相遇也会握手言欢"。朱英诞曾经设想，两个敌对的人有朝一日不约而同地流亡到一个孤岛上，他们是火并呢，还是和好得比初交还要好？（《孤立主义》，1971年）这个问题，朱英诞早已在诗中给出答案。

朱英诞并非不问世事，相反，他非常关心世事。在朋友和家人的回忆中，他逐字逐句阅读《毛泽东选集》，仔细阅读很多种报纸，对各种事件知之甚详。但是他很少在文章中直接讨论这些事件。对此，他表示："中国人都懂政治，而深懂政治的人是不问政治的隐士，他不闻不问。他深知如果闻问，他就得不到自由了。"（《梅花忆旧》，1982年）

朱英诞称，自己每当经历一次精神危机，总是用思索燃起小灯，凭藉这盏小灯度过风险。"只许州官放火，不许百姓点灯"，朱英诞说："那不成。我是'雪白百姓'，于是，我就小心翼翼，学着我的老祖母的安详神色，燃起小灯来。"（《灯》，1975年）烈日会带来光明，更有可能是灼人的，"太阳是金红的鲤／何苦呀，那么辉煌，唉，多可怕／以致照我退化为穴居人"（《阳春白雪》，1979年）。在晦暗的岁月里，诗是朱英诞的青灯，这盏微弱的青灯照亮他的余生。

"你的宁静高出了肉体"

朱英诞倾其一生于诗，却没有无限放大诗的功能，那是文学青年的常见癔症。他自陈，写诗与打猎、钓鱼、弹琴、跳舞、游泳、划船、滑冰、旅行、作画、恋爱、养花、养鱼、喂鸟、下棋、写字以及饮酒是一样的，只是他偏爱于诗。（《一场小喜剧》，1942年）他在晚年认真编定自己的诗稿，却并不期待立即获得承认，那些诗集是他留给未来的漂流瓶，他只负责抛出，不去考虑漂流到何处，因为写作本身已经足够愉悦。

除了写诗，朱英诞还有两个与文字有关的"游戏"，他喜欢不断更换别号和斋名，在逼仄的世界里感受无限。朱英诞的别号和斋名两者多达上百个，笔名除了"庄损衣""朱青榆"这种较为古典的风格，还有异域风情的"红色西班牙"。这与他的写作是一致的，注重传统却绝不排外，"外来影响和传统不能偏废，归趣仍在现代"（《略记几项微末的事》，1973年）。

"写诗纯系游戏，愈衰老愈觉得就是这样最好"，朱英诞发现自己"几乎流于完全以写作本身为乐了"，而游戏的立场"正是文明的立场"。（《孤立主义》，1971年）在一个集体主义至上的时代坚持"孤立主义"，在一个斗争的时代坚持"游戏"，这不是"游戏人生"，恰恰是对人生最认真的态度。朱英诞避开漫游与历险，"既不要那毫无心肝的山水遨游／也不想冒险而有所探求"，更愿意于让旁观者怀疑他是"拂日的山鬼／并且担荷着隐者之美"，山鬼与隐者并存却又各自独立。（《独立》，1979年）

隐者有所不为，是为了有所为，否则与犬儒无异。朱英诞很少直接批判什么或反抗什么，可是在美学上顽固地与主流保持距离，坚持一种疏离和偏移。在日常生活中朱英诞有多么谨言慎行（"隐者之美"），在写作中就有多么固执己见（"拂日的山鬼"）。他写过，"我从不渴求哲学，因为 / 对于日耳曼民族，我伤了心"（《北京的小巷》，1958 年）；他写过，"有阴影，也就有着光了"（《对影》，1961 年）；他写过，"我们的黑暗，恐怕正是无尽期也说不定"（《模糊辨》，1973 年）……

朱英诞最有勇气的写作不是隐语，而是对"晦涩"的坚持。在这一点上，他比稍后也在写作的昌耀、灰娃和朦胧诗诗人，更为明晰而坚韧。晦涩是危险的，不仅"脱离群众"而且"立场模糊"。即使没有政治风险，晦涩也一直遭到公众指责，认为是故弄玄虚、孤芳自赏。但在写作中，晦涩又是必要的：只要不可知是存在的，晦涩就是存在的；只要写作不是向最低水平看齐，总是会有读者认为作品是晦涩的。

"晦涩"与朱英诞，如影随形，甚至林庚也不懂他的诗，尽管林庚读到的尚是朱英诞不太晦涩的诗作。有人对朱英诞说，"你的诗我也不懂，可是我知道它好"，朱英诞说，"这是我一生听到的唯一的一句真实的话。"（《什么是诗》，1971 年）对于不可知的事物保持敬畏之心，这是一种美德。

朱英诞没有放弃为晦涩辩护，他称"晦涩也正是新鲜的一种"（《模糊辨》，1973 年）。写诗需要尝试语言的各种可能性，不断寻找陌生化的表达方式，晦涩是应有之义。对于一个注重复杂性的写作者而言，"明白的诗比较起来倒是难写的"（《略记几项微末的事》，1973年）。晦涩不等于无法解读，只是不存在一种标准的解读方式，读者拥有更多的阐释权利。

1971年，朱英诞在《残果》里写道：

我们是结在生命树上，
这儿好像楼头，已无百叶窗，
我们却没有染上梦游病。

让我们互相温暖一下，于是
堕落下去，堕落！冷得出奇！
天和地是我们的屋宇。

朱英诞拒绝进化论的美学，自称"是一个不可救药的退化论者"（《我何以将沉默到底》，1975年）。朱英诞"没有染上梦游病"，即使写着"走调"的颂歌，仍然在写《玩火的孩子》（1950年）："你伸长了手臂接受秋阳/日暮里天边多无名的烟雾/玩火的孩子也应该休息了；/远处青山做你的屏风。"在追求大众化的年代，朱英诞追求着"晦涩"；在追求进步的年代，朱英诞追求着"堕落"。他坚持"晦涩"，为此宁可选择"堕落"，"温暖"

并"堕落"着。

朱英诞不是先知，对时局的判断亦有失误之处，曾经因为京剧现代戏在北京汇演期待着文化大革命（《〈四味果〉前记与校后》，1965年）。但是，他在美学上的"顽固不化"使得诗作避免被时代风卷残云。

而立之年，朱英诞这样描述李长吉，"你的宁静高出了肉体"（《李长吉》，1940—1944年），这也是夫子自道。朱英诞很早就对自己做出了判断，他倾心于隐者的生活方式和晦涩的美学趣味，一生未渝。朱英诞没有准备反对什么，只是当时代发生巨变的时候，他选择了不变。与其说他在反对时代，不如说时代试图征服他而未遂。不过，朱英诞的选择不具可复制性，不能假设其他写作者像他一样保持沉默，就能够获得写作的自由。朱英诞的幸免是一个特例，在消极自由也被取消的时代，是否沉默通常不是自己能够决定的，在绝大多数情况下，沉默也无法换得写作的自由。

朱英诞经常引用《唐·吉诃德传》的一句话："谁能够筑墙垣，围得住杜鹃。"他和他留下的三千首新诗，就是终将飞越时间之墙垣的杜鹃。略有遗憾的是，《古城的风》（1949年）一度被视为朱英诞的代表作，这影响了读者对他的理解。这首诗像是颂歌却又有些"跑调"，是一首失败之作，却阴差阳错地成为代表作。

对朱英诞的介绍（比如《冬叶冬花集》）主要着眼于

两种风格，一种是早期的田园风格，一种是过渡阶段的颂歌风格，忽略或者淡化了后期那些更具现代感的诗作，这推迟了读者对他的重新发现。在已经公开的诗作中，我更愿意把《波斯船上的鸽子》（1961年）、《韦应物赞》（1962年）、《黎明之歌》（1966年）、《秋夜》（1969年）、《残果》（1971年）、《独立》（1979年）等视为朱英诞的代表作。如果这些诗作在80年代能够刊出，不仅会让朦胧诗诗人感受到美学的震惊，也有可能启发"第三代"诗人。在1949年至1976年中国内地的诗人之中，朱英诞是独一无二的。

或许，朱英诞并不在意这些，他就是《画花》（何·埃·帕切科著，朱景冬译）中的那个"他"：

> 他在画他的花，
> 敌人未宣战就侵入了他的国家。

> 战斗和失败接连不断，
> 他依然在画他的花。

> 抵抗侵略者制造恐怖的斗争已经开始，
> 他坚持画他的花。

> 为非作歹的敌人终于被打败，

他继续画他的花。

现在我们都承认，面对恐怖他很勇敢，
因为他始终没有停止画他的花。

（原载《读书》2015 年第 1 期）

西美尔：都市里的探险家

　　有这么一位学者：他的博士论文被指责为"没有深入研究引证资料"而被打回，只能另起炉灶；他在最初的试讲中失利，"有史以来任何人都没有在院系审议会的口试中落选过"；他56岁才获得正式教授职位，但以背井离乡为代价，四年后便去世。还有一位学者：他从监护人那里继承了一笔可观的遗产，得以坚持自己的研究；他的讲课受到学生的欢迎，留下各种佳话；他在公众中名声有限，却获得不少学者的认可。从世俗功名的角度来看，第一位学者是不幸的失败者，第二位学者则是幸运的成功者。可是命运之公平并不在于它让所有人都处在同一个平均值上，而是把不同的甚至完全相反的运气赋予同一个人，前面提到的失败者和成功者是同一位学者，他就是乔治·西美尔（Georg Simmel，又译齐美尔）。

　　1858年，西美尔出生于柏林的莱比锡大街和弗里德里希大街之间。这些如今声名显赫的景观街道，当时就已是黄金地段，按照科塞的说法类似于纽约的时代广场。时代广场建于19世纪末、正式命名于1904年，它位于百老汇街和第七大道相交之处，被誉为"世界的十字路口"是后来的事情。但早在1879年，莱比锡大街上就安装了电弧灯照明，20世纪初的弗里德里希大街的维多利亚咖啡馆则是本雅明追忆的对象，那些枝形吊灯、镜子墙和豪华舒适岁月充满了魔力。如果说波德莱尔是现代都市的第一代诗人，西美尔则是第一代学者。他们出生于巴黎或柏林并且书写着这些现代都市，文章中洋溢着那些告别了田园风格的"暧昧"气质。

学院里的狐狸

17世纪，以磨镜片为生的斯宾诺莎，曾有机会执教于海德堡大学，因为不愿哲学自由受到限制而谢绝。莱布尼茨的父亲是莱比锡大学教授，他也一度试图进入大学，获得职位后又发现学院生涯过于沉闷，转而游走于学院之外。19世纪却风向大变，现代大学制度诞生的标志性事件便是威廉·冯·洪堡受命于1810年前后创建柏林大学，这所大学既被称作"现代大学之母"也被称作"现代大学之父"，可见它的不二地位。柏林大学成立之际有法律、医学、哲学与神学四个学院，第一任校长是哲学家费希特，后来黑格尔也曾担任这一职务。哲学和哲学家在现代大学制度诞生之初预支了所有的荣光，然后连本带息地慢慢偿还。斯宾诺莎的故事反复被提起并被津津乐道，也正说明一边磨镜片一边玩哲学的生活已经不再可能。不仅是哲学，绝大多数学者都发现自己越来越离不开大学这个柔软的铁笼。

西美尔的朋友马克斯·韦伯做过题为《以学术为业》的著名演讲，他首先提出一个问题："以学术作为物质意义上的职业，是一种什么情况？"也就是说，"一个决定献身于学术并以之作为职业的学生，他的处境如何？"韦伯指出在德国一个有志于献身学术研究的年轻人要从"编外讲师"做起：在征求相关专家意见得到同意的保证之后，他以一本书和一次系内考试为基础，可获准在大学担任编外讲师；然后他会在专业领域里开一门课程，除了学生的听课费外没有其他薪水。因此，韦伯明确表示德国学术职业完全建立在金钱支配的前提上，一个并无钱财以抵御任何风险的年轻学者，在这种学术职业的条件下处境极其危险。

学者从思想的探险家变成了学院里的风险投资家。探险家可能身无分文，却可以根据自己的兴趣和力量发现一个又一个新世界；风险投资家则需要资本和运气，韦伯干脆这样说："学术生涯是一场鲁莽的赌博"。那笔可观的遗产无疑是西美尔的有利条件，他不必担心自己的生存问题，可以没有顾虑地参与这场赌博；但是他的犹太身份似乎注定这场赌博的结果已定，韦伯在把学术比作赌博之后紧接着说："如果他是名犹太人，我们自然会说'放弃一切希望'。"

迄今为止，关于西美尔为什么迟迟未能获聘正式教授，最为通行的解释即是上述犹太出身论。在我看来，这只说出了问题的一半。比西美尔大 16 岁的哲学家柯亨和比西美尔小 16 岁的卡西尔，都有犹太血统却在三四十岁拿到教授职位。卡尔·波普尔在自传里也对犹太人的处境作出另一种描述，他认为在第一次世界大战之前奥地利甚至德国对待犹太人很好，犹太人几乎拥有一切权利，虽然在军队等部门有传统设置的一些障碍，他们在大学教授、医生和律师中的比例却很高。从博士论文到试讲再到教授应聘，西美尔在学院的赌博屡败屡战，这恐怕不仅与他的犹太身份有关，更是因为那种难以被学院收编的写作方式。

伯林的刺猬与狐狸之喻如今已经众所周知，它来自希腊诗人的断简残篇："狐狸多知，而刺猬有一大知。"在伯林看来，刺猬型人格喜欢围绕某个中心原则做向心运动，热衷那些周全缜密的理性体系；狐狸型人格则在诸多互无关联甚至彼此矛盾的目的之间做离心运动，尊重那些无法化约为某个一元理念的经验。他还列出了刺猬与狐狸的谱系：前者包括但丁以及柏拉图、卢克莱修、帕斯卡、黑格尔、陀斯妥耶夫斯基、尼采、易卜生、普鲁斯特等，后者包括莎士比亚以及希罗多德、亚里士多德、蒙田、伊拉斯谟、莫里哀、歌德、普希金、巴尔扎克、乔伊斯等。有人把刺猬视为唯理论，把狐狸视为经验论；有人把刺猬视为看成一元论者，把狐狸视为多元论者；有人把刺猬视为专家，把狐狸视为通才——这些区分都渊源有自，却有简化之嫌。

从两份同样辉煌的名单可以看出，作为思想人格和艺术人格的隐喻，"刺猬"与"狐狸"之间并无高下之分。可是，现代大学却形成一套重"刺猬"轻"狐狸"的评价标准。韦伯认为学术已经达到空前专业化的阶段，这种局面会一直持续下去，"个人只有通过最彻底的专业化，才有可能具备信心在知识领域取得一些真正完美的成就"。尽管他承认自己和社会学家需要涉足相邻学科，但似乎又对此不以为然，断言那种工作充其量只能给专家提出一些有益的问题。韦伯自信又不免武断地宣称："任何真正明确而有价值的成就，肯定也是一项专业成就。因此任何人，如果他不能给自己戴上眼罩，也就是说，如果他无法迫使自己相信，他灵魂的命运就取决于他在眼前这份草稿的这一段里所做的这个推断是否正确，那么他便同学术无缘了。"

如果说韦伯是一只刺猬，西美尔则是一只狐狸，西美尔关注的对象从大都市到卖淫再到阿尔卑斯山的旅行，几乎开启了小说的意识流和电影的蒙太奇之先河。日本的西美尔研究者北川东子反复提到一桩逸事，一位正致力于撰写《世界市民和国民国家》的历史学家去拜访西美尔，他的印象是西美尔"近乎聪明过度"，谈话没有产生太多的思想，只涌现立刻就消失的火花。最有趣的一个细节是，当这个历史学家劝西美尔坐在椅子上，西美尔居然站在那里在他发愣的瞬间演讲了"椅子的哲学"和"劝人坐下来的哲学"。"发愣"正是刺猬面对狐狸的第一反应，接下来的很有可能是不解、不屑或视而不见。尽管韦伯为西美尔的教职做出种种努力，我总是有些怀疑这只刺猬对自己的狐狸朋友究竟有多少理解。西美尔的学术生涯的种种失败，显然与他拒绝戴上刺猬的"眼罩"有关。

视觉思想家

西美尔把哲学家分为三种：第一种听事物的心跳声，第二种听人的心跳声，而第三种听概念的心跳声。在他看来，哲学教授们不属于以上任何一种，他们只听文献的心跳声。常被混为一谈的哲学家和哲学教授，在西美尔这里具有完全不同的含义，二者究竟有什么区别呢？说得简单一点，哲学家注重思想，而哲学教授们更注重知识。现代学术体制常常以中立客观为名排斥奇思怪想，以尊重传统为名排斥新知异见。说得极端一点，哲学家必须要懂哲学，而哲学教授未必懂哲学，这样说似乎不可理喻，却是"现实一种"。正如一个对文字没有任何感觉的文学教授可以凭借资料堆砌文学论文，一个不知思考为何物的哲学教授也可以把文献编织成哲学论文。文献并非一无是处，我们同样可以从中听到事物、人和概念的心跳声，可是当文献成为唯一的终极目的，它也就窒息了哲学。

与同时代的其他学者相比，西美尔不仅具有内科医生式的敏锐听觉，还有一个"特异功能"，那就是"凭借视觉来思考"（北川东子语）。在《感官社会学》里西美尔分析了听觉、视觉和嗅觉的社会学，他认为在各种单一的感觉器官里眼睛具有独一无二的社会学功效，尤其是在大都市里看要比听更为重要。19世纪末的柏林有一两百万人口，城市规模仅次于伦敦和巴黎。海因里希·哈特曾回忆满足他们学习欲望的并不是大学课堂，而是大街、酒店、咖啡馆以及国会大厦。大学课堂需要以"听讲"的方式学习，大街上出现的则是"目不暇接"的景观。

大都市里的观察者需要充分动用自己的眼睛，他们的目光往往不是"凝视"，而是"流转"式的。本雅明笔下是东张西望的游手好闲者，西美尔笔下是顾盼流离的卖弄风情者。"卖弄风情"是一个具有负面道德的词语，但是西美尔不仅用它来形容两性关系，也用它来揭示一种普遍存在的经验。在《卖弄风情的心理学》里，西美尔指出"卖弄风情"意味着摇摆不定的二元性，它拒绝作出"是"或"否"的固定选择，而是以游戏的形式（尽管并不总是伴随着"游戏"气氛）接近、疏远、抓住（为了再次放弃）、放弃（为了再次抓住）……卖弄风情者的目光是一种欲拒还迎，"否"/"拒"和"是"/"迎"不是简单的对立，它们同时存在于这一个近乎轻佻的动作之中，"否"/"拒"是"是"/"迎"反义词，也是另一种"是"/"迎"，反之亦然。

卖弄风情很少是"独角戏"，至少需要两个人才能完成，通过眼睛和眼睛之间的对视进行。在西美尔看来，眼睛如果不同时给予就不能索取，对视"把人们编织到最生动活泼的相互作用里"，耳朵则缺乏这种相互性，只索取不给予，是"非常利己主义的器官"。与那些布满灰色的理论术语的论文不同，西美尔的文章经常出现色彩斑斓的隐喻，比如桥、门、玫瑰以及前面提到的椅子。他不仅在听这些事物的心跳声，还在与它们对视，这些隐喻在文章中获得了新的生命。西美尔是视觉思想家，这不是指他研究视觉艺术，而是指他用视觉来思考。人们常把西美尔的文章比作印象派的绘画。1848年，马克思和恩格斯在《共产党宣言》中写道："一切坚固的东西都烟消云散了。"烟消云散之后，印象派画家在捕捉转瞬即逝的碎片，西美尔则在"自由飘荡"地思考着。

卖弄风情的西美尔成为一个身份不明和文体不明者，

这只狐狸留下的大都是无法归类的"野狐禅"。你说他是哲学家，今天的学者大概也很难理解"椅子的哲学"和"劝人坐下来的哲学"；你说他是社会学家，"感官社会学""交际社会学""饮食社会学"等等总有些不入法眼；你说他是心理学家，"首饰心理学"之类更是闻所未闻。但是，正是因为西美尔身份不明，当新兴学科出现时他又莫名其妙地成为"先驱"，比如他的《大都会与精神生活》成为文化研究的经典篇章。不仅研究范围不可捉摸，他的写作方式也是扑朔迷离，后人往往称之为小品文或随笔。最早的哲学家多半述而不作，只是由学生记下只言片语，后来的哲学家虽然开始动笔，但除了长篇巨著之外，还喜欢以书信、日记、札记等方式来写作。在思想面前，各种文体是平等的；可是在现代大学，论文或论著却成为一种神圣文体，暂且不说书信之类，稍欠端庄的文章就会被称作小品文或随笔，成为学院里的二等文体。西美尔是为数不多的坚持这种文体的学院中人，甚至他的巨著《货币哲学》也有相当一部分由此类文章扩展而成。

先锋或后进

19 世纪末的学术生产和文化景观产生着前所未有的断裂，西美尔恰恰分立两边，他为自己卖弄风情的应对方式付出了代价。有趣的是，在格斯和著名社会学家米尔斯撰写的《韦伯小传》里，西美尔被视为韦伯提携的"后进的年轻学者"。事实上，西美尔比韦伯大6岁，虽然在教授职位上比较"后进"，但是无论如何算不上"年轻学者"。

正如本文开头所言，西美尔集宠辱于一身，是失败者也是成功者，是先锋也是后进。在学术史上，因为先锋反而失败，虽然后进却很前卫的学者层出不穷——我们总是不断追悼同时又制造着这些相似的情节。

（原载《中国图书评论》2006 年第 12 期）

汉娜·阿伦特：此时此刻

　　2006 年 10 月 14 日，汉娜·阿伦特一百周年诞辰。五年前，绝大多数中国学人还不知道此何许人也，如今她备享哀荣。上海，《东方早报》（10 月 12 日）为她和福柯提前祝寿，后者比她小 20 年又 1 天。香港，在华语思想界颇负盛名的《二十一世纪》（10 月号）推出"阿伦特百周年"小辑，占到该期杂志的 1/4 篇幅。北京、广州等地媒体都或多或少地刊登了纪念阿伦特的文章。如果把 2006 年称为中国思想界的"阿伦特年"，也不为过。这一年，江苏教育出版社推出她的《黑暗时代的人们》《精神生活·思维》《精神生活·意志》，关于她的专著也先后推出，包括美国学者帕特里夏·奥坦伯德·约翰逊的《阿伦特》（中华书局），台湾学者蔡英文的《政治实践与公共空间：阿伦特的政治思想》（新星出版社），法国学者朱莉亚·克里斯蒂瓦的《汉娜·阿伦特》（江苏教育出版社）。此外，台湾学者江宜桦的《自由民主的理路》（新星出版社）、留美归来的大陆学者刘擎的《悬而未决的时刻：现代性论域中的西方思想》（新星出版社），都以显著篇幅讨论了阿伦特的思想。这些相对比较专业的学术书籍，却频频登上部分民营书店的排行榜。甚至还有一位中国年轻作者，把自己的小说命名为《喊哪，阿伦特》（重庆出版社），不过，它和汉娜·阿伦特没有什么直接关系。

据总部设在纽约的非营利组织"汉娜·阿伦特协会"统计，德国、法国、瑞士、瑞典、美国、澳大利亚，乃至秘鲁、韩国和科索沃等地，都将举办相关的纪念活动。所有这些活动都不脱一个共同的主题，即阿伦特对当下世界的意义，2006 年 12 月在纽约举办的一次研讨会名称是"汉娜·阿伦特，此时此刻"。[1]此时此刻，第一世界和第三世界共同纪念着阿伦特。这位逝世于 1975 年的百岁老人，并没有因为远离这个世界而被世界遗忘。当然，第一世界和第三世界，每一个国家，每一个人，纪念阿伦特的理由都不尽相同。

英美等国学者主要借阿伦特的理论反思恐怖主义问题和伊拉克问题。[2]"9·11 事件"之后，超级大国把自己

1　康慨：《纪念汉娜·阿伦特百年诞辰，知识分子将怒火投向布什》，载 2006 年 10 月 11 日《中华读书报》。

2　Edward Rothstein : Arendt's Insights Echo Around a Troubled World, New York Times, October 9, 2006.

定位为"反恐精英"，逐渐出现"反恐扩大化"的趋势，公民权利不断受到挑战。这让人想起二战之后一度盛行的麦卡锡主义，参议员麦卡锡掀起了一场类似于"肃反扩大化"的浪潮，很多与此无关的人士受到牵连。阿伦特很少直接并且公开地谈论麦卡锡和麦卡锡主义，大概她不太愿意把批评的焦点集中在某一个人或者某一个事件上。那样很容易给人一种错觉，仿佛犯错的只是麦卡锡，自己完全是清白的旁观者，永远不会重蹈覆辙。这种批评无助于自我反省，有时会从一个极端走向另一个极端，认为麦卡锡的反面绝对正确。这就像今天在批评"反恐精英"的时候，不少知识分子竟然站在了恐怖分子的一边。

在当时的私人通信中，阿伦特把共和党议员塔夫特同希特勒统治时期的产业和农业部长胡根堡相比较，把艾森豪威尔同兴登堡相比较，对于可以拿来同麦卡锡相比较的人，连说都不想说其名字。[1] 在她眼里，麦卡锡主义和极权主义有暗通款曲之处，尽管两者总是呈现出针锋相对的态势。麦卡锡为英语增加了一个新词 McCarthyism（麦卡锡主义），这个新词被理解成"国会的委员会对情报的滥用"，《韦伯斯特国际英语大词典》则

1　参见［日］川崎修：《阿伦特：公共性的复权》，河北教育出版社，2002年，第195页。

解释为："一种 20 世纪中期的政治态度，以反对那些被认定为具有颠覆性质的因素为目标，使用包括人身攻击在内的各种手段，尤其是在未对提出的指控进行证实的情况下，四处散布任意做出的判断和结论。"[1] 后一种解释更加准确地把握住了麦卡锡主义的精神，由此也可以发现它向前与极权主义、向后与反恐主义的疑似之处。

如果仅仅认为麦卡锡主义是对某一种特定意识形态的排斥，就无法理解，为何在已经被宣称"意识形态的终结"的今天，依然可以在"反恐精英"的身上发现麦卡锡主义的幽灵。阿伦特也提醒我们，对于"反恐扩大化"的反省，不一定要倒戈奔向恐怖主义。一些学者一边批评布什是恐怖主义，一边为恐怖主义辩护，这种观点似乎具有批判性，却自我冲突。对于"反恐扩大化"的反省，更多的是对一种思维方式的反省，而不仅仅是反对某个人或者某个政府。如果把反省等同于反对，就会天真地以为某个人或者某个政府下台之后，"反恐扩大化"就会彻底中止。但麦卡锡死了，麦卡锡主义的幽灵依然存在。不妨跳出某一个具体问题，想想自己在"以反对那些被认定为具有颠覆性质的因素为目标"的时候，有没有"使用包括人身攻击在内的各种手段"，有没有"在未对提出的指控进行证实的情况下，四处散布任意做出的判断和结论"？

1　王希:《麦卡锡主义的闹剧与悲剧》，载《读书》2000 年第 11 期。

与恐怖主义问题紧密联系的是伊拉克问题，伊拉克战争被越来越多地与越南战争相提并论。麦卡锡主义和越南战争是二战之后美国的两大泥潭，两者之间至少还有一段时间的缓冲期；如今，恐怖主义和伊拉克战争携手而来，不免让各方猝不及防。需要提醒但经常被遗忘的一个事实是，美国不仅出现了麦卡锡主义和越南战争，还产生了对麦卡锡主义和越南战争的反省。阿伦特在《政治的虚伪——关于五角大楼文件的思考》中，分析了政治谎言的新形态。她认为越南战争缺乏具体的战争目标和战争目的，只是一场美国和美国领导者为了制造并且维护"美国形象"而发动的战争。阿伦特不仅批评了政府有关部门的行为，更是对一些"曾经热心帮助过这一空想事业的知识分子"提出尖锐的批评。在阿伦特看来，越南战争跟一些受过高等教育的"问题解决者"有关，这些打了引号的知识分子对理论的执着，使得他们生活在一个"不存在事实的世界"。她认为这是一种欺骗和自我欺骗的连锁反应，这种自我欺骗的特别之处在于他们真的相信自己所制造出的谎言。[1] 这种批评也更符合知识分子随时随地的自我反省精神，不是将责任仅仅归咎于政府或者商业，自己脱身而出，做一个所谓客观的

---

[1]　参见［日］川崎修：《阿伦特：公共性的复权》，河北教育出版社，2002年，第200 — 205页。

仲裁者。一些"知识分子"是欺骗者，同时也是被欺骗者。他们被自己欺骗，所以说出谎言像说出真理一样雄辩，所以不会闪烁其词，而是义正词严。

"政治的虚伪"不能单纯归咎于"从事政治者的虚伪"，那种诉诸人格的分析方式很容易演变成人身攻击。通过对自我欺骗机制的揭示，阿伦特避免了道德批判，而是提醒我们，"知识分子"的致命之处有时恰恰在于真诚，真诚地相信自己的理论乃至谎言。从这个意义上说，抨击布什如何考虑现实利益，或者批评他背后的新保守主义者如何虚伪，都忽视了伊拉克战争的与众不同之处。每一个国家的领导人都会考虑现实问题，每一种思想潮流的知识分子也都不乏虚伪者，但为什么是伊拉克战争与越南战争相提并论而不是其他战争呢？与其说伊拉克战争是"石油之战"，还不如说是"形象之战"，为了维护"反恐精英"的形象而发动的战争。而新保守主义者也未必都是口蜜腹剑，很有可能表里如一，这样说并没有为他们做"无罪辩护"的意思。

麦卡锡主义不等于反恐主义，越南战争也不等于伊拉克战争。审判萨达姆以及其他官员更容易让人联想起阿伦特对审判艾希曼的思考。曾经在犹太人大屠杀中承担重要职务的纳粹军官艾希曼，二战结束之后于阿根廷隐姓埋名，经过多年追踪，以色列终于实施了跨国抓捕。1961年，对艾希曼的审判在耶路撒冷开庭，阿伦特以

《纽约客》杂志记者的身份前去报道这次审判。与其他人把艾希曼视为"杀人恶魔"不同，阿伦特指出他身上具有"平庸的恶"。她认为把艾希曼描述成恶魔是对他的放大，同时也会让"黑暗时代的人们"感到无望，只能顺从而非抵抗恶魔。艾希曼并没有"双手沾满鲜血"，他的屠杀是通过钢笔、文件、电话、图纸完成，仅从行为的方式来看似乎与一个兢兢业业的公务员无异。他在家庭中完全可能是一个模范丈夫和慈祥的父亲，以色列摩萨德正是根据艾希曼要庆祝自己与夫人的银婚纪念日，推断出他出现的日期，并进而确认他的身份。但是，这并不意味着他与屠杀无关，相反，他不仅是自己辩称的执行命令者，还是大屠杀的组织者。

把审判萨达姆和审判艾希曼放在一起，不仅是因为阿伦特发现的"平庸的恶"，还涉及两次审判与国际法的关系。萨达姆和艾希曼都犯有反人类罪，对反人类罪的审判符合国际法的准则。但是，艾希曼"不是被正当逮捕，引渡到以色列的"，摩萨德对他的绑架"是对要制裁他的国际法的明确的侵犯"。[1] 这就出现一个悖论式的问题，审判一个违反国际法的罪犯，是通过侵犯国际法而实现的。这就像审判萨达姆总会与伊拉克战争的合法性

---

1 汉娜·阿伦特:《耶路撒冷的艾希曼》，载孙传钊编《〈耶路撒冷的艾希曼〉：伦理的现代困境》，吉林人民出版社，2003年，第33页。

联系在一起，如果伊拉克战争不具有合法性，审判萨达姆是否也就因此丧失合法性呢？如果没有这些审判，反人类罪犯安享终年，是不是对国际法的另一重嘲笑呢？很难给这些问题一个明确的答案，理论需要悖论，但当现实遇到悖论，有时只会采取激烈甚至粗暴的方式来解决。不过，对审判的批评，丝毫不意味着阿伦特要称赞艾希曼，一边批评"审判艾希曼"、一边批评艾希曼，这是同时进行的，这与时下一些学者以批评"审判萨达姆"为由赞扬萨达姆是截然不同的。

1941 年，阿伦特经里斯本前往美国，这也是电影《卡萨布兰卡》里提到的那条热门路线。阿伦特的一生基本由此划为两截，前半生面对欧洲的法西斯主义，后半生则面对美国的大众社会。她没有将两者割裂开来，而是认为两者都与划一主义有所关联；她也没有因此把两者等同起来，而是指出划一主义的不同面相和不同作用。这也是阿伦特的魅力所在，她避免将自己的立场意识形态化：身为犹太人，却对犹太民族主义有所批评。正如前面所说，她在批评麦卡锡主义的时候，没有站在极权主义的另一端；在批评"审判艾希曼"的时候，也没有站在艾希曼的一端。重要的不是接受她的结论，而是感受她观看世界的方式。

（原载《中国图书评论》2007 年第 1 期）

麦克卢汉：地球村里的行吟诗人

在中国，最知名的加拿大人肯定是白求恩；在中国学术界，最知名的加拿大学者应该是弗莱，他的"神话—原型批评"曾对不少中国学者产生影响。长期以来，弗莱的同事麦克卢汉（不知是否出于瑜亮情结，麦克卢汉提及弗莱时，多少有些不以为然）属于"非著名"学者，只是进入新千年才名声渐隆。

说了半天，可能很多读者还不知道麦克卢汉何许人也。介绍此人，有很多种方法：可以根据他的职位介绍为"多伦多大学教授"，这很容易被忽略，大学教授受人尊敬，却不可能一一被人记住；可以根据他的影响介绍为"电子时代的先知"，更有甚者把他称为"20世纪的思想巨人"，这种称呼引人注目，但是这个时代的"先知"和"巨人"不是少数，而且假冒伪劣的比真材实料的多，常常让人乘兴而去、败兴而归。我更喜欢以"地球村""信息时代"的发明者来介绍他。"地球村""信息时代"如今已经进入每一个人的词典，我们甚至以为它们与生俱来。一名学者对公众产生的最大影响，常常是在公用的词典里增添几个词语。有可能他的名字已经隐没，那些词语却会进入每一个人的世界。

学院盔甲

麦克卢汉生于 1911 年，逝于 1980 年。他是大器晚成者，40 岁才出版第一部著作《机器新娘》，53 岁才出版成名作《理解媒介》。在《理解媒介》的再版序言里，拉潘姆提及当年的盛况："只几个月工夫，该书就获得《圣经》那样的崇高地位，其作者就成为时代的先知。一位名不见经传的文人，从一个偏远的亭子间突然降临名流的核心圈子。"这也从一个侧面说明，《理解媒介》出版之前，麦克卢汉经历了漫长的隐姓埋名的时光。

我没有专门考察过麦克卢汉最早进入中国是什么时候。诗人钟鸣在《中国杂技：硬椅子》（作家出版社，2003 年）的《自序：诗之疏》里提到，1984 年在一次港台书展上买到台湾巨流出版公司的 Marshall Mcluhan《传播工具新论——人的延伸》（*Understanding Media*：*The Extensions of Man*）。钟鸣表示，在自己的阅读中，还从来没有遇到过这样一本书让人振聋发聩的。他称《中国杂技：硬椅子》在方法上有麦克卢汉的影子，在故事上受到黄仁宇《万历十五年》的触发。钟鸣所谓麦克鲁汉就是麦克卢汉，那本书就是《理解媒介——论人的延伸》，1992年由四川人民出版社出版，2000年由商务印书馆再版。

1988年，译者何道宽在为《理解媒介》写译者后记时曾提到："中国的知识精英近年著书撰文，频频述及这本奇书，翘首盼望着它的译本早日问世。"想来此话并非空穴来风，当年许多出版计划"与国际接轨"的速度不容小觑，可惜很多列入出版计划的书籍到现在还未能翻译。《理解媒介》也是在译成4年之后才得以出版，而它的台湾版《传播工具新论》出版于1978年，两岸的时差是14年。

由于麦克卢汉的著作未能持续引进，他在中国的影响一直是在一个有限的领域内，这个领域就是传播学。他在北美地区拥有巨大的公共影响，《花花公子》（该杂志并非中国读者习惯想象的那种黄色杂志）曾做过专题访谈，但在中国大陆，他仅仅是一个传播学学者，其他学科的人文学者基本对他一无所知。传播学界对他的认知，除了"地球村"的概念，主要是三个方面：第一，媒介即讯息，与通常的媒介研究重在内容分析不同，麦克卢汉特别强调媒介的形式本身提供的信息；第二，媒介是人的延伸，不同媒介延伸着人类的不同功能；第三，热媒介和冷媒介，前者指高清晰度和低参与度的媒介，后者相反，指低清晰度和高参与度的媒介。

经过传播学教材的压缩，麦克卢汉已经与其他理论家没有根本区别，都是一二三四、甲乙丙丁。他对热媒介和冷媒介的区分，虽然我曾反复阅读相关论述，依然不知所云。什么是清晰度，什么又是参与度，在麦克卢汉那里被随心所欲地使用着。他把收音机称作热媒介，把电话称作冷媒介；把电影称作热媒介，把电视称作冷媒介。难道收音机是高清晰度的，而电视是低清晰度的？对此，拉潘姆也表示："完全有把握弄清这种区别意义何在的批评家，可真是百里挑一。"就是这么一个几乎没有意义的区分，成了传播学理论的金科玉律。这与其说是麦克卢汉的无能，不如说是对学院制度的嘲笑。

虽然麦克卢汉具有超出专业的公共影响，他在学院体系里一直只有立足之地，并无太多发展空间，在多伦多大学的30多年仅有7名博士生。他中风之后，校方宣布撤销麦克卢汉主持的文化与技术研究所。

不少中国读者读了《机器新娘》，改变了传播学教材赋予麦克卢汉的刻板形象。当年这本书历经6年才获出版，出版之后不过销出几百册，以至于麦克卢汉只能自己购买1000册，有点类似于中国的"自费出书"。在出版之前，麦克卢汉曾感慨："他们要阉割我的精华，把它搞成古板的教科书式的东西。"《理解媒介》出版之后卖出10万册，或许可以说麦克卢汉的思想渐趋成熟，可是思想是否成熟与图书销量似乎没有关系。这本书在世俗意义上的成功，可能更多得益于麦克卢汉披上了一套学院盔甲。在学院垄断知识传承和知识标准的情况下，只有被纳入学院的知识结构，才能获得最有效的传播。学院本身就是一个有待分析的媒介。麦克卢汉自己也表示"热媒介和冷媒介"使许多评论该书的学者坠入雾中，但他坚持使用这组词语，这或许是出自他的需要，更有可能是他充分考虑到学院的需要。

对比《机器新娘》和《理解媒介》，前者蒙太奇式的语法会让习惯于一二三四、甲乙丙丁的读者不知所云，后者虽然部分保留了这种语法，却有所妥协。《理解媒介》分成两个部分，第一部分是对媒介的宏大叙事，提出"媒介即讯息""热媒介和冷媒介"等观点，第二部分则是微观叙事，分析照片、报纸、汽车、广告、电报、电话、电影等等。即使如此，这种微观叙事也要比《机器新娘》更为宏大。《机器新娘》讨论的是报纸头版、盖洛普民意测验、人猿泰山，这对于1951年的读者构成了根本性的挑战。《理解媒介》的编辑曾经沮丧地说："你这本书的材料有75%是新的。一本书要成功，就不能冒险去容纳10%以上的新材料。"事情出乎他的意料，《理解媒介》轰动一时，这恐怕得益于它在75%新的之外还有25%旧的，而《机器新娘》备受冷落，大概因为它是100%新的。

行吟诗人

新千年，麦克卢汉大举进入中国大陆，影响逐渐越出传播学领域，这跟文化研究的兴起有关。但是在文化研究领域，以麦克卢汉为代表的多伦多学派，远不如法兰克福学派和伯明翰学派更为引人注目。一方面是在观点上，法兰克福学派对于文化工业的批判，更为契合刚刚在文化上"农转非"的中国学者的怀乡心理；伯明翰学派对于工人阶级的关注，契合了"底层关怀"的学术时尚。前者满足了农业时代的阅读心理，后者则满足了工业时代的阅读心理。而麦克卢汉讨论的是电子时代，当时"电子"（electronic）的说法还不太通用，《理解媒介》使用的都是"电力"（electric），所以何道宽尊重历史原貌，采用"电力时代"这种译法。对于停留在农业和工业时代的读者来说，电力时代太超前了。

最为挑战读者神经的不是观点，如前所述，麦克卢汉的观点经过教科书思维的整编已经泯然众人。"媒介是人的延伸"，这种论断在几十年前非常新鲜，现在听来毫不惊奇，因为公众已经看到更为激进的现象——"人是媒介的延伸"。读者最初接触麦克卢汉，往往还没有把握到具体观点，就被他的语言电晕，语言的刺激性远远大于观点。《机器新娘》的副标题是"工业人的民俗"，似乎与工农心理有所对接，可是电力时代的语言让读者避而远之。比如谈到报纸头版，麦克卢汉指出它与现代科学艺术的技巧是有关联的，具有量子论和相对论物理学的非连续性，"这是汤因比看文明的方式，也是米德看人类文化的方式；同时，这也是毕加索绘画的视觉技巧和乔伊斯文学创作的手法"。这种话语电击，足以让习惯小桥流水或者铁水奔流的读者晕眩。通过这种电击，那些麻痹的语言重新被激活。他曾经表示自己再也不会说"媒介即讯息"，而是开始相信"媒介即按摩"。这种"自我革命"不是玩世不恭，而是对"媒介即讯息"被过度使用的抗议。当然，他玩了一个噱头，利用了讯息（message）和按摩（massage）在英语中的相似性。

传播学学者对麦克卢汉的评价是"文风晦涩"。30年前，朦胧诗在中国出现时，"晦涩"也是它的主要污点。现在看来，它们还没有后来的流行歌曲"朦胧"，之所以被认为晦涩，主要是因为此前词语被净化得一穷二白。同样被称为晦涩的还有本雅明，他同时又以文体具有魔力而著称。新的文体就像闪电，习惯于程序化阅读的读者觉得不可捉摸，甚至充满危险；在排斥陈词滥调的读者看来，它照亮了熟悉又陌生的世界。

比如"地球村"的说法，追根溯源并非麦克卢汉的创意，而是来自他的师友刘易斯，后者曾经写道："地球成了一个大村落，电话线横跨东西南北，飞行又快又安全。"麦克卢汉把这句略显臃肿的话精简成"地球村"，从而使这个词语风靡全世界。刘易斯并不冤枉，在"地球成了一个大村落"和"地球村"面前，谁都会选择"地球村"这个说法。麦克卢汉的造词特技，很容易被理解为一种花招或者游戏，实则在每一个新发明的词语背后都有着他的纵深思考。

"地球村"这个词语，不是一个简单的比喻，而是与他的"部落化—非部落化—重新部落化"的三段论相关。在麦克卢汉看来，部落时代人们的各种感官是平衡的，在随后的非部落化时代，拼音文字以及机械印刷搅乱了感官之间的平衡，但是电力时代使得重新部落化成为可能。这样复述可能有些简单，我们可以想象一下具体场景：打猎、耕种、纺织的生活，需要眼观六路、耳听八方、手脚并用；文字尤其是印刷术发明之后，推崇的是两耳不闻窗外事的生活，它导致的结果是四体不勤，只有眼睛处在过劳状态，近视眼的大规模出现标志着感官平衡被打破；电力时代对这种状况有所纠正，声色并重的多媒体虽然不能使近视眼们恢复视力，却调动了各种感官。"地球村"与重新部落化是相关的，"家书抵万金"的年代会产生咫尺天涯的感觉，通过 E-mail、MSN 感受到的是"天涯若比邻"。

钟鸣遭遇台湾版《传播工具新论》，可能是个偶然；诗人而非学者最早认识到麦克卢汉的价值，这却是必然。

麦克卢汉的文字不像论文，更像写作。论文本来属于写作，只是文化分工之后，两者行同路人。很多学者不知麦克卢汉所云，正如他们读不懂诗歌，即使部分接受者，也是把诗歌榨出段落大意，接受了被拧干的理论标本，恰恰损失了其中最重要的汁液。麦克卢汉创造了地球村时代的诗学，这一点鲜有学者论及，钟鸣以他诗人的触觉有所觉察，属于一位诗人对另一位诗人的第六感觉。卸去学院盔甲，麦克卢汉的真身是一位行吟诗人，他是诗歌专家，与诗人庞德等保持着固定联系，诗歌是他看待世界的方式。

行吟诗人常常述而不作，可以日以继夜地吟唱，却不太愿意在纸上留下诗句。同样，麦克卢汉对撰写专著没有兴趣，更习惯演说，尤其是对话。何道宽曾经提及，麦克卢汉一生都喜欢对话而不是写作，他的洞见常常诞生在电话交谈、饭后闲聊、研讨会、午餐上的争论、访谈录中，除了三部代表作，其余绝大多数著作、书信、文章都是由他口授而成。麦克卢汉自己也表示"会话的活力超过书本的活力"。这种偏好不能简单归结为能力问题，而是与麦克卢汉对口头传统和文字传统的不同态度有关。（两者的区别，多伦多学派的另一位代表人物伊尼斯有具体论述）麦克卢汉对口语的热爱，是在重新部落化时代恢复感官平衡的尝试。在学科分工日益细碎的学院制度里，麦克卢汉坚持行吟诗人的风格，受到忽略几乎是一种宿命，正如行吟诗人的姓氏总是被人遗忘，诗歌却流传至今。

（原载《中国图书评论》2007 年第 10 期）

有时，我们要下到井里看看繁星

18世纪德国的康德说："位我上者，灿烂星空；道德律令，在我心中。"20世纪捷克的哈维尔却说："有时，我们要下到井里看看繁星。"究竟是仰望天空，还是潜入井下，这取决于繁星的位置，阿伦特将繁星隐没的时代称作"黑暗时代"。

我们习惯于随意使用"黑暗"一词，对立双方互相指责对方"黑暗"的壮观，触目可及。阿伦特对黑暗时代有着清晰的描述，特指公共领域消失、人类无法通过言语和行动展示自身的时代。但是，她同时指出："即使是在最黑暗的时代中，我们也有权去期待一种启明。"在《黑暗时代的人们》里，她认为莱辛、卢森堡、雅斯贝尔斯、本雅明、布莱希特等发出启明的光亮，这是"一种不确定的、闪烁而又经常很微弱的光亮"，却"散射到他们在尘世所拥有的生命所及的全部范围"。阿伦特表示，自己无法告知人们"那些光到底是蜡烛的光芒还是炽烈的阳光"。哈维尔替她回答了这个问题，启明的光亮既不是来自蜡烛也不是来自阳光，而是来自井里的繁星。蜡烛照亮别人的代价是"蜡炬成灰"，而阳光会灼伤人们的眼睛（参见电影《烈日灼人》），只有繁星发出的光亮，"不确定的、闪烁而又经常很微弱"，却更加永恒。

《欧洲精神》（莱涅尔-拉瓦汀著，吉林出版集团有限责任公司，2009 年）的三位主角米沃什、帕托什卡、毕波，都是黑暗时代的人们，也属于那些隐没于井下的繁星。

米沃什因为获得诺贝尔文学奖而最为中国读者熟悉，他的《拆散的笔记簿》《米沃什词典》和诗歌已经陆续译成中文。1951 年，时任波兰外交官的米沃什利用工作之便去国，在他乡生活了大约四十年，直到波兰转型之后，重返故国。米沃什逝世后，波兰总理将他称作"伟大的波兰人"。

捷克斯洛伐克哲学家帕托什卡（又被译作帕托契卡）几乎一直处于地下状态，绝大部分作品被禁止出版，由于德国入侵和"布拉格之春"，他公开执教的时间只有七年。帕托什卡没有因为处于地下状态而沉默，他不仅在家中开设私塾，传授苏格拉底的哲学，还担任了"七七宪章"的发言人，因此遭到逮捕。1977 年 3 月 13 日经过长达十个小时的讯问之后，因脑溢血"被自杀"。

帕托什卡的葬礼让当时的捷克斯洛伐克政府惊慌失

措，那一天布拉格的花店被勒令关门谢客。以"解构主义"著称的法国哲学家德里达，为将他的手稿带出捷克斯洛伐克作出种种努力。1981年，德里达到布拉格与一些知识分子交流，在机场遭到拦截，以"交易毒品"的罪名被捕，后来在法国政府和总统密特朗的介入下，方才得以释放。德里达以积极介入黑暗时代的方式，反驳了对于"解构"的误解。他在一次访谈中明确表示："解构的运动首先是肯定性的运动，不是确定性的，而是肯定性的。让我们再说一遍，解构不是拆毁或破坏。"

毕波，我此前对他一无所知，但是在这个夏天两次与他相遇。一次在侯凤菁的《燃烧的多瑙河》里。1956年的秋天，苏联派兵占领了匈牙利。当士兵冲进国会大厦，只有一个人还在坚守工作，他就是国务部长毕波（侯凤菁译为"比波"），这位部长正在起草一份抗议苏联武装侵犯匈牙利的声明，他客气地告诉士兵，自己正在处理紧急公务，士兵大受感动，竟然自动地在门外站岗，保护毕波不受干扰地继续工作。看到这个阿基米德式的传奇，我既对苏联士兵产生了有限的好感，他们毕竟没像罗马士兵那样二话不说、拔刀就砍，也对毕波充满好奇，是什么精神力量支撑一位部长如此视死如归？直到在《欧洲精神》第二次遇到毕波，才明白他主要是位思想家，而非行政官员，支撑他临危不惧的与其说是职业伦理，不如说是价值理性。在视死如归的细节上，两本书有些出入，《欧洲精神》认为是苏联士兵无视毕波的存在，使他得以继续工作了两天，但这似乎低估了苏联士兵的能力。毕波最终被捕，在死刑判决宣布之前几个小时，由于国际社会的压力改判为终身监禁，后被大赦，在监视之下度过余生。

米沃什、帕托什卡、毕波都来自我们称之为"东欧"的地方。东欧贡献的繁星不止以上三颗，捷克的哈维尔、赫拉巴尔、克里玛，波兰的米奇尼克、希姆博尔斯卡、柯拉柯夫斯基，匈牙利的凯尔泰斯……"东欧"既承接了欧洲精神又被迫成为"二等欧洲"的双重身份，为黑暗时代的人们提供了精神资源和现实观照的双重视野，这是其他地域难以比拟的先天优势。

在《帷幕》里，昆德拉反复强调东欧应是中欧。这不是他的一家之言，应该视为正本清源。冷战的东/西二分法，使得捷克斯洛伐克等国家在政治地理学的版图里被划到东欧的范畴里，但是从地理自身的角度来说，这些国家位于中欧，如果从历史、文化、思想的角度来说，它们承接的不是什么捷克斯洛伐克精神、波兰精神、匈牙利精神，也不限于中欧精神，而是整个欧洲的精神资源。任何一个国家的思想者，在条件许可的情况下，都会把全世界的精神成果引作自己的资源，这不足为奇。但是对于中/东欧知识分子来说，欧洲精神不是他者，不是他山之石，而是内在于自身的传统。即使在"脱中

（欧）入东（欧）"的时代，欧洲精神的传统也没有在捷克斯洛伐克等国中断，甚至它们的"带头大哥"苏联，绝大部分国土位于亚洲，在自我认同上也"脱亚入欧"，以欧洲国家的身份出现。

法国学者拉瓦斯汀选取米沃什、帕托什卡、毕波作为《欧洲精神》的主角，不仅因为他们承接了欧洲精神，还试图从他们那里寻找到"未来思想欧洲的开端"。昆德拉着重于把东欧从苏联的卫星国拉回到欧洲的中心，拉瓦斯汀则更倾向于认为中／东欧知识分子呈现了"另一个欧洲"。欧盟对中／东欧的接纳不是一种恩赐，而是收获。曾经黑暗时代的"二等欧洲"，将会提供"另一个欧洲"的历史经验与问题意识，使欧洲一体化不是欧洲精神一体化，而是带来欧洲精神的多样化。

拉瓦斯汀指出米沃什的思想具有中／东欧知识分子的特征："一方面承袭了某种对资本主义工业文明的浪漫主义批评，表现为不含民族主义倾向的对文化多元性的一贯坚持和尊重，同时继承了启蒙时期的普遍主义，表现为不含等级倾向的将个人尊严视为最高价值。"可以这样说，米沃什、帕托什卡、毕波创造着具有东欧特色的欧洲精神，这种东欧特色并不固步自封于"东欧模式"。

"纯洁性"一向为各方喜闻乐见，但是，米沃什有着不同的"纯洁观"，他没有天真地站在清洁、净化、纯粹、整齐的一边，他没有那种"洁癖"。两个事件对他构成了挑战，一个发生在 1943 年的春日，一个发生在 1949 年的夏天。1943 年，纳粹对华沙的犹太区发动武装清洗（"清洗"也是一个纯洁的词语），华沙市民故意忽略了这个让人不快的事实，甚至在战争的烟雾中愉快地荡着秋千。1949 年，米沃什已经渐渐习惯于表面一套、背后一套，满足于通过这种精神分裂捍卫一些道德准则。在一个夏日的夜晚，他看到几辆载满犯人的吉普车，士兵们身穿大衣，囚犯们冻得哆哆嗦嗦，他意识到自己很可能和那些在烟雾中荡秋千的人们没有区别。米沃什终身的写作，都与这两个事件有关，他总能在美妙的布景前看到更为多样的现实。几十年后，当巴尔干地区出现种族清洗，很多欧洲国家袖手旁观，米沃什却期望它们介入这场人道危机。尽管这会遭到"相信战争"的指控，他依然坚持自己的观点。

帕托什卡只比米沃什年长四岁，但是他没能与米沃什一起见证"天鹅绒革命"，而是死于非命。面对黑暗时代，离开还是留守，这是个人选择，很难做出高下之分。但米沃什们需要感谢帕托什卡们，没有这些死于非命的"次等公民"，"叛国者"永远是"叛国者"。

哈维尔的《无权者的权力》就是为纪念帕托什卡而作。本文标题同样来自这篇文章。"有时，我们要下到井里看看繁星"是《欧洲精神》的译法，《无权者的权力》的一种中文译本这样翻译："有时候，就像为了在白天观察星辰，我们必须下到井底一样，为了了解真理，我们就必须沉降到痛苦的底层。"

帕托什卡是哲学家、捷克斯洛伐克共和国首任总统马萨克（通译为马萨里克）的学生，马萨克与胡塞尔是莱比锡大学的校友，两人谊同师友。1935 年圣诞节，胡塞尔将马萨克于 1878 年赠送的阅书架转赠给帕托什卡。

或许是有陌生化效应，此前闻所未闻的毕波最让我惊喜，我在这一部分画了最多的线。他关于精神自治、"政治文化畸变"、政治歇斯底里症有许多独到看法，比如"政治歇斯底里症总是能在给群体造成创伤的历史经历中找到病因：遭受侵略、被外国占领、军事失败、政治幻想覆灭"。《欧洲精神》的作者拉瓦斯汀把他称作"20 世纪后半叶欧洲最深刻也最怀才不遇的政治思想家之一"，确实，毕波的很多观点都是怀才不遇。他认为，询问是多数民族首先开始压迫少数民族，还是少数民族首先用破坏性行动来伤害多数民族，这种争吵毫无意义，因为少数民族会使用"相当具有说服力的言语来说明他们所遭受的压迫有多么可怕"，而多数民族则声称"这些在外国大学接受过教育的攻击者如何煽动温和的国民反对政府，以及其他一系列可憎的破坏活动"。如何从这种死结中走出？毕波指出，多数民族应当首先迈出和解的一步。重要的不是谁先伤害对方，而是谁先向对方伸出和解之手。这种思路对于检讨反犹主义以及其他民族问题无疑具有极大的启示。

1946 年，雅斯贝尔斯发表了《论欧洲精神》的演讲，他表示："坚持下述三个要求，我们就不会迷失方向：1. 以产生真理的人与人之间的无限交往，生存论上爱的斗争的深度，直至此在中诚实的自我忍耐；2. 控制住我们的思维，使我们拒斥任何形态的封闭知识，使我们摆脱任何形式的立场和主义；3. 承认爱是最终的引导，但同时把不可避免的恨当作爱的条件，使之尽可能马上重新挥发殆尽。"这看起来似乎是一个不可企及的要求，但后来的中 / 东欧历史告诉我们，那些井里的繁星实践了雅斯贝尔斯的欧洲精神。

（原载《东方早报·上海书评》2009 年 11 月 1 日）

一切都已扭曲，一切都在闪烁

1992 年，阿尔及利亚作家卡达莱的《亡军的将领》，被列入"作家参考丛书"由作家出版社出版。这套丛书由于收入了昆德拉的《生命中不能承受之轻》《为了告别的聚会》《生活在别处》《玩笑》《不朽》《小说的艺术》而为读者熟知，但那些昆德拉以外的作家作品却被忽视，如库斯勒的《中午的黑暗》以及卡达莱的《亡军的将领》。近年来，重庆出版社和花城出版社陆续出版了卡达莱的五六部小说，《梦幻宫殿》是其中一本。

负责管理梦境的梦幻宫殿，是奥斯曼帝国最神秘也最有权力的机构。神秘和权力往往是一体的，公开和透明具有祛魅效果，会影响权力的神话，所以要避而远之。但神秘仅限于权力，民众必须是一览无余的，需要上缴梦境。

梦幻宫殿在帝国各处设立了大约一千九百个分部，每个分部又有子部，负责搜集梦境。梦幻宫殿为什么要搜集梦境？民间有个传说，一个穷人的梦境帮助国家免除了灾难，君主把他召到京城，将珠宝和自己的侄女赏赐给他。梦幻宫殿的内部说法是，每周五要将一个最最重要的特等梦呈送给苏丹。

对世事懵懵懂懂的马克-阿莱姆直接进入了要害的筛选部，很快又调到更为重要的解析部，最后成为特等梦部总管，直至成为梦幻宫殿总管。这种电梯式的晋升当然事出有因，马克-阿莱姆是帝国最显赫的库普里利家族成员。

库普里利家族和梦幻宫殿的关系非常暧昧。库普里利家族试图削减梦幻宫殿的权力而未遂，但在其中埋藏了为数不少的线人。梦幻宫殿拥有先天优势，根据规定，"所有居民的梦，无一例外"，都属于它的管辖范围。小说没有提及库普里利家族和梦幻宫殿成员每天早晨向抄写员汇报梦境，但这不意味他们的梦境有免于审查的特权。因为在梦幻宫殿里，有"秘密塔比尔"："那里解析的梦不是人们自己送来的——而是国家通过特别的方法和手段获得的。"所以，他们享有的仅是形式上的特权。马克-阿莱姆进入梦幻宫殿之后，家人中止了互相讲述梦境的习惯。

无论马克-阿莱姆手握重权担任大臣的二舅还是叛逆另类的小舅库特，都对梦幻宫殿有着清楚的认识。库特直接表示，梦幻宫殿"尽管有着迷人的名字，它还是最可怕的国家机构之一"，大臣则认为"特等梦有时纯粹是一种伪造"。小舅选择了远离权力，在他看来，"分享权力，首先，就意味着分享罪恶"。他"从不迷恋任何重要的工作，总是从事一些稀奇古怪的职业"，海洋学、建筑学、音乐，关注"政府和艺术、短暂和永恒、肉与灵的关系"……对库普里利家族来说，他是标准的异类。

家族在为马克-阿莱姆进行职业规划时，考虑了外交、军队、法院、银行、行政管理，最后大臣指定为梦幻宫殿。马克-阿莱姆的晋升和小舅库特的厄运是同步的：库特被捕后，马克-阿莱姆被晋升为特等梦主管；库特被斩首后，马克-阿莱姆被任命为梦幻宫殿总管。当库特被捕时，人们包括马克-阿莱姆一度以为库普里利家族会受到牵连，但出乎意料的是，马克-阿莱姆迅速获得晋升。他本人获得的消息是，库普里利家族进行了绝地反击。但马克-阿莱姆自己也难以理解，为何"他的舅舅，权势大到足以动摇国家的基础，却不能将自己的弟弟从大牢中解救出来"。

按照常规，库普里利家族有人涉嫌颠覆政权，破获这起案件的是梦幻宫殿，这是它扩大权力的契机，但梦幻宫殿尤其特等梦部却遭到清洗。小说没有说明原因，我的理解是，这是大臣与苏丹达成的交易，大臣允许自己家族中最叛逆的人被清洗，条件是家族成员可以控制梦幻宫殿。这样就可以解释，为什么当弟弟被抓时，大臣有些无动于衷，甚至"有一丝看起来像是服从的表情"。

　　库特的罪名是请来了阿尔巴尼亚狂诗吟诵者。库普里利家族来自阿尔巴尼亚，是欧洲仅存的受到史诗歌咏的民族，但奇怪的是，史诗不是来自他们的阿尔巴尼亚同胞，"在巴尔干中部一个遥远的名叫波斯尼亚的省份吟诵有关他们的史诗"。在库特看来，"我们就该听听他们的沉默"。苏丹缺乏一部歌咏自己的史诗，这种缺失成为他的情结，库普里利家族虽然倍享尊荣，却也频遭厄运。有一种解释是，苏丹对拥有史诗的库普里利家族充满嫉恨。诛杀库普里利家族最叛逆的成员，缺乏充分的理由。但是，苏丹有梦幻宫殿在，可以制造"梦之罪"，把一头公牛被自动演奏的乐器逼疯、站在桥边吼叫的梦境解读为"库普里利家族（桥），通过史诗（乐器），投入某项反对国家（愤怒的公牛）的行动"。

　　这个梦境在筛选部由马克-阿莱姆处理，他最初认定"无用"，接着又改为"可能有用"。在解析部，他再次遇到这个梦境。马克-阿莱姆手上沾了小舅的血，或许这也是他可以获得晋升的原因。只是这一切，都是在马克-阿莱姆不知情的情况下进行的。如果马克-阿莱姆把那个梦解读为"无用"，是否可以挽救小舅的生命？显然不会。当大臣和苏丹的交易完成，选择哪个梦并不重要，重要的是选择一个马克-阿莱姆经手过的梦，以保证他成为梦幻宫殿的总管之后继续效忠，永不翻案。梦境的解读是随意的，一个梦是否有问题，不取决于梦境本身，而是取决于梦幻宫殿。

虽然马克-阿莱姆更为亲近小舅，但在梦幻宫殿里，他逐渐被改造。在解析部，马克-阿莱姆最初把一个梦解读为反政府阴谋，再三考虑，改成了相反的意思。但是后来，他开始熟练地把一个梦解读为"反对国家的挑衅"，并且"喜欢这样的表达方式"。最后，他"越来越来接近那种他向来不喜欢的人"。

在整部小说中，看不出马克-阿莱姆具有哪个方面的才能，或许这正是他能够被各方接受的原因。在梦幻宫殿的小卖部，职员们"没有一句话涉及这幢大楼里正在进行的一切"，只是"谈些最最琐碎、最最寻常的事情，诸如糟糕的天气，咖啡的质量，竞赛，国家彩票，京城的流感，等等"。即使特等梦官员，看起来在绞尽脑汁地研究梦境，"而实际上，所有时间，他们都在琢磨着家里的小矛盾，不充足的薪水，以及其他鸡毛蒜皮的事情"。这是最合适的小职员，正如马克-阿莱姆的同事所说："在这种地方，怎么还会有人问'为何'？"

马克-阿莱姆和梦幻宫殿构成"虐恋"的关系，他有一次在宫殿迷路，胆战心惊，"宁愿身处一片冰冻的平原或狼群出没的森林中"。迷路是梦幻宫殿里最经常的体验，建筑没有任何方向性的标志，只有在迷路的状态下，个人才更容易接受各种指令。马克-阿莱姆逐渐对外部世界丧失了兴趣，与此同时，他自己也被神秘化，走在街上，人们把他看作一种奇迹，"不敢相信，他居然仍以血肉之躯，而不是某种非物质的形式，出现在他们面前"。

这个帝国对民众的控制达到了极致，马克-阿莱姆意识到："一旦控制住人类生活的幽暗领域，便能行使无边的权力。"一切都被消灭在萌芽之中，很难想象会有什么力量可以撼动帝国。小说没有交代帝国的结局，也没有交代梦幻宫殿的结局。但是，在帝国之内，所有人都是受害者。全国民众都在遭受失眠的痛苦，正是对梦幻宫殿的报复。梦幻宫殿也疲于筛选、解析梦境。马克-阿莱姆接到的第一份案卷是9月3日的梦，送到梦幻宫殿已经是10月19日。马克-阿莱姆在11月左右才阅读。这就存在一个悖论：如果梦幻宫殿仔细审查每一个梦，梦境可能会被积压更久；如果略过这些梦境，控制的有效性又会降低。

或许，梦幻宫殿存在的作用并非审查每一个梦，而是以它的存在恐吓民众，以它的神秘化维持帝国的稳定。但是，这种神秘化对梦幻宫殿内部的雇员是无效的，雇员们对自己的工作已经祛魅，他们对工作的忠诚度仅限于这是一份工作。在《一九八四》里，大洋国的叛逆者温斯顿不是来自宣传里所说的外部敌对势力，而是来自内部，来自真理部。《梦幻宫殿》里的马克-阿莱姆不是温斯顿式的叛逆者，叛逆者库特已经被清洗，但这位小职员见到春天的景象时，突然恢复了人的感觉：

"他用手擦去了窗户上的雾气，可所见到的事物并没有更加清晰：一切都已扭曲，一切都在闪烁。那一刻，他发现他的眼里噙满了泪水。"

写出《梦幻宫殿》的卡达莱，在现实中受到了阿尔巴尼亚最高权力拥有者恩维尔·霍查的器重。或许，这段话也是卡达莱的自述。

（原载《财新周刊》2016 年 6 月 27 日）

辑二 ｜ 命运交叉的城堡

晚清的"西行漫记"

一

一百年前的一个傍晚，宣统二年庚午十二月初七，即公元1911年1月7日晚七时许，天津士绅温世霖正在寓所内晚餐，突然有两三名警官闯入，将其传唤至警察局。三天后，温世霖因主张即开国会，被"遣戍新疆，严加管束"。当时还是北洋法政学堂学生的李大钊，曾积极参与此次运动，后来在母校十八周年纪念日时回忆过这段历史。温世霖对学生的激烈态度有所保留，但还是义不容辞地参与了此次运动。

时任直隶总督的陈夔龙在《梦蕉亭杂忆》里回忆，天津无赖某君，混入学界，"挟众罢学，通电全国，几至激成巨变，不可收拾"，于是"密拿到案，即日电奏发往新疆安置"。在没有法律程序的情况下，与其说温世霖被逮捕，不如说被绑架。虽然天津政治运动受到影响，但庆幸的是，各地媒体纷纷报道这一事件，社会各界进行营救活动，并未因此被视为同案犯而被牵连。

《昆仑旅行日记》是温世霖写于整整一百年前的日记，记载了他一路发配的"西行漫记"。我在打折书店偶遇，厚厚的一摞躺在那里。留意这本书，是因为我对近代以降的日记和书信情有独钟。尽管日记和书信常以自我为中心，但好处正在于只是一家之言、一人之见，并不宣称自己是客观公正的。

此前对温世霖一无所知。读过书中附录文章，才知道他出身于天津的教育世家，与创建南开的张伯苓、严范孙是世交。天津有两个温氏教育世家，一为温世霖家族，一为温瀛士家族。前者于1905年创办普育女子学堂，后者于1930年创办第二所普育女子学堂。普育女子学堂被视为"北方女学先河"，温世霖母亲是第一任校长，1923年去世，孙中山誉为"民国贤母"。

二

今人对流放的印象，大都来自《水浒传》。林冲被发配，一路机关重重，如果不是鲁智深相助，只能"被自杀"。两位解差董超、薛霸，对林冲像严冬一样残酷无情，后来卢俊义被发配，董超、薛霸再次联袂登场，故技重施，被燕青结果了事，也算是替林冲报仇雪恨了。温世霖比林冲、卢俊义要幸运许多,他遇到的解委像春天般的温暖,一路鞍前马后,你挑着担,我牵着马,迎来日出送走晚霞。

董超、薛霸陪伴林冲从开封走到沧州,清朝的制度与之不同,温世霖一路途经直隶、河南、陕西、甘肃、新疆,每至一地更换文武两名解委。

最初的两名解委因为缺乏合法程序,公文欠奉,自觉理亏,"言语支吾",而且因为相处时间短暂,没有来得及培养出感情。此后各地解委都与温世霖建立了"鱼水情"。温世霖对河南两位解委的评价是,一位"人甚慷慨",一位"照料格外周到,令人感激",临别时他们"彼此依依握手,黯然令人增感"。读至此处,几乎要联想起江淹的"黯然销魂者,唯别而已矣"和柳永的"执手相看泪眼,竟无语凝噎"。后来温世霖和另一位解委话别时,就引用了江淹的这句名言,称"当时之情景似之"。陕西两位解委与温世霖途经临潼县,三人在夜晚同去华清池沐浴,温世霖目疾初愈,行走不便,在解委扶掖之下,安然下池入水。在西安时适逢除夕,其中一名解委送来岳母手做黄河鲤、蟹黄等菜肴。

甘肃解委李子珠尤为独特,温世霖对他的第一印象是"人极开通,颇有肝胆,与余一见如故"。此说绝非客套。李子珠听说温世霖案发缘由,极为打抱不平,建议温世霖家人上访,温世霖感慨:"李君古道热肠,令人感激"。到了兰州，李子珠拿出家藏三十年老花雕，设宴招待温世霖，并建议其纳妾，理由是："遣戍者孤身至新（指新疆——引者按），恐有监禁之虞；若携家眷，则可通融，在城内赁屋居住。"李子珠称家中有侍婢两人，可供选择，但被温世霖谢绝。

温世霖遣戍新疆与直隶总督直接相关，甘肃藩司系直隶总督胞叔，李子珠因为与温世霖来往受到牵连，停职三年，解委也换为他人。但李子珠毫不介意，依然与温世霖来往，不仅送去翅、参、鸡、鸭和绍酒，还表示"一介微官"，即使受到处分，也不愿意失去温世霖这位良友。温世霖非常感动，称："风尘知己，邂逅订交，不谓龌龊世界中，尚有此肝胆照人，侠骨冰心之同志。一念及此，不禁热泪纵横矣。"从第一印象之"颇有肝胆"到日久见人心之"肝胆相照"，温世霖对李子珠的印象一以贯之。

后来李子珠再次建议纳妾，要将两位婢女送来以供选择，温世霖再次拒绝。李子珠干脆责之以大义，劝温世霖"应知一身所负之责任极为重大，切宜为国家爱护保全"。众多友人一致决定为温世霖物色人选，在兰州曾谈妥媳妇一名，但因对方不愿远行，作罢。于是，他们集资百金，委托解委在凉州代为觅一佳丽。这位解委与于右任是关中书院同学，"为人颇有风骨"，慨然应允，并称"绝不辱命"，后来果然兑现承诺，在凉州为温世霖觅得一位女子。今天看来，纳妾有违男女平等的精神，"为国家而纳妾"的说法更是言过其实，这在当时却是一段佳话。

温世霖在兰州停顿时，曾有一位名为陈克义者，声称奉孙逸仙之命对他沿途保护。但温世霖知道绝无危险，不会遇到董超、薛霸，辞谢了远道而来的"鲁智深"。温世霖对一路同行的诸位解委称赞有加，称"所遇各省解委，咸蒙热心维助，是故天佑愚衷，默加呵护"。陪同温世霖到新疆的甘肃解委，甚至产生了调到新疆当差以便"常常聚首"的想法。

三

在温世霖的"西行漫记"中，一路"默加呵护"的不仅有解委，还有地方官员。虽然直隶总督通电沿途各省督抚对温世霖严加防范，但也只有西安、兰州这些城市的长官贯彻了这一精神。在绝大多数地方，如同《昆仑旅行日记》的编注者高成鸢所说，温世霖"不像囚车里的罪犯而像视察中的长官"。

钦犯温世霖仿佛钦差，一路不乏结彩悬灯欢迎者，甚至解委都可以狐假虎威。在河南灵宝，一名解委大声斥责地方差弁："你们老爷对温大人得罪得起吗！他在北京骂了庆王爷，连摄政王都怕他，你们老爷是不想做官了!"在中央集权制下,对地方而言,所有"中央"来的、"上头"来的,都具有一定的权威,哪怕钦犯也被视为上达天听者。更何况,在一个缺乏法治的环境下,钦犯改日成为钦差大臣,也是完全有可能的,不能得罪。如果在患难之际雪中送炭,将是一笔性价比极高的投资。

但很多地方官员对温世霖的盛情,并非出于投资心理,而是有着观念上的认同。在陕西华山,温世霖一行入住的地方,"室中陈设雅洁,帘帐被褥均新制,极华丽",茶水点心,"极其适口"。最让温世霖意外的是,房间里还放有几本新小说,"此等闭塞地方,有此新书,直可谓之奇宝矣"。知县"人极开通,思想新颖",有两个弟弟在日本留学,本来想与温世霖碰面,但是限于官场规则,不便直接出面,派人再三致歉。在陕西咸阳,知县与温世霖有同乡之谊,又受朋友之托,虽然不便出面,但委托属下盛情招待。

也有官员完全不避嫌疑。陕西临潼知县张瑞玑就与温世霖一起"痛说革命家史",觥筹交错,相谈甚欢,临行时馈赠十二金,供购御寒皮斗篷之用。温世霖称他"言语爽直,精神奕奕,无丝毫官吏习气,与余一见如故"。这与张瑞玑的思想倾向有关,张瑞玑自陈曾是戊戌党人,与戊戌六君子之一杨深秀有会试同年及同乡之谊,亲赴菜市口为杨深秀收尸,并周恤杨深秀之遗孤。如果此段属实,张瑞玑和杨深秀当为忘年交,杨深秀生于

1849年，张瑞玑生于1872年，两者相差23岁。

温世霖盛赞张瑞玑："风尘俗吏中而有此人，诚铁中铮铮，庸中佼佼者矣，令人肃然起敬。"两人相见是在1911年1月，十个月后，张瑞玑起事，后曾任国会议员，去世后章太炎为其撰写墓表。1998年，北岳文艺出版社出版《张瑞玑诗文集》，该书曾于1988年自印出版。

在甘肃安定县（1914年更名为定西县，后因杨显惠《定西孤儿院纪事》而闻名），县令系晚清最后一位状元刘春霖之胞兄，等候温世霖多时未遇，后因公务进省，但嘱属下热情招待，临别前馈赠二十四金，足以购买两件御寒皮斗篷。刘春霖也写信给胞兄，"特嘱从优照应"。在甘肃金县（今榆中县），知县与温世霖好友是同年，又是至好，所以听说温世霖途经本地，派家人在百里之外预备酒席招待，自己则出境六十里迎接，双方亦是"一见如故"，临别时知县馈赠十二金。其余各地官员，迎来送往，不可胜数。

四

流放途中，温世霖不是"西出阳关无故人"，而是"天下谁人不识君"。他不像家破人亡的林冲，更像如沐春风的宋江，一路各路人马相见，均是纳头便拜。在西安，陕西按察使因为温世霖宾客盈门，设岗禁止宾客。

但来访者直接闯入，川流不息，如入无人之地。更有军官在除夕赶来，遇到岗兵阻拦，手持马鞭鞭打他们，代表自己和同僚向温世霖馈赠川资，让人联想起"黑旋风"李逵或"霹雳火"秦明。

温世霖一路享受贵宾待遇，据当时天津长芦盐务系统派驻洛阳人员的一封家书显示，温世霖"并无刑具，十分优待"，甚至有"饭后手巾把、漱口盂、茶点、瓜子"——如此待遇大概今日需要在海底捞方能享受——所以，写信者感慨："吾国此次对待犯人这等优异，为从来所未有。"如前所述，除了在西安、兰州等地，温世霖发送电报、访客会友的权利受到一定限制；在绝大多数时候，他仿佛微服私访的钦差大臣，禁令往往形同虚设，电报自有朋友代发，访客也常常横冲直入。

最受打击的一次是在兰州。温世霖听说甘肃按察使"颇有气节"，于是登门拜访，对方拒不相见，并告诫"不准犯人温某随意出门，随意禀见"。温世霖称："余生平第一次遭此奇耻大辱。当时闻之愤火中烧，几至晕绝。"但后来，他听说甘肃按察使此举亦是慑于甘肃藩司，情绪稍有缓和。

除此之外，温世霖也曾经受生活上的折磨。尤其在新疆的路途中，遭遇九死一生之妖风，下榻之处积水和马粪混杂，"湿臭之气，触笔欲呕"，夜间更是"冷风彻骨，遍身战栗"。这对世家出身的温世霖来说，几乎难以想象，他感慨"苦痛万状，非言可喻，真可谓人间地狱矣"。

温世霖在"西行漫记"中遇到的问题大都是"天灾"。比如他称之为"人间地狱"的地方，寸草不生而且交通不便，所以条件如此艰苦，并非地方官员有意为之。在条件可能的情况下，温世霖的待遇甚至超过解委和地方官员。

从直隶到洛阳，温世霖乘火车，此后没有铁路，但也不是像林冲一样步行。从兰州出发时，温世霖的车"宽大如一小屋，可容五六人坐而聚餐"，需要梯子才能上下，出了嘉峪关后，晚上就住在车上。如果有好事者，可以据此论证"房车"发源于中国。温世霖独自享受专车，两名解委只能共用一辆，与其说他们是解委，不如说更像随行的跟班。

至于饮食，更不必说，地方官员大都盛情款待，几乎一路尝遍各种风味的"农家乐"，温世霖一行也自备了各种食物。在西安，同乡赠送橘柚、鲍鱼、茶叶等物，并有朋友招待以韭黄猪肉饺，"极美，不减家乡风味也"。在陕西乾州，温世霖和解委饭后煮食酒酿，加上蛋清、白糖，"味甚纯美"。在甘肃隆德（今属宁夏），马哨官馈赠鹿腿和鹿筋，"异味初尝，非常甘美"。在甘肃安定县，马哨官馈赠羊羔一只，他们又购买肥鸡两只，但身边没有调料，只加盐烹煮。温世霖一边感慨"滋味之香美，异于寻常"，一边又觉得不太满足，不过是"饥者易为食"，因为饥饿，所以觉得好吃。

在兰州，因为随后的路途人烟稀少，需要自带食物。友人除了为温世霖准备了白米、小米、白面和鸡蛋等必需品，还准备了"腌肉、咸鱼、腊肠、火腿、洋酒、海参、熏鸡、卤鸭、咸菜等物，可谓应有尽有，周到之至"。以至于温世霖感慨，当年柳宗元、韩愈、苏轼贬谪边陲，也未曾享受如此待遇，因而"愧对前贤、扪心增疚"。离开兰州时，友人又送来"一品锅"，为其饯行。没过多久，温世霖又在新疆哈密再次吃到军官赠送的"一品锅"，也有官员在宴席上准备鲫鱼，这在缺水的西北地区堪称珍品，"鲜美异常"。哈密王也视温世霖为上宾，隆重招待。

不仅食不厌精，对于饮水，温世霖也很在意。过了西安，温世霖感慨一路没有清泉可饮，泡茶也没有味道，即使货铺出售的瓶装京茶也只是粗茶。在刘春霖胞兄担任县令的甘肃安宁，水质咸涩，县署专门送来"特供饮水"，该水只有一缸，供县令及夫人专用，取水需两日往返。饭后，温世霖一行先食用梨橘，但是不觉解渴，于是煮水分饮，虽"倍觉甘美"，但温世霖认为是"渴者易为饮"，因为干渴，所以觉得好喝。后来他们途经名为盐水河的地方，煮茶，加上梨枣调味，依然难以下咽。尽管他们抱怨水质，店主却跪求他们口下留水，因为水极为稀缺。于是，温世霖一行用川橘和冻梨解渴。

五

嘉庆年间，洪亮吉流放伊犁，一路作诗饮酒皆被封杀，只有出嘉峪关之后，才偶有动笔，但不谈国是，只谈山水。不可思议的是，温世霖是政治犯，却一路政治活动不断，不像是流放，更像是串联，"莫愁前路无知己，天下谁人不识君"。这一方面是因为有诸多同乡之谊者，津商曾经随左宗棠入疆，在西北颇有影响，如果以"大同乡"而论，范围更是大至五省；另一方面是因为有诸多志同道合者，立宪虽然不能说是家喻户晓，却已在士绅阶层具有一定共识。在"西行漫记"中，温世霖和天津商会、天津咨议局保持联系。

温世霖流放之初，途经直隶保定，车站居然聚集两千余学生，准备把他劫下，火车没有在保定停留，直接驶过。到了河南开封，河南咨议局议员和学生聚集于车站，加以挽留，反而是温世霖当众演说，劝他们放行，众人集资八百余元，供温世霖沿途开销。此后，一路为温世霖提供川资者，不胜枚举，以至有集资纳妾一事。

这位钦犯一边写信给朋友，主张"立宪应从速筹备"，同时一路会见旧雨新知，商讨立宪大业。他抵达西安后，得知直隶咨议局已经致电陕西咨议局，请求予以照顾。温世霖还在西安与几位同乡兼同志"纵谈国是，并论及革命秘密组织"。一个钦定的政治犯，在流放途中，考察立宪，会见各路反对派，商讨如何起事，听起来如同《天方夜谭》。

尤其到新疆境内，天高皇帝远，温世霖不仅私下交流，更是获得公共言说的空间。在新疆奇台县的三天，温世霖发表三次演说。他到实业小学参观，教员率学生六十余人开欢迎会，请他做演说，"殊出意料之外"，此次温世霖就普及教育和救国图强发表了自己的看法。随后，在以商人为主的直隶同乡会、陕省同乡会上，温世霖就商战展开演讲，主张商会互相联络，同时还就主张"讲求自治，凡属公民选举权，万勿轻易放弃"。在新疆孚远县（今吉木萨尔县），群众围观没有发辫的温世霖，温世霖借机与他们交流，消除了他们对学堂的误会。温世霖感慨："惜无人为之言说，以开通民智耳。"

林冲到了沧州，须吃一百杀威棒，行贿之后，才称病躲过。温世霖到了迪化（今乌鲁木齐），知府却主动前来探望，并送来酒席。温世霖请示如何"管束"，知府让其休息数日，同时表示："到了迪化即算完事。"新疆臬宪杨增新也表示："既已到此，即无事了！"

在迪化期间，"宾朋之来欢迎者，踵趾相接"。杨柳青商帮领袖、日本归来留学生、各路官员纷至沓来，有送鱼翅席者。当地甚至传有一句俗谚："请温七爷吃饭请得起，请温七爷喝酒请不起。"因为新疆交通不便，"外国酒极贵，啤酒每瓶银二两，香槟酒大瓶者每瓶十四两"，每次宴请温世霖，洋酒需要三四十金。

朋友为温世霖选择的新居更是胜过江南园林："房外回廊环绕，院中花木扶疏，又有清渠，一道小桥通焉。窗对博克达山，山头终年积雪，每风雨晦明，云影山光，时时变幻，快人胸臆。可以修养，可以读书，虽终老于此，亦云幸矣。"此外，还有凉州女子作伴。

在《昆仑旅行日记》的最后，温世霖写道："从此闭户，埋头读书养气，静以待时而已。"

六

在途中，温世霖至少两次与朋友预测时局转折的日期。一次在西安，一位北洋大学毕业、担任陕西高等学堂英文教习的同乡表示："半年之后，必有成效可观。大约大驾行抵新疆，即可返辔。"一次在兰州，甘肃解委李子珠被停职，温世霖称："预计三年以后，吾侪必能扬眉吐气。"

一个健在了267年的老大帝国，会在半年至三年之内轰然倒塌？他们似乎太乐观了。但结果如今已经众所周知，不到一年的时间，武昌首义，不久温世霖返回天津。

温世霖被发配新疆，一路不是道路以目，而是觥筹交错，无论体制内外，几乎都对他表示敬意。这种现象绝非孤例，日知会会员胡瑛被捕，判处终身监禁，狱中的胡瑛仿佛流放中的温世霖。范福潮在《"精神领袖"胡瑛》（《南方周末》2011年6月2日）里讲述过这段历史：胡瑛在监狱中会见各路朋友，饮酒聊天，商量党务，还与狱卒的女儿谈情说爱；关押在其他监狱的同案犯也大同小异，监狱如同"俱乐部"，同道纷至沓来，甚至狱卒倒茶送水，不但经济无忧，还可以接济困难学生，"若遇同志商谈重要事务，并可于夜间私自出狱"。

河南解委在灵宝借用温世霖"钦犯"的名头，斥责地方差弁，是为了向县官索贿，形成惯例之后，此后各地地方官须按照这个标准行事。事后这名解委要给温世霖白银二两四钱、洋烛一包、茶叶一包作为感谢，温世霖坚辞，感慨："吏治如此，焉得不亡？"通过流放经历，温世霖发现"所有过往差事，名为由地方官供应，实则征收民间物品、车辆"，此外还要中饱私囊，以钦犯过境为例，如开支为大钱二三十串，地方官要向民间索取二三百串，有十倍之多。

温世霖一路享受的海底捞式的待遇，以地方官吏对民间的数倍盘剥为代价。甘肃安西州官因为无钱供应温世霖一行，以至于"避不敢见"，被温世霖称为"一大笑话"。新疆哈密每年需要像岭南进贡荔枝一样，给西太后进贡哈密瓜，可谓"一骑红尘太后笑，无人知是哈密瓜"；每三年还需大贡一次，除了西瓜、骏马等贡品，还需准备赏银五千两以供贿赂。哈密王的女婿因为疲于应对官员的征收，"忧劳致疾，成精神病，医治罔效"。

"京中大臣取于外省之大吏，各省大吏取给于地方官，地方官乃竭民脂民膏以奉之。官如是，政如是，欲国不亡，得乎！"温世霖这样写道。这不是一家之见，陕西"张麻子"临潼知县张瑞玑甚至比他还要激进。这位潜伏的戊戌党人，本来想走体制内路线，造福一方，但他就任之后意识到此路不通。在《红楼梦》里，柳湘莲说宁国府里除了两个石头狮子干净，连猫儿狗儿都不干净。陕西"张麻子"则称："（县衙上下）数百人所得之薪资，无一文非扰民害民而来。除衙前一对石狮子无须养活，不扰害百姓耳！"在与温世霖的畅谈中，张瑞玑多次拍案大呼"非大革命不可"。

当官民上下都觉得非变化不可时，帝国的末日也就到了。只是新疆迪化的"豪华无敌山景房"，温世霖没有享受太多时日就离开了，今日看来尤为可惜。

（原载《东方早报·上海书评》2011 年 10 月 16 日；收入朱航满编选《中国随笔年选》，花城出版社，2013 年；题为《一位持不同意见者的"西行漫记"》）

"西洋景"和"中国梦"

走向世界的快捷方式

改革开放以降，关于博览会的启蒙知识，大都来自广告。尤其是 1915 年的巴拿马万国博览会，几乎成为广告专用术语，把张裕、茅台、汾酒、五粮液、泸州老窖、祁门红茶、信阳毛尖、太平猴魁、宣威云腿、金华火腿乃至泾县宣纸、天津风筝等等一网打尽。万国博览会成为诸多著名品牌的免费广告，这些著名品牌也成为万国博览会的免费广告，双方互惠共利。

当年美国率先承认袁世凯政府，袁世凯对在旧金山举办的巴拿马太平洋万国博览会报之以琼瑶，专门成立了筹备巴拿马赛会事务局，征集了 10 万多件参赛展品，大有席卷烟酒糖茶、笔墨纸砚、琴棋书画、柴米油盐之势，以便在国际舞台上展示形象。博览会颁奖等级分为 6 种：大奖章、名誉奖章、金牌奖章、银牌奖章、铜牌奖章、鼓励奖。整个巴拿马博览会评出 25527 个获奖产品，其中实发奖章 20344 枚，奖状 25527 张，中国展品获奖章 1218 枚，在 31 个参展国中居于首位，获奖名单里大都是今天名不见经传的品牌，一些宣称自己获奖的著名品牌却不见踪影。但是广告成功地制造了"两个凡是"的幻象：凡是获万国博览会金奖的都是名牌，凡是名牌都会获万国博览会金奖——万国博览会和各种名牌同时制造了关于自己的"神话"。万国博览会也和吉尼斯世界纪录、剑桥名人录等，成为中国走向世界的快捷方式。

博览会成为朝野上下共同关心的话题，不是民国初年的一时兴起，而是晚清以降的保留节目。1851 年，伦敦举办万国工业博览会，这被视为世界博览会的开端，流亡伦敦的马克思在给恩格斯的信中曾经谈及此事。当时的清朝，只有极少数士大夫睁开眼睛看世界，更多的在天朝上国里昏睡。在一幅描绘博览会开幕式现场的画作里，可以清晰地看到一位身着清朝官服的中国面孔。他是何许人也？这位人称"希生广东老爷"的中国面孔，来自当时停泊于泰晤士河畔的中国船只"耆英号"。他为何身着清朝官服？这是英国画家的想象，还是他购买的冒牌制服，无从得知。"希生广东老爷"参加这次博览会，不可能得到清朝政府的授权，这是可以确定的。严格说来，"耆英号"很难说是中国船只，因为一位英国人购买了它。另外一位远在上海的广东人徐荣村，成为世界博览会中国参展第一人，他挑选了 12 包"荣记湖丝"送至伦敦。当时在上海的英文报纸《北华捷报》呼吁上海商界为博览会选送展品，可是只有少数商人响应，徐荣村就是其中之一，或者唯一的一个。

清朝第一次派遣自己的代表参加世界博览会，要等到 1876 年。时任宁波海关文案年仅 34 岁的李圭，奉总税务司赫德派遣，从上海乘船经日本到旧金山，然后乘火车到世博会所在地费城，他狠狠地利用了这次公费旅游，不仅顺道参观了华盛顿和纽约，还不太顺道地游览了伦敦、巴黎，取道里昂、马赛，经地中海、红海、印度洋，最后返回上海，历时 9 个月，行程 8 万里。他没有把公费旅游的时间用在按摩或者赌场上，回国后也没有跟同事大谈"兄弟在美国的时候"，而是休假一年，认认真真地写了一本工作报告《环游地球新录》，详细介绍世界先进文化。这本书由李鸿章作序，海关总署出资印刷 3000 册，年轻的康有为曾经深受影响，一百多年后著名的"走向世界"丛书（岳麓书社，1985—1986 年首版，2008 年再版）收入此书，继续影响有着"被开除球籍"焦虑的中国。李圭在博览会上碰到中国留美幼童："于千万人中言动自如，无畏怯态。装束若西人，而外罩短褂，仍近华式。"——他们是中国第一批海外留学生。李圭问他们从博览会中有何获益，幼童们回答，可以观赏大地之物、仿行新兴技术、增进各国友谊。这些幼童原计划留美十五年，后来清朝政府以国家利益为由，提前强行召回。

博览会又称"炫奇会""赛奇会""聚珍会""聚宝会""赛珍会"，从这些命名可以看出天朝上国依然把博览会的特长视为"奇技淫巧"。但很多睁开眼睛看世界的士大夫逐渐把博览会视为"商战"的重要组成部分，认为它关系到国家富强。还有一小部分士大夫，没有将目光局限于博览会，开始探究博览会背后的技术、文化和制度。李圭称赞西人造纸之法"工省事倍"，认为中国瓷器面临危机，西国从中国获得瓷器之后潜心研究，青出于蓝而胜于蓝，"今则不让华制，且有过之无不及之势"。他称赞美国的教育："西学所造，正未可量。"他批评中国的性别歧视："妇女机敏不亚男子，且有特过男子者，以心境而专也。故外国生男喜，生女亦喜，无所轻重也。若中国，则反是矣，有轻视女子者，有沉溺女子者，劝之不胜劝，禁之不胜禁，究何故欤？"

到了19世纪晚期，虽然士大夫阶层依然不乏抱残守缺者，但愿意走向世界的不再只是一小撮人。被清朝政府派往欧洲的外交官陈季同，在一篇名为《万国博览会》的文章里，引用了一个朋友的信，这封信的内容几乎成为文章的主体，让人怀疑作者是否就是陈季同本人。当一个人不便直接表达自己的想法时，他常常会以引用的方式曲折地进行自我表达。这个匿名的朋友不仅具有良好的国学素养，还对西学有着近乎专业的训练，从埃菲尔铁塔谈到《圣经》里的巴别塔，还谈到一长串的画家柯罗、德拉克洛瓦、卢梭、米勒。他称赞1889年巴黎世博会："巴黎是个大都市，但在巴黎之内还有一个更大的城市，即所谓的万国博览会。"有意思的是，陈季同在文章开篇就否认了"大清官员凑份子前来参观埃菲尔铁塔"的说法，表示"他们的确来了，但各人费用自理，他们是来参观万国博览会的，自然也会去看埃菲尔铁塔"。在陈季同的另一篇文章《万国博览会的中国馆》里，他表示政府没有参加1889年巴黎世博会，是因为"所有的贷款都被投入到尽可能快速地拯救黄河决口所造成的水灾中去了"。

山寨版世博会

清末。清朝并不知道自己正值末年，博览会成为一个众所周知的关键词，甚至被寄望为一剂拯救帝国的强心针。上海格致书院每月初一在《申报》上刊登题目，征集回答，其中有这么一道策论题目：近有赛珍会，又名博览会，肇于何时？始于何国？其旨意何在？可析言之软？一位叫作李成蹊的青年应征，他就是弘一法师李叔同，可惜他的回答已经无法寻觅。

朝野上下不再满足于观看西洋镜，他们开始尝试把博览会引入中国。1910年，江宁举办南洋劝业会。劝业是发达于晚清的专有名词，主要指劝工、劝商。在士农工商的架构下，农本商末，故常有劝农之举，工商不足论，但是晚清以降，工商的价值被发现，为了唤起重视，故常有劝工、劝商之举。劝业会是博览会的中国名字，南洋劝业会是中国最早的大规模博览会，22个行省提供展品，20到30万人参观。在这20到30万人中，有一些当时不被人所知、后来众所周知的姓名。

一位是29岁的绍兴府中学堂博物教员兼监学周树人，当时他还没有鲁迅这个笔名。周树人听说南洋劝业会的消息，建议学校将这一年的秋季旅行改为参观南洋劝业会。一行浩浩荡荡200多人，经杭州、嘉兴、苏州，抵达南京，在那里度过一个星期的时间。

14岁的湖州中学学生、后来以茅盾闻名的沈雁冰，详细地记载了参观过程。学校贴出布告，愿去参观南洋劝业会者交费10元，沈雁冰征得母亲同意，报名参加。他这样回忆："校方包租了一艘大型小火轮，船上有官舱、房舱、统舱，又拖带两条大木船，载人也装行李，从湖州到南京，行程二日二夜，我们一行共二百多人，包括教师四人，工友二人。在船上住的很舒服。船到无锡，我们上岸换乘火车。拂晓到达南京下关车站，猛抬头看见斗大的'南洋劝业会'五个闪闪发光的字，走近了看，才知是许多小电灯泡连串做成的。我们由教师引导，先到浙江会馆，但会馆早已人满；临时找到一座大庙，大家打地铺，四位教师也不例外。"他们用了三天时间进行参观，"对四川、广东等各省展出的土特产，都很赞叹，这才知道我国地大物博，发展工业前途无限"。

15岁的苏州长元和公立第四高等小学堂学生郑逸梅、16岁的苏州草桥中学学生叶绍钧即教育家叶圣陶均曾在学校的组织下，参观南洋劝业会。掌故专家郑逸梅后来这样记载："校例有春秋两季的旅行，由教师带领，我就和一班同学，随着教师到南京，参观大规模的南洋劝业会。……这个会场占地很广，特铺铁轨，驰行小火车，可以绕场一周，以助游客兴趣。这里每省辟一专馆，陈列各省的生产物资。各馆的布局和建筑各不相同，以符合地方特色。"

教员鲁迅和学生茅盾、郑逸梅、叶圣陶，在南洋劝业会擦肩而过，他们将在未来相逢。那些年轻的学生以及其他20万到30万同胞，在参观灯光璀璨的南洋劝业会时肯定没有想到，这已是帝国的黄昏，一个庞大的帝国以这么一种回光返照的方式为自己提前召开了一次辉煌的追悼会。

南洋劝业会的首倡者是两江总督端方。端方系1905年预备立宪五大臣之一，遭遇革命党的炸弹之后秘密出访，历访日本、美国、英国、法国、德国、丹麦、瑞典、挪威、奥地利、俄国十国，回国后力主效法明治维新。

1911 年，四川发生保路运动，端方衔命入川，军队哗变，死于非命。首倡南洋劝业会的端方，不可能预测到几年之后的那场灭顶之灾，他在筹备会议上表示"各国工商之盛无不从国内博览会入手"，南洋劝业会"不独商业上有关系，即政治上亦与有光荣"。端方是官方人士，积极参与的民间人士有张謇，他成为状元之后，没有走学而优则仕的老路，而是学而优则商，身体力行地跨越士商之间的天堑。他去过大阪博览会，敏锐地发现博览会主要在于"开来"，中国展品多为"彰往"，回国后便着手引进博览会。此时中国虽然已经多次参加世博会，但是展品未能将博览会和博物馆、农展会区别开来，常常是一些准古董或者农产品。根据陈季同的记载，1889 年巴黎世博会的中国展品，丝、茶、瓷器和雕花家具占据了大部分面积。南洋劝业会虽然是山寨版世博会，却最为理解世博会的精神，重在彰显象征未来的工商产品，对于鲁迅、茅盾、郑逸梅、叶圣陶们来说，电灯和小火车带来的震惊肯定要大于丝、茶、瓷器和雕花家具。当时的《申报》为南洋劝业会提供了舆论支援，进行连续报道和评论，曾经刊登《劝业会与立宪》，表示劝业会可以引起国民之经济竞争心，进而引起国民之政治责任心。

郑逸梅还曾提到："民国后，杭州的西湖博览会，那是步南洋劝业会的后尘。"1929 年，浙江举办西湖博览会，参观者多达 2000 余万。西湖博览会规模远胜南洋劝业会，历史位置却稍逊风骚，这是因为南洋劝业会具有清晰的价值理念，致力于实业救国，西湖博览会虽然有纪念统一、提倡国货、奖励实业、振兴文化诸多主旨，根本目的是扭转财政困境。

从马孔多村到地球村

世博会曾经像《百年孤独》里吉普赛人在马孔多村搭起的帐篷，在那里，村民看到科学家的最新发明：最初是两大块磁铁，"铁锅、铁盆、铁钳、铁炉都从原地倒下，木板上的钉子和螺丝嘎吱嘎吱地拼命想挣脱出来，甚至那些早就丢失的东西也从找过多次的地方兀然出现"，仿佛它们都是有生命和灵性的，此前的沉默只是为了等待魔铁的召唤；接下来是望远镜和放大镜，望远镜制造了一个诺言，"在短时期内，人们足不出户，就可看到世界上任何地方发生的事儿"，点燃干草的放大镜则被视为大规模杀伤性武器；后来是一大块透明的东西，"这玩意儿中间有无数白色的细针，傍晚的霞光照到这些细针，细针上面就现出了许多五颜六色的星星"，村民们摸着这个热得烫手的神秘物品，感慨"这是我们这个时代最伟大的发明"，这个最伟大的钻石一样的发明叫作冰。

关于世博会的想象，主要有两种：一种是"西洋景"，一种是"中国梦"。一百多年前天朝上国的臣民，面对声光化电，仿佛马孔多村的村民面对魔铁、魔镜和魔冰。在陈季同引用的那封信里，他的朋友这样谈论自己的世博会见闻："一位名叫爱迪生的美国人，将人的声音抓住，然后粘到一卷转动的蜡上。你只需将这卷蜡寄给朋友，他们也让它转动起来，声音立刻又说起话来，无论重复多少遍都可以。然而，欧洲人常常抱怨他们的女人爱唠叨。谁知道有了这个不可思议的发明后，又会是什么样子！"茅盾在《子夜》开篇描述1930年的上海，电车的线路"时时爆发出几朵碧绿的火花"，浦东的洋栈"像巨大的怪兽，蹲在暝色中，闪着千百只小眼睛似的灯火"，洋房顶上的霓虹电管广告"射出火一样的赤光和青燐似的绿焰"。吴老太爷更是无法承受这些冲击，突发脑溢血死去。

茅盾的这段文字，不知是否与他少年时代参观南洋劝业会看到"西洋景"的经历有关。1910年，就在茅盾参观南洋劝业会的时候，一位叫作陆士谔的小说家写了一本科幻小说《新中国》，又称《立宪四十年后之中国》。小说中的"我"一觉醒来，发现已是立宪四十年后的新中国，他和爱人一起游览上海，那时的上海已经举办了万国博览会，并且为此修建了地铁、越江隧道、黄浦江大桥。此前，梁启超在1902年的《新中国未来记》里想象了六十年后的博览会，那时已是"大中华民主国"，"我国民决议，在上海地方开设大博览会，这博览会却不同寻常，不特陈设商务、工艺诸物品而已，乃至各种学问、宗教皆以此时开联合大会，处处有论说坛、日日开讲论会，竟把偌大一个上海，连江北、连吴淞口、连崇明县，都变作博览会场了。"吴趼人在《新石头记》里描写了贾宝玉来到 1901 年的情形，小说以贾宝玉参观浦东的万国博览大会作为结局，"各国分了地址，盖了房屋，陈列各种货物。中国自己各省也分别盖了会场，十分热闹，稀奇古怪的制造品，也说不尽多少。"这些幻想小说基本都是政治小说，三位作者通过相信未来的想象表达了"中国梦"。

一百年后，"西洋景"越来越多，越来越难以唤起想象，因为地球村逐渐取代了马孔多村。上海世博会的各国展馆各尽所能地"炫奇"或"赛珍"：丹麦馆出现了"小美人鱼"，1913 年诞生之后从未远行的"海的女儿"准备漂洋过海，为了避免她患上相思病，展馆里的池水将来自哥本哈根港口；英国馆的外部将有 6 万只有机玻璃"触须"，闪烁的触须闻风而动；法国馆试图将凡尔赛花园搬到黄浦江畔，打造漂浮于水上的"感性城市"；芬兰馆仿佛一座微型城市岛屿，参观者需要经过一座桥走进这座冰壶式的建筑……但在世界出现经济危机，中国呼唤大国崛起的 2010 年，"中国梦"无疑要比"西洋景"更受关注。

陆士谔和吴趼人不约而同地表达了"和平崛起"的

美好愿望，中国皇帝分别在《新中国》和《新石头记》里担任弭兵会会长和万国和平会会长。这个美丽的"中国梦"，依然带有浓重的天朝上国的味道。那是一百年前，不必苛求，但是今天的"中国梦"，必须也是人类的梦想。在地球村时代，上海世博会不能成为深圳"世界之窗"的升级版，不能只满足于一天游遍虚拟的四大洲五大洋。

那些成为标志性的世博会，几乎无一例外地为人类的普遍价值做出贡献。远的不说，以2000年汉诺威世博会为例，鉴于此前世博园前仆后继地成为"废墟公园"，汉诺威世博会决心"不建造任何在世博会后无用的东西"，"可持续发展"是汉诺威之梦，也是人类的梦想。日本馆是一座建筑史上规模最大、重量最轻的纸造建筑，墙面和屋顶是半透明的再生纸膜，减少了人工照明，这些建筑原料在世博会结束后"废物利用"为学生课本，仿佛战争"零伤亡"，实现了"零废料"。瑞士馆用37000块新鲜的木材堆成一个八音盒，没有使用钉子、螺栓和黏合剂，世博会结束后化整为零重返故国，五个月的展览期正好是木材的干燥期。世博会使用的高科技垃圾控制系统，使得每位参观者产生的垃圾保持在300到350克的范围内，这几乎是一个不可能完成的任务。

写这篇文章的时候，我居住的这座城市正在粉刷

临街的建筑，提醒着市民和游客一场盛大的博览会即将
来临。

（原载《华夏地理》2009 年第 5 期）

"史上最干净的爱情故事"

一

张艺谋导演的电影《山楂树之恋》，号称"史上最干净的爱情故事"。不仅干净，关于这部电影，最常见的形容词还有纯真、简单、朴素……张艺谋抱怨清纯的女孩越来越难找，更是引发一片附议之声。

然而，在众多附议声中，小说原著的作者艾米却成为坚定的异议者，她在博客上对张艺谋持续进行批判。按照常规，艾米在《山楂树之恋》之前没有什么名声，能够得到张艺谋的青睐不亚于被"钦点"，可是这位作家大有与张艺谋划清界限的意思。在接受《时代周报》（2010年10月18日）采访时，她表示自己要"尽力指出张艺谋对小说的误读"。

"史上最干净的爱情故事"——这句广告词沿袭小说原著而来，并非作者艾米的意思，而是出版商的行为。

对这种宣传不可当真，张艺谋却把广告词的精神贯彻进电影，一丝不苟地寻找起清纯的女孩。记者询问小说作者艾米："很多讨论都是围绕'纯''不纯''装纯'这样的概念，作为作者，你认为用这些概念来讨论这本小说有效吗？"艾米回答："讨论'纯''不纯''装纯'的人，不是在讨论这本书，是在讨论张艺谋。至于有没有效，要看你对'有效'和'纯'如何定义了。如果'纯'就是张艺谋理解的'对世事一无所知'，而'有效'就是读懂这本书，那当然是无效的。"

为什么小说作者艾米认为无效的概念，却一而再，再而三地被发扬光大？先是出版商，然后是张艺谋，接着是公众，都对"清纯"产生了兴趣。当然，读者有"误读"的权利，但读者们的"误读"为何如此一致，仿佛被统一了思想？

二

"山楂树之恋"发生在20世纪70年代，那个年代的男女关系，在王小波的《黄金时代》里，不仅不怎么干净，还有些下流。女医生陈清扬见到男知青王二，让他证明她不是破鞋，可是王二反而和陈清扬发展成"奸夫淫妇"。当地的惯例是"把一切不是破鞋的人说成破鞋，而对真的破鞋放任自流"，王二的下流行径具有以毒攻毒的特效，消除了陈清扬的烦恼。

《黄金时代》的文字，以纯真、简单、朴素的标准衡量，称得上低俗、庸俗、媚俗："我过二十一岁生日那天，打算在晚上引诱陈清扬，因为陈清扬是我的朋友，而且胸部很丰满，腰很细，屁股浑圆。除此之外，她的脖子端正修长，脸也很漂亮。我想和她性交，而且认为她不应该不同意。"

与张艺谋的清纯美学相比，王小波滑到了低俗美学的边缘。电影《山楂树之恋》有没有美化历史，成为争论的焦点。批评者认为"史上最干净的爱情故事"纯属虚构，或者只是个案，以此批评电影美化历史。辩护者则反复声明剧情源自真人真事，并非孤例，以证明电影忠实于历史。"史无前例"时代的爱情状况，需要研究之后才能得出结论。在看到相关研究成果之前，我基本持中立态度，认为当时的爱情是干净和下流并存，《黄金时代》里的"奸夫淫妇"和《山楂树之恋》里的"史上最干净的爱情故事"平分秋色。

很多观众看了电影，对那个时代充满缅怀，表示误解了过去，因为那时还有"史上最干净的爱情故事"。在文艺青年的思维里，"自由诚可贵，爱情价更高；若为纯情故，生命亦可抛"。悲剧的时代制造了悲情叙事的气氛，恰恰满足了他们自我感动的情感诉求。于是，20世纪70年代在《山楂树之恋》里，成为"贫穷而饱含理想的时光"。

我对电影持批评态度，但并不认为"史无前例"的时代不可能出现"史上最干净的爱情故事"，而是认为，一个时代，即使真的遍布"史上最干净的爱情故事"，也不足以心向往之。以"干净"和"下流"来衡量爱情，彰显"干净"、批判"下流"，这个标准本身就值得存疑。身体接触是"干净"还是"下流"？接触到什么程度算"干净"？在电影里，静秋和老三的亲密接触重在拉手，而在原著中两者的关系不限于此。为了达到"史上最干净的爱情故事"的效果，张艺谋"净化"了原著。"干净"成了禁欲的代名词，"史上最……"无非是"史无前例"的另一种说法。

三

一个在《英雄》里盛赞秦始皇的导演，怎么缅怀起"干净的爱情故事"来了？在《英雄》里，秦始皇被塑造成忍辱负重的"先知"，痛心于列国纷争，认为只有统一才能天下太平，这种精神最终感化了刺客。《山楂树之恋》是女高中生静秋和男地质队员老三的纯情故事，纯情到男主角得了文艺电影最为高发的白血病。两部电影的剧情似乎毫无关联，却又有着隐秘的联系。

张艺谋歌颂完善良的君主，又寻找起清纯的民女。

以君主的视角来看，民女越清纯，越能唤起君主的欲望。"山楂树之恋"正是献给"英雄"的礼物，天下一统了，接下来可以玩点"史上最干净的爱情故事"了。

《英雄》的秦国以法家治国，这一点众所周知。但另一个细节却被忽略，在《山楂树之恋》的纯真年代，发起了一场叫作"评法批儒"的运动，推崇法家而批判儒家。"崇法"是《英雄》和《山楂树之恋》的隐秘联系。这不是说张艺谋具有商鞅、韩非、李斯的理论水平和实践能力，而是他以艺术家的敏感捕捉到这层意思，或者说张艺谋的知识结构就来自这种模式。

四

《英雄》的逻辑是天下"定于一"，"定于一"有儒家和法家两个传统。

在《孟子》里，孟子见梁惠王，称天下"定于一"。如何理解这个"一"？孟子以仁政作为"一"的核心精神，明确表示"不嗜杀人者能一之"。但按照公羊学的思路，天下定于"大一统"，这也是后来的主流解释。如果"大一统"和仁政产生冲突，何者优先？孟子认为，仁政优先。公羊学不否认仁政，也强调"大一统"的合法性，但是，当它成为"儒表法里"之儒，仁政就逐渐作为口号而存在，在实际运转过程中法家便成为主导。

在《商君书》里，"壹"是反复出现的关键词。法家的"壹"不是指仁政，主要指农战，即对内重农，对外重军，"故圣人之为国也，入令民以属农，出令民以计战"。重农，经常被视为君主注重民生，但在很多时候，这是以"君子之心度君主之腹"。民国学者刘咸炘强调法家和农家的区分："务地贵粟，古之政要，李悝、商鞅亦与许行、白圭异趣，不得以为农家。"（《刘咸炘学术论集》子学编上，广西师范大学出版社，2007年）

在重农与抑商并列的情况下，重农的根本目标是成为军事帝国，国家富强的实质是君主专制、民力枯竭。民和国是此消彼长的关系，这里的"国"是君主的代名词。《商君书》中"弱民"一章专门讨论这个问题，称："民弱国强；民强国弱。故有道之国务在弱民。"

《英雄》让秦国提前贯彻了"儒表法里"的精神，"大一统"是无可争辩的目标，反对者要么幡然悔悟，要么自取灭亡。这是一封写给反对者的"劝降书"，劝说反对者以天下为重，搁置争议，拥戴秦皇，否则就是意气用事，目光短浅，不理解秦皇的良苦用心。

孟子称："不仁而得国者，有之矣；不仁而得天下者，未之有也。"顾炎武严格区分"国家兴亡"和"天下兴亡"，前者"肉食者谋之"，后者"匹夫有责"。他们都"以天下为己任"，不把自己与一家一姓之国家捆绑在一起。《英雄》也强调天下，但是这个天下被纳入到秦国的国家利益，天下国家化。根据《史记·商君列传》，商鞅三见秦孝公，前两次谈论帝道、王道，秦孝公志不在此，第三次见面，商鞅谈论霸道，与秦孝公一拍即合，掀开了商鞅变法的序幕。这里所说的"帝王之道"，以三代为模范，重在"天下"，而"霸道"则重在"强国之术"。

五

"清纯"不仅与美学有关，更与政治学有关。对此，《商君书》已有详尽论述。朴和淫，在《商君书》里是一组对立的概念。民风是朴还是淫，不仅属于个人的道德和美学范畴，更是关系到国策层面，关系到能否定于壹（农战）。《商君书》明确指出，重农政策和愚民政策、先军政策构成良性循环，农耕不需要民众有太多学问，民众思想简单，就不会轻视农业。"民不贵学则愚，愚则无外交。无外交，则国安而不殆。"全民务农有利于愚民，愚民有利于国家稳定，既能让国家拥有粮食储备，便于发动战争，又能使农民平时安于耕种，战时积极充当炮灰。正所谓："圣人知治国之要，故令民归心于农。归心于农，则民朴而可正也，纷纷则易使也，信可以守战也。"

公开称赞愚民政策，有些冒天下之大不韪。在很多时候，《商君书》用"朴"代替"愚"，强调"重农"胜过强调"愚民"。这是一种政治的修辞学，"朴"和"愚"、

"重农"和"愚民"可画等号。可是，后世读者往往被这种修辞学吸引，赞美重农政策下民风之朴，忽略愚民政策下民风之愚。还有一些读者，认为可以取重农之精华，弃愚民之糟粕。但法家的重农和愚民是同一件事情，无法分割。《商君书》反复表示："属于农，则朴；朴，则畏令"，"民壹则农，农则朴，朴则安居而恶出"。重农之精华就是愚民，如何取舍？

《商君书》指出"有道之国务在弱民"之后，接着指出："朴则弱，淫则强；弱则轨，强则越志；轨则有用，越志则乱。"（此处有两种版本，本文依蒋礼鸿，从简书之说）朴和淫成为治理国家的一对重要指标，民风淳朴就会循规蹈矩，服从命令；民风淫荡就会有奇思怪想，破坏稳定团结。

淫（有时也称为"奸"）不限于作风问题，包括除了朴之外的几乎所有品质。按照《商君书》的思路，要对贵族征收重税，但"劫富"不是为了"济贫"，而是为了从根源上杜绝"辟淫游惰之民"，即游手好闲之徒；要禁止粮食买卖，于是农民中的懒汉必须努力耕种，商人中的勤劳者也无利可图，只能改行务农；要禁止靡靡之音、奇装异服，这样才能"意壹而气不淫"，专心耕种；要禁止旅游，以免产生"奸伪、躁心、私交、疑农"的花花心思；要把酒肉视为奢侈品，然后鼓励艰苦朴素……

是否有利于农战，是朴和淫的判断标准，有利于农战者是朴，无助于农战者是淫。朴，包括但不限于干净、纯真、简单、朴素、清纯、勤劳、老实；淫，包括但不限于游手好闲、靡靡之音、奇装异服、好逸恶劳。

为什么张艺谋既热爱秦政和君主，又热爱清纯的民女，《商君书》早已给出答案。"清纯"，是一种政治学。

（原载《东方早报·上海书评》2010 年 10 月 31 日；收入李静编选《中国随笔年选》，花城出版社 2012 年，题为《"清纯"的政治学》）

八十年代的"瓷"

写这篇评论之前，我试图寻找关于郁郁的评论。有些意外的是，只找到两篇文章，一篇是对《郁郁短诗选》的评论，这本诗集收入了郁郁 2000 年的 20 首诗，一篇关于"郁郁其人其诗"，"其人"为主、"其诗"为辅。[1] 对于一位见证和参与了当代诗歌整个进程的诗人而言，这无疑是一种忽略。

一

郁郁是一位重要的诗歌活动组织者。在诗歌活动逐渐呈泛滥之势的今天，一名诗人过多地组织和参与诗歌活动，未必值得正面评价。但是，当时诗歌活动处于一个严重匮乏的状态，诗歌活动的组织者常常要比诗歌写

1　参见刘苇《激情灿烂中的阴郁之歌》、曲铭《嗓门大，说话一针见血》，载《零度写作》总二十四期，2009 年。

作者承担更大的责任。

这里所说的诗歌活动，除了通常所说的各种诗歌交流活动（如朗诵会、沙龙等），主要表现为两种形式，一种是诗歌团体的发起和组织，一种是诗歌刊物的编辑和出版。

1976年至1978年，郁郁与孟浪、陆少东创立读书小组"博研会"；1981年，与冰释之、孟浪创立文学团体并创办《MN》（MOURNER／送葬者）；1985年，与默默、方文、乃云、纤夫、孟浪等创立"天天文化社"并创办《大陆》；1988年，编纂《第三代诗歌总集》；1989年，与黄文棣编纂《上海青年诗人20家》；1991年，担任《现代汉诗》编委；1994年，发行《后朦胧诗全集》；1999年，为《一行》等组稿；2004年，复刊《大陆》……同时，郁郁从"单位人"变成"个体户"。

这里列举的仅是郁郁参与和组织的部分诗歌活动，更多的难以一一列举，比如我手边八十年代《大陆》的复印件和复刊的《大陆》，以及一些上海诗歌民刊和诗集，都来自郁郁。这对他而言可能不值一提，但是这种诗歌传播不可或缺。

郁郁的作用，对上海诗歌的生态尤为重要。四川从不缺乏诗歌活动组织者，或许是因为袍哥文化的影响，诗歌袍哥屡见不鲜。但上海截然不同，这座城市的市民往往止步于私人生活，公共交往相对匮乏，熟人之间的交往保持在若即若离的限度。

刘漫流执笔的"海上诗群"艺术自释这样写道："上海有那么一些个人，都孤独得可怕，常常走不到一起。他们躲在这座城市的各个角落，写诗，小心翼翼地使用这样一种语言。"[1]这种"孤独"是精神层面的，也是日常生活层面的。上海诗人，除了"撒娇派"是一个较为紧密的诗歌流派，其余都相对比较松散。[2]即使"海上诗群"，也是出于参加"中国诗坛1986'，现代诗群体大展"的需要，必须以"群体"为单位，临时集结而成。成员之间具有很大的差异，也没有共同的诗学理念，与非非主义、莽汉主义、他们文学社不同。

在这种情况下，郁郁的作用更加重要。诗人需要思想交流的精神共同体，不管这种精神共同体是否以诗歌团体的形式出现。郁郁与冰释之、孟浪是中学同学，很早就形成一个诗歌的精神共同体。1985年夏天，他们三人至西北、西南，冰释之、孟浪有事中途离开，郁郁继续云游；1989年，郁郁与默默云游西北；1996年，郁

1　徐敬亚等编：《中国现代主义诗群大观（1986—1988）》，同济大学出版社，1988年，第71页。这段话的另一种版本是："上海有那么十来个人，都孤独得可怕，常常走不到一起。他们高谈阔论，制作一种被称作'诗'的东西。"载《大陆》特刊"海上诗群"专号《八面来风》，1986年。这期特刊收有12位诗人的作品：韵钟、郁郁、冰释之、孟浪、古代、默默、天游、刘漫流、成茂朝、陆忆敏、王寅、陈东东。

2　"零度写作"是近十年上海写作领域值得关注但也最被忽略的一个精神共同体。

郁重访云南等地……郁郁的云游并不限于自己的交流，而是具有自觉意识地促成上海诗人和各地诗人建立交流网络。

郁郁编辑的诗歌刊物，同样具有开放性。《大陆》虽然是天天文化社主办，作者却不限于天天文化社成员，创刊号有北京、江苏、浙江等地的作者，同时刊登各地诗讯。第二期作者来自四川、北京、福建、广东、黑龙江、吉林、江苏、内蒙古、陕西、西藏、新疆、浙江、青海等十余个省市，并且不限于年青一代诗人，昌耀的作品也在其中。此外还有译诗。

郁郁没有同代诗人"PASS 北岛"或"打倒北岛"的情结。他既注重"后朦胧诗"的价值，又对"朦胧诗"做出高度评价，表示："作为新诗潮的前驱，北岛等诗人顺应了历史发展的规律，更因为他们所作出的特殊贡献，因而合情合理地当在中国新诗潮乃至文学史上占有重要的地位。"[1] 虽然"朦胧诗"与"后朦胧诗"在美学上具有差异，但是郁郁深知两者并非敌我关系，有否定更有继承。那种"PASS"或"打倒"的话语方式非但无法通往后朦胧诗，反而回到前朦胧诗的话语暴力时代。在这篇评论中，郁郁着重论述了上海诗歌逼仄的生存空间，这

---

1 修业：《作为中国"后朦胧诗"中的上海诗歌的观望和批判》，载《大陆》特刊"海上诗群"专号《八面来风》，1986 年。修业，源自郁郁原名郁修业。

恰恰是"后朦胧诗"和"朦胧诗"需要共同面对的问题。

与其他同仁刊物不同,《大陆》不是某个诗歌流派的阵地,是诗人的公共平台,这在八十年代殊为不易。两种类型的诗歌刊物均有着不可替代的价值,没有高下之分,但是创办一份诗歌流派的刊物,编辑常常作为这个诗歌流派的中坚而被反复提起,创建诗歌的公共平台,编辑往往隐身在作品背后。

复刊后的《大陆》继续保持了这种开放精神,作者不限同人,作品不限流派。这不意味着《大陆》没有自己的底线和标准,郁郁坚持艺术的独立性和思想的独立性。在第五期《大陆》跋里,郁郁区分了"民间"和"地下",他批评"民间"一词"宽泛、模糊得几乎是老少咸宜了",而"地下"是"危险而又坚韧的"。[1]

二

郁郁的写作理念和他编辑的诗歌刊物有相似之处,他的作品具有一种持之以恒的品质,却难以用主义和流派进行概括。或许,上海一位图书审阅者是郁郁诗歌的"知音",他在审阅一本上海诗人合集的时候,一一点评

---

[1] 郁郁:《失败的理由从何说起》,载《大陆》第五期,2008年,第595页。

了郁郁的诗歌，称《回家》等"整体都很愤激、阴暗，充满牢骚"。[1] 这无疑是对郁郁诗歌的另外一种赞美，对现代诗歌而言，"愤激、阴暗，充满牢骚"可能是一种美德，是"恶之花"。四平八稳、阳光、欢天喜地却不敢让人恭维。

三十年来，诗歌写作的潮流发生过很多变化，比如从抒情到叙事，也产生过剧烈的分化，比如知识分子写作和民间写作。郁郁的诗歌没有被这些争论影响，他的写作始终保有一种八十年代的气息。

2003年的"期待是一座小心翼翼的房子／布满了蜘蛛网／那些打扫的愿望／流经骨骼的间隙／痛得我至今缓不过神来"（《给南翔⋯⋯》），2010年的"当悲伤的过去成了时间的琥珀／当麻木而又贪婪的人群追逐着虚无／我还能保护、珍藏／那个常常疏忽的自己么"（《无题》），2011年的"只有趴在秋天的肩膀上／我才能看见爱人四季如春的脸／只要把爱化作美酒，寒冷和死亡／就会与温暖、生命等量齐观"（《赞美》）⋯⋯如果没有标明写作日期，我可能会判定这些诗歌写于八十年代。布满蜘蛛网的房子，时间的琥珀，爱的美酒，这些都是八十年代诗歌的常见意象。这些意象在郁郁的诗歌中不止出现

---

1 郁郁：《上海的诗意》，载《零度写作》总二十四期，2009年，第269—270页。

一次，比如"琥珀"先后出现于1992年的《告别内心》、1993年的《暂时的真理》、1994的《日常生活》、1997年的《肢解》、2004年的《那么一点点》，直至2010年的《无题》。

成为"琥珀"的不仅是这些意象，更是期待、痛、悲伤、虚无、寒冷、死亡、温暖、生命——这些具有八十年代气息的精神症候。在《我为什么要写作》里，郁郁先是引用了自己当年的诗句："一场漫山遍野的爱情／一次伤痕累累的凯旋"，接着表示："这两行诗句，是我对那刚刚过去的纷繁、热腾八十年代的表述和总结，也是对整个八十年代满怀敬意的绝唱。浪漫得让人感伤，感伤得让人无言以对。"在自传性文字《废墟上的瓷》开篇，郁郁这样写道："也许并不惊天动地，也不是什么奇珍异闻。可恰恰是这些点点滴滴构成了八十年代，至少是我心中永远不能抹去的景致。她的存在折射了什么呢？一种缅怀一种氛围，一种不能释怀的，包括我们曾经追求的气质与精神。"[1] 借用《废墟上的瓷》这个标题，郁郁的诗歌可以称作"八十年代的'瓷'"。

何谓八十年代？没有标准答案。很多当事者会在怀旧中神话自己在八十年代的经历，把这种经历视为文化

---

1 郁郁：《废墟上的瓷（上篇：1976—1989）——〈大陆〉或与诗有关的人和事》，载《大陆》总第五期，2008年，第190页。

资本，同时又会批评八十年代的天真和简单，以表明自己永远处于时代风潮的前列。郁郁对八十年代的回归有些不合时宜，在他那里，八十年代是精神资源，与文化资本无关。张扬精神、坚持理想、回归人性，这些已经"过时"的观念，在郁郁那里被重新捡起，让人觉得熟悉又有些新鲜。在美学上，郁郁拒绝"进步"，而是"退步"到八十年代，反复使用着八十年代的意象和书写方式，这与他在八十年代的"前卫"和"先锋"形成对照。

诗集《亲爱的虚无　亲爱的意义》收入的最早的诗，是 1980 年的《浮的结果》，当时郁郁不满 20 岁。虽然这首诗只是初学之作，却既无青春期写作的自我欣赏，又无当时朦胧诗的批判和控诉，而是重在内省："我不嫌龌龊的世界 / 因为终究是浮的结果。"耐人寻味的是，郁郁写于八十年代的诗歌，反而不那么八十年代，与当时的写作潮流明显保持一定的距离。在八十年代的诗歌中，很少见到关于精神、理想、人性的宏大叙事，却不乏当时并不多见的戏谑风格。尤其是 1985 年，郁郁的写作以戏谑为主，如《角色》《演说家》《敏感问题》等，与"撒娇派"有相似之处，这种写作方式至今仍在使用，却只是偶尔为之。

郁郁的诗歌以自我对话为主，在诗中有不止一个"我"，他在《关心我自己》（1987）里反复表示"距离我最远的是我自己"，并且这样写道：

我自己的灵魂

一次次摆脱我

他和我争吵殴斗相处了一辈子

难分难解

就像我和我自己

　　"我"和"我自己"的左右互搏,摆脱了八十年代常见的"个人中心主义"。八十年代,"我"从"我们"的集体意志中分身而出,成为大写的单个的人。但在与"我们"对抗的过程中,"我"开始变得庞大起来,反对权威同时又渴望威权,与"我们"共享着相似的价值理念和话语方式,这种"个人中心主义"和"个人主义"貌合神离。在郁郁这里,"我"没有那么坚定、高大,而是充满自我怀疑。郁郁不缺乏可以进行思想交流的"精神共同体",但同时保持个体的独立性。

　　在《孤独》(1987)里,郁郁写道:"孤独的时候多想想 / 想想从前的随随便便 / 想想从前竟不知道什么是孤独"。"孤独"是八十年代诗歌里的常见词汇,往往是青春期症候,但在郁郁这里,"孤独"和"想"有关,是一种自我反思的状态。

　　未经思考的人生,是不值得过的;但是,经过思考的人生,是有代价的。1990 年,郁郁有一首诗的题目是《事实上我已经死过一回》。这一年,他在《从现在起》

里写道：

> 从现在起，每当黑暗笼罩的时候
> 我就向人们朗诵
> 我内心深处的海洋，天空
> 和不一定蔚蓝的诗篇
> 向人们朗诵我梦境里
> 那位总在与我对话的声音

内心深处的"总在与我对话的声音"，是黑暗时刻的海洋和天空。但是，这只发生在梦境里，梦境是不可靠的。1992年，郁郁写下《告别内心》，在诗歌里表达的却是"告别内心"的不可能性。这种自我冲突并非孤例，1992年，郁郁写下《我是我自己的法律》，1993年，他又写下《我已经多次放弃了自己》。这种冲突可以有很多种解释，但是我愿意把它理解为八十年代与后八十年代的冲突。这种断裂，郁郁在1990年的《临界》里已有描述：

> 一个人消失地睡去
> 一个季节默默地挥一挥手
> 告别

一个年代的沉没

站在精神的废墟之中，刚刚过去的八十年代那么遥远，像瓷一样光洁又像瓷一样易碎。对八十年代的追忆有理想化、浪漫化的成分，但是理想化和浪漫化在后八十年代又过于稀缺，只能以被否定、被批判的形式出现。

1998年，郁郁在《慰藉》里写道："歌颂过去就歌颂缺点 / 就是歌颂心中念念不忘的伤感。""歌颂过去就歌颂缺点"，可以理解为"过去"是一种缺点，也可以理解为"歌颂过去"是一种缺点——这可以视为郁郁的自我批评。

郁郁的诗歌，有着八十年代美学的魅力，也有着八十年代美学的缺点。他的诗歌有着众多的八十年代诗歌的常见意象，有着八十年代的美学和话语方式，以至于他的新作显得有些"陈旧"，有些"过时"。但是，诗歌并不遵循进化论的原则，"陈旧"和"过时"不是诗歌的污点，诗歌不是"争先创优"。

值得思考的是，为什么一位在八十年代与八十年代美学保持距离的写作者，在后八十年代却返回八十年代的美学？1999年，郁郁写道："我所有的热望如今已是 / 许多人连承认都不太愿意的回忆。"（《你不是说过的吗》）明知"许多人连承认都不太愿意"，依然坚持回忆和热望，这种"退步"，是不是另一种"先锋"？是不是可以这样说，郁郁始终是反潮流的，在八十年代与八十年代保持距离，在后八十年代回归八十年代。

重新回到1990年，郁郁在《迁徙》里写道：

> 在整整十年的乘坐中
> 有一位心向着下一个世纪的旅客
> 正从容地划亮火柴，点燃
> 那本最后的列车时刻表
> 并且牢记到达的地点。

人们常常走得太远，以至于忘记了出发时的方向。只有这位"心向着下一个世纪的旅客"，不断温习着"整整十年的乘坐"，通过这种温习"牢记到达的地点"。

（原载《2012诗探索·中国年度诗人》，漓江出版社，2012年12月；又载于《诗探索（理论卷）》2012年第4辑）

动物庄园里的"冷兵器思维"

小说市场和动物庄园

在今天的小说市场里，不仅活跃着投机者、商人、掮客、文学青年各色人等，还闪烁着各种动物的身影。姜戎的《狼图腾》(长江文艺出版社，2004年)出版将近2年，依然风头正健：在国外，企鹅和兰登两大出版集团分别购得该书的英文和德文版权；在国内，它继续占领排行榜，还推出了青少年版。在这种余威的裹挟下，各种与狼有关的书籍纷纷登陆，可谓"一狼得道，鸡犬升天"。杨志军的《藏獒》(人民文学出版社，2005年)开印即达10万册，这个印数逼近一些当红作家。再联想起上个世纪末李佩甫的《羊的门》(华夏出版社，1999年)，小说市场已经成为"动物庄园"。

这些书籍的畅销是否意味着小说的复兴呢？我对此并不乐观。《狼图腾》和《藏獒》的叙事模式非但没有什么创新，反而显得有些陈旧，接近于"故事会"的水准。不过，作者和读者的"醉翁之意"并不在于掀起一场小说革命，而是在于一些宏大命题。在《狼图腾》的封底，作家周涛称这是"一部因狼而起的关于游牧民族生存哲学重新认识的大书"；在《藏獒》的封底，编辑则有所针对地说："又正逢狼崇拜滚滚热浪，禁不住心想：当人们总想把自己变成狼时，人性莫非只好让狗替我们珍惜？"可以看出，两本书围绕"人性"产生了冲突，《狼图腾》试图为狼拨乱反正，《藏獒》则用狗对抗狼崇拜。

这种相信人起源于某种自然物或自然现象，并相信人与这种自然物或自然现象之间存在着亲属关系的观念，用传统话语来说是图腾信仰，用现代话语来说是吉祥物崇拜。在这些作家和绝大部分读者看来，对不同"图腾"的争夺，直接关系到对中华民族／人性的定位，更决定着中国未来的道路。于是，小说变成事关民族和国家存亡的"黑皮书"，畅销也就在情理之中了。下面沿着小说指引的道路，来看一下动物庄园里的四种图腾。这里所说的"图腾"不是严格意义上的文化人类学概念，而是指公众对它们的某种想象。

四种图腾：龙、狼、犬、羊

龙图腾。龙图腾在全球化时代遇到挑战。2008年奥

125

运会吉祥物揭晓，五个福娃分别融入鱼、大熊猫、藏羚羊、燕子和奥林匹克圣火形象。龙的缺席与它在不同文化中的不同意蕴有关：在中国的神话传说里，龙象征一种被奉若典范的神性，屠龙术是一种不切合实际的技艺；在西方的神话传说中，龙象征着一种需要靠力量和智慧征服的兽性，屠龙是对英雄的考验。[1]同样出于虚构，中国取各种动物之长、进行器官移植，从而使龙成为"完美的动物"：角像鹿，头如驼，眼睛如兔，颈如蛇，腹似蜃，鳞如鲤，爪似鹰，掌如虎，耳朵像牛。在基督教的象征体系中，龙却是撒旦的化身，代表着邪恶力量，它被圣母玛利亚踩于脚下。

对龙的不同看法，与不同文化传统关于人性的不同预设有关。张灏曾提出"幽暗意识"这个概念，指对人性中与宇宙中与始俱来的种种黑暗势力的正视和省悟。中国的儒家传统往往与幽暗意识相抵触，追求统治者是一个具有完美人格的"圣王"；而基督教以幽暗意识为出发点，相信人可以得救，但不相信人在世界上有体现至善的可能。由于对人性的理解不同，前者希望执掌权力者能够通过道德培养来净化权力，后者则试图从制度上防

---

1 关于龙的象征含义，参见［德］汉斯·比德曼：《世界文化象征辞典》，刘玉红等译，桂林，漓江出版社，2000年，第196—197页；［美］詹姆斯·霍尔：《东西方图形艺术象征词典》，韩巍等译，北京，中国青年出版社，2000年，第35—38页。

范权力的泛滥。[1] 在中国，龙不仅成为神性的象征，还逐渐被纳入皇家意识形态的阐释系统，成为帝王的吉祥物。"真龙天子"拥有绝对权力，不要说屠龙，哪怕平民的衣服绣上龙的图案，也会被视为犯上作乱。

狼图腾。在《狼图腾》的最后，附录了一篇长达数万字的《理性探掘——关于狼图腾的讲座与对话》。它可以被视为贯穿全书的"中心思想"，通过小说中两位主人公陈阵和杨克的"互相吹捧"，作者阐发了自己的一系列观点，并大胆假设"中华龙图腾很有可能就是从草原狼图腾演变而来"。在这个充满自相矛盾和武断结论的对话里，狼和羊分别被视为游牧文明和农耕文明的代表，"中国病"被总结为"羊病"。这个说法既不高明也缺乏独创，在网上随处可见"中国人为何缺乏血性"的疑问，但是《狼图腾》把这种思维推向极端，直接呼唤狼性甚至兽性，并且声称如果它们被完全或大部分消灭，人类文明就无从谈起。

作者象征性地提到兽性狼性对人类文明的危害，并且指出民主和法治是唯一能够释放又控制狼性"热核反应"的现代反应堆。但是这些都是一笔带过，在具体论述中很少对狼性进行反思，而是充满了简单的歌颂。在

---

1 关于幽暗意识的研究，参见张灏：《幽暗意识与民主传统》，载张灏：《张灏自选集》，上海教育出版社，2002年。

他眼里，焚书坑儒的秦始皇具有"开拓猛进的狼性性格"、"敢作敢为，大气磅礴，首创了一个强悍向上的崭新时代"。书中也提到秦始皇是一个狼性暴君，可是立即又转向另一个结论："如果没有秦国君民狼性格的因素，中国历史决不会出现以后汉唐的辉煌上升时期。"可以看出，尽管这段对话声称要"恢复历史的本来面目"，但对历史的了解只是教科书叙事的重新改装。作者的语言有着大字报的影子，比如称"明代后几代皇帝都不是草原狼，而是典型的黄鼠狼，内战内行，外战外行，鼠性十足，耗子扛枪窝里横"。

犬图腾。《狼图腾》提到了"犬图腾"，但把它等同于"狼图腾"，作者特别指出这个"犬"专指像藏獒那样的野狗而非家犬。《藏獒》用"藏獒精神"纠正"狼性"，作者特别强调了藏獒和人的亲密关系。《狼图腾》提到："牧民虽然很爱狗，但是在草原人的心目中，狗与狼地位极其悬殊，狗是草原人的战友，而狼则是草原人的神灵"，《藏獒》却这样写道："牧人们形容一个坏蛋，就说他坏得像恶狼，形容一个好人，就说他好得像藏獒。"与其说牧人的态度出现分歧，不如说两个作家对牧人的叙述和想象截然相反。在《藏獒》的序言里，作者提到"父亲"在一本《公民道德准则》的小册子上，郑重其事地批注了几个字：藏獒的标准。这个隐喻暗示"公民"等同于"藏獒"，他们遵循着共同的伦理标准。

那么，藏獒的标准究竟是什么呢？小说提到"它们是品德高尚的畜生，是人和一切动物无可挑剔的楷模"。"无可挑剔"这个词再次说明幽暗意识的匮乏，设计一个完美的目标并且相信只要通过努力就能抵达这个光明的终点。在小说中藏獒的主要品德就是"忠诚"，大黑獒那日在神圣主人的威逼和性与爱的驱使之间无路可走，只能选择第三条道路：撞墙自杀。这不是"公民道德准则"，而是"臣民道德准则"。小说里还反复出现咒语般的"玛哈噶喇奔森保"，它是藏獒对自己被人类驯化的集体记忆，"是所有灵性的藏獒不期而遇的软化剂，一听到它，它们桀骜不逊的性情就再也狂野不起来了"。这种咒语与孙悟空的紧箍咒类似，在抑止兽性的同时又把它们规训为听话的机器。

羊图腾。《羊的门》的标题出自《圣经·新约全书》："主说，我实实在在地告诉你们，我就是羊的门。……我就是门。凡从我进来的，必然得救，并且出入得草吃。盗贼来，无非要偷盗、杀害、毁坏。我来了，是要叫羊得生命，并且得的更丰盛。"不过，这本书的核心并不是基督教信仰，而是典型的"中国式智慧"。呼家堡仿佛一个微缩版的中国，当家人呼天成虽然级别低于七品芝麻官，却编织了一张从地方到中央的庞大网络，从而得以历经种种风暴而不倒。在《狼图腾》里，"羊"几乎是一个贬义词，象征着"软弱可欺的良民顺民"，《羊的门》

却展现了羊高超的生存技巧。

羊通常被当作温顺的象征，可是司马迁在《史记·项羽本纪》里却写下了这种排比句："猛如虎，很如羊，贪如狼"。对"很"的解读有很多种，有的把它视为"狠"，有的把它理解为"乖戾、不听从"。羊的生存技巧正表现在这种两重性上，一方面温顺可爱，另一方面又性格乖戾，争斗时丝毫不肯退让。羊与人的融合便是"佯"，诸如阳奉阴违、口蜜腹剑、笑里藏刀之类都属于这一文化遗产。即使中国的知识精英也无法摆脱这一惯性，装疯卖傻的"佯狂者"数不胜数，"狂出真性情者"屈指可数。《狂人日记》中的狂人便是属于这一类的"形象大使"，在病中属于被屠杀的羔羊，病好之后立即加入现行秩序的行列。

作家和读者们发起了一场图腾之争，有的网友甚至拟出《羊图腾》提纲以示反对《狼图腾》。龙、狼、犬、羊四种图腾未必冲突，更多并存在文化血脉之中。龙、狼、犬、羊的多重面相分别被简化为神性、血性、忠诚、温顺，邪恶、暴虐、驯化、乖戾的另一面完全被遗忘。《狼图腾》似乎在反思农耕文明的"羊病"，实际上只是在为"狼性"唱一首高亢然而空洞的赞歌。

愤怒中年的"冷兵器思维"

与"愤怒青年"相比,"愤怒中年"对自己的观点会更加确信,不仅不会轻易改变自己的立场,反而会努力说服别人听从自己的高见。他们经过长期思考已经发明了自成体系的"理论永动机",比如《狼图腾》就用狼性/游牧文明、羊性/农耕文明和文明羊、文明狼、文明人等一大堆自我研制的理论配件,拼装成"狼图腾"这个据说可以拯救中国的理论永动机,试图"历史的、系统的分析、批判和清算"中国农耕意识,甚至要重写中国历史。

"愤怒中年"的理论真像他们自己宣称的那样具有革命意义吗?由于他们的知识结构停留在几十年前的教科书阶段,这些理论永动机最终只是一些重新油漆过的锈迹斑斑的机器,那些所谓"理性探掘"更像"非理性呓语"。《狼图腾》从腹稿到定稿,经历了从1971到2003年的漫长时光,可其中的思考似乎还停留在1971年以前。《藏獒》的封面装帧具有1980年代那种素朴且幼稚的风格,这也恰恰是这部小说的风格。从表面上看,这两部小说围绕着"狼图腾"还是"犬图腾"产生正面对撞,实际上却是互相配合,前者歌唱"征服",后者称赞"忠诚"。

人们通过各种图腾展望未来的中国,最终依然没有跳离前现代的"冷兵器思维"。在"狼和小羊"的前现代叙事里,"你死我活""弱肉强食""胜者为王"的丛林法则成为不二法门。《狼图腾》称"狼性的游牧民族冲进中原,给羊性化的农耕民族输血,……让华夏族一次一次地重新振奋起来",尽管也轻描淡写地提到"群狼混战,血腥残暴,尸骨遍野,人口锐减"的历史场景,却认为灾难的内因在于农耕文明本身,在于"温柔敦厚的农耕民族缺乏强悍的国民性格来抵御外来侵略"。按照这个逻辑,路人被强盗杀害,要归罪于路人过于软弱,缺乏自卫能力。

(原载《中国图书评论》2006年第2期;收入朱大可、张闳主编《21世纪中国文化地图(2006年卷)》,吉林出版集团有限责任公司,2007年)

辑三｜收藏沙子的旅人

一生中的二十四小时

摄影家胡杨用了26年的时间穿行于上海的弄堂之间，拍摄了这部《上海弄堂》。首先让我注意的不是照片内容，而是它的编排方式。根据惯例，这部摄影集可以按照拍摄年代分类，80年代、90年代、新世纪；可以按照地域分类，从甲街道到乙街道再到丙街道；可以按照主题分类，诸如衣食住行；可以按照人物分类，包括男女老少……可是，胡杨采取了一个全新的编排方式，他把26年的照片按照它们在一天里的发生顺序编排起来。

一部摄影集，不是把诸多图片胡乱堆在一起，就可以了事。就像一位作家，他与其他作家所面对的无非都是那么几千个字，可他们写出的是完全不同的篇章，书写就是一种编排。一个摄影家的编排技术没有必要像作家那样突出，但也绝非无关紧要。至少对于一部摄影集来说，编排方式意味着观看方式。如果按照年代分类，照片就构成了线性结构，仿佛传记，只能采取历史的读法；如果按照地域、主题或者人物分类，照片就构成块状结构，仿佛资料集，只能采取文献的读法。胡杨打乱年代、地域、主题或人物的分类，按照24小时的节奏进行编排，避免了打破惯例之后可能产生的混乱，将所有图片编织进想象的网络，让观看者的视角更为开阔。

一个人的一生究竟有多长？一般而言，在0到100年之间。但是，也可以说，所有人的一生都只有24小时。难道不是吗？除了极少数刚出生就夭折的孩子，每一个人，不管他是断灭论、末世论还是轮回论，都无法跳出24小时之外。乔伊斯的《尤利西斯》用了几十万字写下都柏林一天的生活。而尤利西斯在希腊神话里，征战了十年又漂泊了十年才回到自己的家。与其说时间的长短发生变化，不如说时间的单位有了改变。在古典时间里，人类仿佛植物，春去秋来，关心的是上辈子或下辈子如何；在现代时间里，人类就是时钟，日日夜夜，谈论的是昨天或明天怎样。

都柏林和上海似乎遥远了一点，我也无意把《尤利西斯》与《上海"下只角"》放在一起，我想起的是上海作家陈村的短篇小说《一天》：主人公张三在早晨迈出家门的时候，还是刚刚工作的青工，晚上回来的时候已经光荣退休了——一天就是一生。翻看胡杨的《上海"下只角"》，会发现一生就是一天。倒马桶、散步、拆迁、晒太阳、爆米花、出丧、磨剪刀、看小人书、打雪仗、贩香烟、婚礼、屠狗、冲凉、做作业、买西瓜、看电视……所有生活的细节，经常的、偶然的，干净的、肮脏的，重要的、不重要的，从早到晚全部集中在一起。我们可以看看其中三幅图片。

第一幅图片，一对穿着睡衣的夫妻手挽着手，妻子的手上提着一只马桶，他们的姿势是极为放松的，也是极为家常的。夫妻散步的图片经常用来说明某种浪漫情怀，倒马桶的图片经常用来说明日常生活的艰辛。可是，这幅图片试图说明什么呢？胡杨没有打算歌唱什么、感慨什么，观看者却有着无限想象的空间。日常生活的诗意，体现为经受过马桶考验的夫妻生活。更重要的是，当事人不会把它与诗意联系在一起，这就是日常生活。日常生活是诗意的另一个名字，它们的转换无需添加任何催化剂。

第二幅图片，在弄堂行走的新婚夫妇，突然碰到一个当街撒尿的男孩，他们和伴郎、伴娘面对这个意外笑起来。男孩当街撒尿，这是意外吗？在弄堂生活中，它是一种屡见不鲜的场景。相比之下，弄堂里的婚礼倒是溢出日常生活的特殊日子，在它的映衬下，小男孩的日常行为显得意外起来。遗憾的是，新婚夫妇没有被这种不文明行为激怒，也没有习惯性地捂住鼻子，而是笑了起来。显然，不管是图片里的观看者，还是图片外的观看者，都不会从干净还是肮脏的角度看待这个场景，而是把它当作一个小插曲。这是日常生活的趣味。

第三幅图片是一只狗吐着舌头吊在半空中，除了头部，全身的皮毛已经被剥去。毫无疑问，这是一幅残忍的画面。可是，图片中那些微笑的面孔，并不把这视为一种残忍，他们不知道这个世界有动物伦理这一说。图片中还有一些孩子，我们不会把矛头指向他们，而更会认定他们是"受害者"，认定微笑的成人是麻木不仁的看客。但哪一个成人不是从这样的童年时光走出的？图片没有出现手拿利刃的屠宰者，或者它暗示着这种场景难以归咎于某一个具体的个人。残忍不再残忍，这已经成为一种文化传统，存在于每一个目击者身上。这是日常生活的残忍之处。

这是对单幅图片的分别解读，也可以把它们串联在一起。第一幅图片中手挽着手、提着马桶的夫妻，想必经历过第二幅图片中的结婚场景，他们不一定会碰到当街撒尿的小男孩，但是男孩却有可能平静地目睹过第三幅图片中的景象。第三幅图片中的男人乃至图片之外的屠狗者，可能会在清晨像第一幅图片的夫妻提着马桶出门，也可能做过第二幅图片中的伴郎。这种串联式阅读不仅局限在这三幅图片，我们的目光可以穿梭在整本摄影集之间，甚至包括摄影集也没有收入的那些画面。《上海"下只角"》里的每一个细节我们都不陌生，但当它们被压缩在 24 小时之内，便产生了一种奇特的效果。每一幅图片都仿佛一个浮标，几十上百个浮标散落在我们的视线之内，当我们随意碰到某一个，都会发现它通过引线与其他浮标联系在一起。

当我们再次观看那张白发老妇独守拆迁房的图片，就不会习惯性地采取新闻的视角。这不等于说这种题材没有新闻价值，但是胡杨的特点不在于此。这幅图片没有在事件发生后的第一时间刊出，我们也不是在第一时间看到。为什么在多日之后，还会对这种几乎丧失了新闻价值的图片感兴趣呢？这不仅因为老妇卓绝的抗争姿态，更在于我们可以在其他图片中看到她的众多影子。

她可能是悠闲地在弄堂里晒太阳的一员，可能是晾晒蔬菜的一员，可能悲恸地参加过亲人的丧礼，可能喜悦地擦拭着新买的红色自行车，曾经是光着膀子的男人注视下的年轻女子，曾经是挤在人群中观看夏令演出的中年妇女。只有理解她和弄堂的这些关系，才会明白一个孱弱的老妇为何会像将军坚守阵地一样守卫着自己的房子？这种力量的源泉何在？如果以为她一贯具有英雄的刚强性格，或者是一个刁民，就大错特错了。如果没有拆迁，她可能依然过着平淡无奇的生活，早晨去倒马桶，白天做着各种家务，晚上在门口与家人一起看电视。这是一个平常得不能再平常的女性，为了捍卫自己平淡无奇的 24 小时，她被迫成为一个"英雄"或者"刁民"，这才是最为震动我们的。

《尤利西斯》发生在 1904 年 6 月 16 日，也有可能发生在每一天。《一天》中的张三可能是李四、是王五、是赵六，仿佛摇滚歌手张楚在《赵小姐》里唱的："她的名字不猜你就知道 / 你可以叫她赵莉赵小莉赵莉莉"。同样，在《上海"下只角"》里，26 年的图片始终发生在 24 小时里，无名氏们可能是一个人的不同化身。所有的一切都挤压在一起，全世界变成一瓶罐头，这正是我们这个时代的特征之一。

　　作为一本摄影集，《上海弄堂》不会拒绝任何观看方式。除了历史的、文献的、新闻的视角，还可以采取建筑的视角，它从某种程度上论证了简·雅各布斯的理论，在现代化的标准下显得有些混乱、陈旧的街道，从另外一些角度给居民带来情感的维系。然而，我更愿意选择串联式阅读，日常生活的属性，不是诗意，不是趣味，不是残忍，而是诗意、趣味和残忍互相交错，难以辨别。我们分不清哪些是经常的、哪些是偶然的、哪些是重要的、哪些是不重要的、哪些是干净的、哪些是肮脏的。

　　在影响了《罗拉快跑》的《机遇之歌》（*Blind Chance*）里，主人公赶上火车、没有赶上火车却撞到铁路哨兵、错过火车的三种可能，使他面临三种截然不同的命运，导演基耶斯洛夫斯基试图探讨偶然性的力量。这是一种戏剧性叙事，《上海弄堂》展现的是最为频繁发生却最少被表达的日常叙事：不管有多少意外，日常生活还是日常生活，24小时还是24小时——这就是无名氏们的一生。

（原载《上海弄堂》，上海锦绣文章出版社，2008 年）

怪力乱神的诗学的怪力乱神

本文的标题写错了吗？错了，应该是"怪力乱神的诗学，诗学的怪力乱神"；又没错，"怪力乱神的诗学的怪力乱神"的表述本身更怪力乱神，更接近本文评论对象《安南怪谭》（江苏凤凰文艺出版社，2020年）的诗学，借用合同常见术语，"包括但不限于"前种表述。这是故弄玄虚吗？或许是。

时隔十九年，距离第一次出现在文学期刊上，朱琺"总算"公开出版了他的第一部小说集《安南怪谭》。世纪之交，四种文学期刊（《钟山》《山花》《作家》《大家》）共同开设"联网四重奏"栏目[1]，集中刊出一位作家的四篇作品并配发相关评论，约持续七年。1977年

---

1 1998年停刊的《作家报》亦曾参与"联网四重奏"。参见杨会《"联网四重奏"与晚生代创作》，山东大学硕士论文，2008年。该文主要研究1995至1999年的"联网四重奏"栏目，对发表于2001年的朱琺小说仅有提及，未有论述。

142

出生的朱玭赶上了尾声，是最年轻的"联网四重奏"作家：《钟山》（2001年第3期）发表《童话一号》，《山花》（2001年第3期）发表《中国套盒》及刘恪的评论，《作家》（2001年第3期）发表《自杀》及金仁顺、朱文颖的两篇评论。不知何种原因，《大家》缺席，"联网四重奏"变成"联网三重奏"。随后，朱玭在《莽原》（2003年第5期）发表《七月》（原题《六月》），再未于文学期刊现身。[1]

在第一次登场时，朱玭的小说容易辨认，缺乏叙事性，迷恋文体实验，仿佛一名处于学徒期的先锋作家。如果在1980年代，这种风格或会引发瞩目，但1990年代以降，各种写作技法都不再新鲜，先锋作家回归现实主义，这种文体实验有花拳绣腿之嫌。朱玭的登场从个人的角度已经很早，相对先锋小说的时代又晚了约二十年（在这个意义上，也是"晚生代"作家）。撰写评论的作家们，在对这位年轻作家的文体实验表示赞赏之余，也都提醒要有所节制。刘恪称"幻想文学做一次叙述游戏也没什么不好"，但写作不能仅"来源于书本"[2]；金仁顺谈到小说引发的"晕头胀脑"；朱文颖指出"观念性

1　《钟山》《山花》《作家》《莽原》刊出时，作者均署名"朱玭"，非"朱玭"。

2　刘恪：《点评流浪的乌托邦》，《山花》2001年第3期，第74页。

过强"[1]。

近二十年间，朱琺不断尝试各种可能，写下《卡尔维诺与计划生育》《安南怪谭》《安南想象》以及诸多没有完成的草稿。同时，他在把"诗三百"一一重写为新诗，已持续九年，迄今约完成七十篇，总题为《一个人的〈诗〉：〈诗经〉今译》。花拳绣腿不是形式实验的必然，朱琺知道自己放弃文体实验反而是扬短避长，索性行至水穷之处，练就凌波微步。从叙事进入写作，在深处一定会遇到文体问题；从文体入手走向写作深处，也一定会遇到叙事问题。

《安南怪谭》由九篇"怪谭"和九篇"琺案"组成：怪谭系对安南民间故事的重新书写，以叙事为主；琺案从怪谭的版本入手，撰写关于怪谭的怪谭，以文体实验为主。相隔多年，朱琺的写作有哪些变化，又有哪些是持之以恒的呢？怪谭与神秘主义是什么关系？文体实验有什么特别装置？为何舍近求远重新书写安南怪谭？什么是怪力乱神的诗学，什么又是诗学的怪力乱神？"怪力乱神的诗学的怪力乱神"有何种思想脉络？这些是本文试图探讨的问题。

1　金仁顺：《"河边的错误"？》、朱文颖：《谁要过河》，《作家》2001年第3期，第55页。

"恠"与"怪"："去圣"的神秘主义

按照朱琺的原意,《安南怪谭》应该写作《安南恠谭》。"恠"是怪的同音异体字,语意并无根本区别。朱琺固执地使用"恠"字,并在自序《那个怪字 那个"恠"字》里,虚拟了年轻读者购买《安南恠谭》时与书摊老板围绕"恠"字的对话,试图为"恠"字寻求合法性。但早在1955年,文化部和文字改革委员会就联合发布了《第一批异体字整理表》,宣布停止使用"异体字","恠"字在列。2005年修订的《图书编校质量差错认定细则》重申了这一规定。上述规定和细则承认一些例外,比如"翻印古书须用原文原字"例外,"港澳台要使用异体字"例外,姓名例外。[1]文学作品能否例外,没有具体讨论。

《安南恠谭》在出版时做出妥协:在封面、书脊、版权页等位置使用《安南怪谭》,在正文中多用"恠谭"。书后附有"本书不勘误表",将书中使用的异体字、繁体字等"怪"字一一列出并解释何以如此。这种最初为了说服出版者保持字体而做的努力,意外地成为朱琺的文体实验,呈现了文学书写与文字规范之间的紧张。20世

---

1 参见《第一批异体字整理表》,人民教育出版社,1956年;《图书编校质量差错认定细则》,中国年鉴网,刊出时间:2011年1月23日,访问时间:2020年7月10日。

纪初，诗人威廉斯坚持每行用小写字母开头，后来他曾回忆："仅仅为了在每行开头去除大写字母，我们就打了多少仗啊！"[1]

朱琺对异体字的使用是猎奇，是故弄玄虚吗？为何是"恠"而非"怪"？

> 刚才那字真是个"恠"字。
> 是哪，真是个怪字儿。

这是年轻读者与书摊老板的对话。朱琺在标题里隐藏了一个装置，预设大部分读者读到《安南恠谭》时的瞬间反应："恠"，这是什么怪字？当读者这样疑问时，恰巧中了作者的圈套："恠"正是"怪"字。

先锋作家的"叙事圈套"一旦被破解即有失效的危险，朱琺的圈套没有这种担忧。他似乎担心读者将这个"恠"字仅仅理解为作者的个人癖好，专门在自序里用了几千字的篇幅展开对"恠"的误读，仿佛大开城门告诉读者此地有圈套。先锋作家习惯放弃全知全能的叙述方式，但对"叙事圈套"的使用仍有全知全能之嫌，以叙事技术"碾压"不具专业背景的读者，读者无知而作者

1　傅浩：《威廉斯与庞德、艾略特的诗学恩怨》，《外国文学》2014年第4期。

全知。朱琺早期的小说也存在这个问题，但在《安南怪谭》里，无知的读者认为"恠"是怪字，全知的作者知道"恠"是"怪"字。对"恠"字的误读通往正解，读者的无知通往作者的全知，不是"读者无能"，也不是"作者死了"，读者与作者虽有紧张关系却有和解的可能。

《安南怪谭》开篇对"恠"为何是怪字的讨论，是朱琺布下的疑兵阵，他不担心读者破解圈套。熟悉圈套的读者，反而更加小心翼翼，以免漏掉类似的圈套。这又带来新的危险，即读者因为过于熟悉圈套，以至于将每一处都视为圈套。敏感而专业的读者，对作品的误读未必少于迟钝而无知的读者。

朱琺在自序里并未说出"恠"字的全部。观察"恠"与"怪"，会发现两字共同之处是有"忄"（心），区别在于"恠"字的另一半是"在"，"怪"字的另一半是"圣"。"恠"字可以理解为西哲笛卡尔"我思故我在"的汉语表达，仅此理解又是不够的，小说家卡尔维诺早已提醒："笛卡尔的唯理主义却抵销了人们对想入非非的爱好"。[1] "恠"可以理解为"我在故我怪"甚或"我怪故我在"，存在与怪异是内在相通的。"怪"字的另一半是"圣"，可以理解为"心圣"甚或"内圣"。内圣外王的思

---

1 ［意］卡尔维诺：《意大利童话》上册，刘宪之译，上海译文出版社，1985年，序言第2页。

路非但不怪，反而显得太正常，"怪"字不怪。

自序里年轻读者与书摊老板围绕"恠"字对话，前者似一目了然，后者似一头雾水。朱琺明确将前者称为"理想读者"，如果读者由此将后者视为不理想读者，又中了圈套。因为书摊老板在困惑间已经说破了秘密："想想心圣也不知道啥道理，照例也没啥可怪的啊。"年轻读者知道"恠"即"怪"，这只说明他认字更多一些，知道了"恠"在字典里的意思。书摊老板以不解的语气说出"（恠）真是个怪字儿""（心圣）也没啥可怪的啊"，把对"恠"和"怪"两字的困惑引向更深层的思考。年轻读者是明面上的"理想读者"，书摊老板是"聪明的傻瓜"，按照形式主义文论的说法，书摊老板把"恠"和"怪"两字陌生化，是更加理想的理想读者。

"恠""怪"并列，可以看出"恠"字的特点是"去圣"，这更接近怪的意思。怪谭的重点不是如何"成圣"，是如何"去圣"。怪谭通常具有神秘主义倾向，各种神迹常有为主角增魅的效果。朱琺不是怪谭的发明者，但在整理、取舍及重新书写的过程中，如何保持怪谭的神秘主义又不将人物"圣化"，这是他反复思考的问题。卡尔维诺称："要渲染一种幻境而又不回避现实是十分困难的。"[1]朱

---

1 ［意］卡尔维诺:《意大利童话》上册，刘宪之译，上海译文出版社，1985年，序言第29页。

珽坚持把"怪"写为"恠"字，自觉把怪谭和神话区别开来，都与他的写作秉持"去圣"的神秘主义有关，这是怪力乱神的诗学。

这种"去圣"的神秘主义，贯穿于《安南怪谭》：一个甩出斧头把自己头颅砍去的将军（第一篇怪谭），一个爱上官家夫人却难以修成正果的神灵（第二篇怪谭），一个被光棍偷窃却无力惩罚的灵神（第四篇怪谭），一个靠谎言成为皇帝又放下皇位不做的骗子（第五篇怪谭）。也有一些神人，如"风流倜傥的游侠"徐荣、"史上最知名的风水先生"阮德玄，可是一开篇就死掉了（第七篇、第九篇怪谭），安南国王遇到北使的下棋挑战，最终缓解危机的不是"棋状元"武暄，是一场意外的洪水（第八篇怪谭）。高僧徐道行含笑坐化，阮明空圆寂时渔人"听见天神在空中彻夜唱着歌"，或有一些传奇成分，但与"圣化"还有些距离，徐道行修行多年只能变身老虎，阮明空的预知术"只剩下最鸡肋的能力"（第七篇怪谭）。

第三篇怪谭主角是"安南齐天大圣"，他的名字却是与圣无关甚或相反的"强暴大王"。齐天大圣不管如何大闹天宫，仍然无法跳出天宫的秩序，最终戴上紧箍历险成圣，成为斗战胜佛。"强暴大王"的出生似有神迹，其母梦中遇到大汉，大汉未有逾越只说出八字，其母即有孕。八字发音与《诗经》中的"维岳降神，托生伊族"对应。接下来的故事，读者想必猜得出来：这位神童将出生时有各种异象，随后顽劣非常，经过历险，终于成圣。这些流程几乎是"成长小说"的标配，区别只是异象的表现、顽劣的方式、历险的过程不同。

怪谭没有遵从这个模式。首先，"强暴大王"这个怪异的名字出自何处，怪谭只字未提。按照惯例，既然母亲怀孕与《诗经》八字（此"八字"或借用生辰八字之说）有关，姓名可以据此引经据典。即使不引经据典，按照部分地方的习惯取贱名叫阿猫、阿狗、尿壶、屎坑，也不至取名"强暴"。命名没有顺着"增魅"的方向，而是在"祛魅"，或许是暗示其母怀孕非神迹，而是遭遇强暴。

强暴的出生和成长，怪谭仅用数百字就讲完了。他的历险是在成长之后，父母去世，因其"几乎不拜任何鬼神"（灶君除外），不祭祀父母，被父母从十殿阎罗处一路上访告到天庭，天帝先后命雷公、水神将他正法。因为灶君通风报信，他多次逃生，在某次强暴贪食忘记灶君之后，灶君设计让雷公将其劈死。随后，众牛奔涌而至，用脚与角将其埋葬，乡人祭祀，称其为大王。

这则怪谭缺乏"圣化"的要素，强暴并不强暴，没有武功绝学，不会七十二变，逃避灾难要靠灶君通风报信。他喜欢做的事是"耕耘和种树"。他不祭祀父母，固然有失人伦，但父母一路上访直至天帝要将其子正法，似也失父母之道。灶君因为强暴一次疏忽即致其死亡，似乎证明了强暴不拜鬼神在情理之中。强暴的神迹只有生前身后两处：一处是生前母亲的梦，另一处是死后众牛奔涌而至。他活着的时候"益发傲慢无理，更加强横暴悍，并越来越喜欢耕作和植树了"，真是平淡得有愧于强暴之盛名。强暴最后被视为大王，据称是"不敬天地、不畏雷火与洪水"，但祭祀强暴的人们也会祭祀灶君、天地、雷公、水神，仿佛是一场误会。这位安南齐天大圣，既不"齐天"，也不够"大圣"。

在第五篇琺案讲到安南阿Q的源流时，朱琺透露，在民间故事里他还有欺诳虎王、改造月神等壮举，但此种神话的光辉与怪谭文类不同，因此割爱。朱琺严格区分神话与怪谭，虽都涉神秘主义，前者重在"圣化"，而后者重在"去圣"，不"只为成就英雄主人公"。目录之前九行诗的前五句是"古代历史学家总有顽固的骄傲／一切都安排好了／只为成就英雄主人公／命运与结局，每每指手画脚／并具有更广泛的仪式意义"。

"琺案"与《朱琺传》：作为装置的考据

《安南怪谭》的内容简介称此书"旨在继承叶芝、小泉八云到卡尔维诺、安吉拉·卡特一脉相承的传统"。此处具体应指叶芝的《凯尔特的薄暮》、小泉八云的《怪谈·奇谭》（"怪谭"一词出自于此）、卡尔维诺的《意大

利童话》、安吉拉·卡特的《安吉拉·卡特的精怪故事集》
（书名如此），这些作家的共同点是整理了民间神话、怪
谭、童话、故事等，但他们可能不仅是一脉，而是多脉。
安吉拉·卡特谈到叶芝一笔带过，更注重性别视角[1]；卡尔
维诺在《意大利童话》序言里反复向格林兄弟致敬，未
有提及叶芝[2]和小泉八云。

　　把《安南怪谭》放入以上经典作家的谱系，虽然是高
度评价，却可能忽略了它最重要的部分。《安南怪谭》由
两部分组成：一部分是怪谭，另一部分是琰案。从《史
记》的"太史公曰"到《聊斋志异》的"异史氏曰"，案
语形式由来已久。卡尔维诺整理的童话和安吉拉·卡特整
理的精怪故事均有简单注释，介绍源流、版本或写有简单
评论。案语与正文相比大都处于附属位置，可能形成互文
效果，也有可能封闭对文本的解读。《安南怪谭》的怪谭
与琰案是对等的，从篇幅上说，9 篇怪谭是 122 页，加上
1 页九行诗是 123 页，9 篇琰案是 109 页，加上 6 页代自
序和 8 页本书不勘误表也是 123 页。这种惊人的对等纯属
巧合，朱琰不可能决定出版时的排版，尽管他在自印的小
说集里，经常埋藏此种难以觉察的细节。这种巧合又非偶

1　［英］安吉拉·卡特：《安吉拉·卡特的精怪故事集》，郑冉然译，南京
　　大学出版社，2011 年，引言第 12 页。
2　卡尔维诺撰有《威廉·巴特勒·叶芝的〈爱尔兰民间故事〉》，参见卡
　　尔维诺《论童话》，黄丽媛译，译林出版社，2018 年。

然，如果怪谭和珐案不够均衡，很难有这种巧合。

在第一篇珐案里，朱珐由怪谭里的无头骑士谈及中西的"无头"传统，显现其百科全书式的博物特长。稍有遗憾的是，朱珐略过了现代文学里关于"无头"的书写，鲁迅的《铸剑》和施蛰存的《将军底头》。但是，他讲到了《将军底头》的原型花敬定，在第九篇珐案里提及《眉间尺》(《铸剑》原名)，又似未忽略。朱珐略过了自己多年以前的小说《自杀》，题记"我将提着我的头颅过河"，出自他杜撰的"著名的星占学著作《阿补明尔·卜聪》中译本第六章第四节第十行"。他对"无头"(或"提头而行")主题的关注，约有 20 年或者更长时间。

第一篇珐案接近文学评论的写法，虽见功力尚中规中矩。第二篇珐案开始具有了虚构性，讲到 14 世纪的国王，刚刚表示"我清楚地记得"如何如何，接着又称"我张冠李戴"。第三篇珐案由雷神谈到童年的"雷公公"记忆，在引用宋初《稽神录》时声称转引自文章《古今 IP (挨劈)地址不稳定考》，将网络时代的 IP 与怪谭里的雷公联系起来。第四篇至第九篇的珐案更加成熟而放松，跳出了单一的文学评论模式。

珐案呈现出诗学的怪力乱神，接近为所欲为、想入非非的狂欢写作，囊括叙事、评论、考据甚至数学图表、DNA 图形，至于异体字、繁体字、字体变形，更是随处皆是。珐案的文体源流，可远溯 18 世纪英国作家劳伦斯·斯特恩的《项狄传》，近承 20 世纪由小说家和数学家组成的"乌力波"（Oulipo，潜在文学工场）文学团体，发起者之一雷蒙·格诺尤其喜爱在文体上尝试各种极限写作。整理《意大利童话》的卡尔维诺是"乌力波"成员，也是朱琺在写作上最重要的师傅。以复杂性而言，琺案超出了怪谭，是更加怪谭的怪谭。孔乙己对"回"字四种写法的讨论一向被嘲讽，朱琺却在第六篇琺案里讨论了"欢"字的四种写法，仿佛在向孔乙己致敬。

在各种文体实验中，考据（时有音韵学）是朱琺擅长的装置。他主攻古典文献学，硕士论文为《〈乐纬〉所见颛顼乐帝誉乐考辨》，博士论文为《安南汉化研究：以公元十世纪的史实与传说为中心》（第九篇怪谭将之改名为《东亚皇帝的动物祖先——老獭稚故事系谱、安南汉化范式与风水术起源模型的综合研究》），后来参与整理了 20 册《越南汉文小说集成》。考据和小说常为两端，考据言必有据，小说可以空口无凭。将考据称为朱琺的装置，是因为《安南怪谭》里的考据与其说是为了所谓恢复真相，不如说是为了表达接近真相之困难或不可能。

琺案不是怪谭的附属，怪谭却可能成为琺案的附属。第六篇怪谭尤其如此，在整部书中最不怪谭，近似于大团圆模式。一名青年男子的心爱姑娘被四个恶少侮辱至死，这名男子手刃四人后远走他乡，在四个地方留下四个儿子。他独自隐身于都城陋巷，已为老翁，却被四个泼皮陷害，四位大人联堂会审时发现自己是他的四个儿子，老翁被国王封为了四品官。

数字的巧合似乎是这篇怪谭的主要特色，琺案论证了"无巧合，不成书"，但没有止步于此。琺案透露四地女子南谭、东董、北莫（在部分吴语区的发音）、西齐，地名与姓氏是叠韵关系。琺案又由十七岁少年至七十岁老翁这组对称的年龄，引出朱琺的旧文《对一称·性！——女所爱兮，镜之彼端》，由69式谈到"化"字的甲骨文写法，由苏东坡的"十八新娘八十郎……一树梨花压海棠"谈到纳博科夫的《洛丽塔》（据此改编的电影被译为《一树梨花压海棠》），考证出男主41岁而女主14岁，最后干脆列出两个数学表格，计算一百以内对称数字的差值和9的关系。琺案一本正经地胡说八道，显现出怪谭多子多福的大团圆模式并不是重点，重要的是内在结构，朱琺将之称作"小说的韵脚"。

在第七篇和第八篇琺案里，朱琺透露他关于《朱琺传：第一人称倒叙体中国通史》（以下简称《朱琺传》）的写作计划。"朱琺"（以及朱哈、朱阿等）一名至少有两个来源：一是阿拉伯语，本意为"聪明的傻瓜"，阿凡提的另一个名字；一是意大利语，卡尔维诺小说中的人物。卡尔维诺笔下又有三处谈及：一处是主要作品中的次要人物，《树上的男爵》里只出场一次的家庭拳师；一处是次要作品中的主要人物，《牲畜林》里在乡野中自在的男人；还有一处是《意大利童话》（朱琺称为《意大利民间故事》），6篇故事来自 Giufà，正是那位阿拉伯的"聪明的傻瓜"。朱琺由怪谭里状元向国王承认自己的乳名是"猪"，谈到住在集体宿舍时接错电话称"我就是朱（猪）"，又谈到卡尔维诺的"朱阿"，后来又称"朱""猪"同音是北方方言和普通话的问题，在《切韵》体系中，朱是合口字，猪是开口字，不会混淆。

在《朱琺传》里，朱琺大胆假设了自己的生死轮回。莫言的《生死疲劳》、吕新的《阮郎归》都曾采用轮回模式，《朱琺传》的时间跨度更接近后者。不同的是，朱琺通过考据这种装置论证朱琺的轮回，甚至把十月怀胎的时间也算进生与死的时间差，一丝不苟，如对街头"科学算命"的戏仿。（朱琺喜爱"拆字"，而拆字也恰是算命先生的基本功。）《朱琺传》里的朱琺和撰写《朱琺传》的朱琺，是同一个人，还是重名者？两种可能都存在。通过考证，前者由虚而实；通过撰写《朱琺传》，后者又由实而虚。

朱琺将考据用于小说，"空口有凭"，来回于真与假、实与虚、生与死之间。读《安南怪谭》，需要随时有着一种考据的习惯。第三篇怪谭谈到《诗经》八字与强暴大王的关系，是暗示儒家与南国的关系吗？且慢，这里需要再仔细考察"维岳降神，托生伊族"的出处。因为八字在文中一闪而过，读者可能也会一扫而过。但是，这

156

里面隐藏了一个装置，即《诗经》里根本就没有这八字。《诗经·大雅·崧高》里是"维岳降神，生甫及申"，此诗讲西周时申伯奉王命至南国的经历。至于"托生伊族"，《诗经》乃至整个先秦典籍查无此句，这是怪谭中熟读儒家经典的舅舅的发明或安南讲故事者的发明，还是古典文献学博士朱琺的发明，不可考。"托生"一词作为转世之意，不可能出现于先秦，这似乎是发明者故意留下的破绽，等待读者发现。

对于声称出于儒家经典的引文，尚不难考辨。琺案交待怪谭版本及来源，如某怪谭见于哪些抄本，这些抄本收藏在汉喃研究院图书馆、法国远东博古学院云云，藏书编号某某某。对这些难以考辨的版本源流，读者或许只能将信将疑，或信大于疑，否则对此书的阅读将难以完成。需要坦承，书中部分细节承作者见告方才明晓，如目录之前的九行诗系集句而成，分别来自九篇怪谭（或琺案）；如"在"（恠）与"圣"（怪）字都含有"土"字，"在"字上半部分歪斜之后近"圣"字。朱琺没有只说谜面（甚至不说出完整谜面），却把谜底隐藏，以自己的全知显示读者的无知，他将谜底和谜面同时放置于文中。如果对朱琺所说的"韵脚"敏感，就会注意到诗的行数与怪谭（或琺案）的篇数是相同的，就有可能去考证出诗句的出处；如果注意到自序里年轻读者所说"这竖心旁边的'在'，歪一下，咱手写起来是不是跟这

'怪'旁边的'圣'差不多"，就可以注意到"圣"是歪的"在"之意。在列举阮朝诸君翼宗、恭宗、简宗、宪宗、景宗、弘宗时，朱琺没有把嗣宗放在里面，可谓宅心仁厚，他提醒读者阮嗣宗在历史上实有其人，却非阮朝君主，阮籍字嗣宗是也。

"礼失"与"失礼"："不经"而求诸野

在硕士论文中，朱琺着重研究了汉代的纬书。纬书与经书相对，"不经"的趣味和立场贯穿于《安南怪谭》，如前所述，《诗经》八字半真半假，可谓一半经文一半纬文。书中出现的另一本带有"经"字的书，是安南阿 Q 声称捡到的《诓经》，《诓经》之"诓"不在于如何讲述诓术，此书本身是不存在的，如果像安南阿 Q 的叔叔那样相信《诓经》的存在，就会被"诓"。

思想史领域有"从周边看中国"的说法，即从李朝时代的朝鲜、足利义满以后的日本、黎朝以后的安南观看中国。[1]《安南怪谭》是在文学的维度上"从周边看中国"，提醒习惯"正经"的读者注意"不经"的思维，这是"怪力乱神的诗学的怪力乱神"的思想脉络。在经学的视野里，怪异很难有存身之处，"荒诞"与"不经"相

1　参见《葛兆光再谈"从周边看中国"》，《东方早报》2013 年 12 月 8 日。

联系，所谓"荒诞不经"。

在第八篇琺案里，朱琺称自己有网名"子不语鸟兽鱼虫"，这个网名系"子不语怪力乱神"（《论语·述而》）与"（《诗》）多识于鸟兽草木之名"（《论语·阳货》）的组合，反其义而用之，表达对怪力乱神的兴趣。"子不语"等同为"怪力乱神"，由来已久，元代说部即有以《子不语》为名者，清代袁枚撰有同名小说集，后发现重名而更改为《新齐谐》，时至今日却仍以《子不语》而闻名。

朱琺称"子不语"可读为"子/不语"和"子不/语"，他选取了"不经"的读法，自称"子不"，忝列在子路、子贡等孔门弟子之中。作为冒牌的孔门弟子，朱琺（此时名为"子不"，朱琺有着"异名"的癖好，喜爱不断更换自己姓名）引用了孔子语录："礼失而求诸野，道不行乘桴浮于海。"两句话虽都出自孔子，却是拼贴而成，"礼失而求诸野"出自《汉书·艺文志》，"道不行乘桴浮于海"出自《论语·公冶长》（朱琺在《大家》漏发的小说，是以公冶长为主角的《懂鸟语的人》，最初的作者署名是"阿补聪尔·卜明"，与《自杀》题记中"著名的星占学著作《阿补明尔·卜聪》"相近）。

"礼失而求诸野"，通常解为礼如果在庙堂或中原失落，要到民间或周边那里才能找回。朱琺的理解不同，他试图在诸野（此处"诸"不是"之于"）寻找的不是礼，是"礼失"。当礼越来越强势，以至于成为压抑性的力量，诸野可能存在一种"礼失"的自在状态，可能会有怪力乱神，这是朱琺所要寻找的。也可以说，"不经"而求诸野。

《安南怪谭》里有私通、偷窃、欺骗，朱琺没有轻易做出道德判断，而是持有审慎的态度。第二篇怪谭讲到神灵麻罗爱上官家夫人，与之私通，期待能够修成正果，却被国王否决，似有理解之同情。但"礼失"不等于"失礼"，道德审慎不等于反道德。怪谭讲到麻罗私通之子何乌雷，长大后逾墙走壁染指无数女性，被一位大臣乱棒打死，放纵行为又受到了惩罚。在第四篇怪谭里，一位女子偷拿灵神的祭品，灵神使其喋声禁足。后来这名女子继续受到惩罚，无法生养孩子，被丈夫休去，被他人排斥，病瘫卧床而死。如果事情到此为止，是一则道德劝诫的故事。但接下来，一名光棍成功地剥去神像衣服拿走金银祭器又逃避了惩罚，神庙由此荒圮，又似乎是一则反道德的故事。前者偷窃轻微却遭重罚，后者偷窃更重却未遭惩罚，为什么会有这种不公？这则怪谭没有为偷窃辩护的意思，灵神对女子偷窃的惩罚远远越出了限度，没有给犯错者以自我更正的机会，因此受到了光棍（他住在女子娘家的隔壁）的惩罚。这则怪谭既非道德叙事又不是主张反道德，而是呈现了道德的"漩涡"和"不同的方向"。目录之前九行诗的后四句是"夜色又成为逃家的共谋 / 形成逆时针的漩涡 / 和在场的人相互证

明 / 在不同的方向，每一次都像一阵微风。"

在技术层面，关于《安南怪谭》还有一些疑问：人物对话为什么排成新诗的分行形式？九篇之间是何种结构？作者的重写与作为源头的安南故事在文体上是何种关系？但更值得注意的是朱琺对怪谭持续而深入的思考：如何在一个工具理性享有垄断地位的时代找到神秘主义的存身之处，这种神秘主义又不引向神道设教？如何从坚固的宏大叙事里破壁而出，在虚构的怪谭里寻找到暂时确定的跳板？如何面对"正经"和"不经"，"子 / 不语"和"子不 / 语"，"礼失"和"失礼"的歧路？

朱琺试图发明难以归类的"怪力乱神的诗学的怪力乱神"，在经学之外寻找怪力乱神的诗学，这种诗学本身又有着怪力乱神的气质。小说或许正是故弄玄虚，"故"是自觉意识，"弄"是诗学探索，狭义的"玄虚"是怪力乱神的神秘主义，广义的"玄虚"包括所有虚构或真实得如同虚构的事物。

读者对《安南怪谭》的态度可能会两极分化，喜则激赏，恶则不以为然。近年来，朱琺参与各种艺术活动，对他的文体实验的关注，艺术界多于文学界。80 年代先锋作家在文体实验上的尝试虽常有夹生之处，不意味着文体实验是没有价值的。今天的文学现场弥漫着"故事会"的气息，文体实验太少而非太多。这里没有把叙事和文体对立并否定叙事的意思，只是重申开篇所言，叙事应与文体相通，叙事不只是故事会。

《安南怪谭》迟到了至少八年，一度列入新世界出版社的"小说前沿文库"而未能出版，序早已刊发于《东方早报》（2012 年 7 月 5 日），当时附有新世界出版社的书影。承朱琺见告（再次让作者现身说法，不符论文规范，论者已面壁思过，为何未能以考据破解朱琺的装置？但此处学得朱琺的拆字，"现身说法"之"现""法"合二为一，即朱琺之"琺"，虽有花拳绣腿之嫌，此处坦白交代），书影并非实有，是他无中生有，豆瓣网站现有《安南怪谭》和《安南恠谭》两个条目，后者也为乌有之书。朱琺喜爱虚构各种书籍，这种虚构或受到波兰作家莱姆的启发，莱姆的书评集《完美的真空》评论的书籍都是不存在的。只是这次，朱琺虚构的不是书，是书影。八年前的版本称这本书"已经杀了青"，现在的版本是"总算杀了青"，这也是本文开篇"总算"一词的来源。

在《安南怪谭》之后，朱琺的《安南想象》即将出版，是《安南想象》不是《安南想像》。对此，第五篇琺案已有透露，安南过去曾与象郡有交集，所以是想"象"。更何况，让大象飞上天空，这是朱琺写作的旨趣所在，也是他从卡尔维诺那里明目张胆地偷艺所得：写作就是反重力，让重的事物变得轻逸起来。

（原载《扬子江文学评论》2020 年第 5 期）

紧张的诗意／诗艺

一

赵良媛君发来《同济诗歌年选（第二卷）》电子版，两三百页，收入了 40 余位诗人 100 多首诗。虽名曰年选，实为 2015 至 2019 年五年选，接续了此前的《多向通道》（绛树出版社，2014 年）、《同济十年诗选：2002—2012》（上海文艺出版社，2012 年）等。这些诗选的诗人们来自各个学院，人文社科院系自不待言，建筑与城市规划、电子与信息工程、机械与能源工程、测绘与地理信息、环境科学与工程、土木工程、交通运输工程等等，几乎涵盖了所有工科院系。难得的是，这些诗作大都脱离了"青春期写作"（或"校园写作"）的模式，从模糊感知的"诗意"，开始语言层面的"诗艺"探索。

在一所工科为主的高校，为什么会有这么多学生写现代诗？这个问题很难有一个明确的答案。

同济校史常讲到宗白华、殷夫、冯至等诗人，可是校友里诗人辈出的学校并不罕见。同济的年轻诗人们，在写作上与前辈之间的关系不算紧密。宗白华的小诗、殷夫的鼓动诗、冯至的十四行诗，互相之间有着巨大的差异，很难说构成脉络清晰可供继承的"诗统"。或许是工科学习太过紧张，需要文艺为缓冲，而诗的阅读和写作是最不耗费时间的文体，可以在做题或实验的间隙进行。

近十年现代诗出版的繁盛，可能是一个大的背景。我在现代诗的选修课上，时常遇到同学在中学时就已经接触过佩索阿、特朗斯特罗姆等诗人。最初觉得有些意外，在我读书的年代，这些诗人的作品都是遍寻而难得。后来想想也不算特别奇怪，近十年，佩索阿、特朗斯特罗姆们的诗集一印再印，后者获得诺贝尔文学奖也有十年左右，不再是那么小众的诗人了。

具体到学校，同济诗社形成了一个小的传统。我偶有参加诗社的活动，诗社通常先将征集来的作品匿名发给参与讨论者，等讨论结束，再请在座的作者现身，对此前的讨论作出回应。讨论聚焦于文本，不是泛泛而谈，不是纠缠于"诗要不要写得容易懂"那些无效却时常争论激烈的问题。即使涉及到懂与不懂，也具体到某一行或某一个词，不是抽象而无边际的态度之争。排档、火锅或酒桌旁随意的漫谈更是常见，只要有过写作经历，就会知道这种气氛如何重要，是教室所无法取代的。

同龄人的交流起到了砥砺和刺激的作用，印象中刘嘉伟和张千千有过大约长达一百天的每日各写一首诗的"较量"。刘嘉伟是环境科学专业，平常往来不多，我不太清楚他的变化。张千千是中文系学生，前后作品我稍熟悉一些，眼见经过一百天的强化写作练习，她笔下的语句从带有熟悉的中学写作的痕迹到了我有些读不懂的程度。这里说"不懂"没有否定的成分，处于学徒期的写作者，首先要把此前的写作惯性打散，然后在废墟上重建。

十余年来，同济的诗人们在当代的新诗写作现场，逐渐成为不可忽略的存在，尤其在他们的同时代人中获得许多回应。他们对新诗现场的参与与熟悉程度，远甚于我。由于研究兴趣的转移，我对新诗现场的关注大概到2005年前后，阅读的诗人到70后（以及少数80后）为止。近年重新关注新诗，多是重读一些新诗史里的作品，对新诗现场缺乏持续关注。尤其对90后（以及00后）诗人的作品，偶有阅读也缺乏理解的途径，很多语句"读不懂"。幸亏平日有同济的诗人们，耐心讲解他们对某一个词语的语感，如何阅读或写作一首诗。我慢慢发现语言的代沟没有那么深，"教学相长"绝非虚言。虽从"意图谬误"的角度而言，作者的意图并非答案，但这不等于可以不去了解诗人们为什么选择这个词或不选择那个词。

阅读这些诗的感受，和平日阅读文学课作业或论文的感受截然不同。作业和论文充满各种陈词滥调和翻新的陈词滥调，这些诗则不断带来各种意外。

二

赵良媛发来作品时，告知第一辑的作者较少被关注和评论，因此本文侧重谈论阅读第一辑的感受。限于篇幅，无法全面评论每位诗人（如果具体评论需要阅读每位诗人更多作品，不仅是这里选入的三五首），只能谈些整体印象，或有以偏概全之处，请作者们见谅。许多诗人在不断自我更新，所以我的评论以这本"年选"里的作品为准，不涉及他们以后的变化。

第一辑收入 18 位诗人的作品，由于年龄或进入同济的时间关系，均未曾在《多向通道》里出现，属于新的声音。打开诗选，可以读到这些诗句："他一言不发，双眼翻查着她的隐私 / 如同医生在照亮她的扁桃体"（杜松《无题》）；"他战兢地黏合切断的梦的动脉"（皓钒《混乱》）；"你脊骨上有纤微的孔洞 / 拆下来便可作为笛"（孟超《圆月（二）》）；"脸上和挂在铁丝网上的落叶一样安静"（吴彦哲《三角形》）；"铁锈般的唇瓣微张"（杌舒《秋与树》）；"有时病人会在夜里醒来，打磨自己的指针，像一只钟"（雪峰《病中》）……

不约而同的紧张感（本文无意于讨论病理学上的"抑郁症"，为避免混同，也未用"抑郁"一词），存在于即使不是所有也是绝大多数诗人笔下，这里引用的诗句仅是其中很少的一部分。年长者总是淡化年轻一代的痛苦，认为自己的痛苦是真实的、深刻的，而年轻一代的痛苦是幼稚的、浅薄的，这是年长者自我中心的自负。每一代在少年时都经历过"说愁"的阶段，这不等于少年或青春期的痛苦是不真实的，也不等于老年的愁比少年的愁更丰富。

"说愁"的主要问题不是"愁"，是"为赋新词"而"说"，而且是"强说"。在第一辑里，虽不能说"为赋新诗强说愁"已绝迹，但多数是"为消愁而赋新诗"（杌舒的简介是"喜执笔消愁"）。平日学业繁忙的他们没有写诗的课程任务，也多无进入文学领域的抱负（亦木的简介是"已经两年没有读诗写诗，未来大概也不会再读再写"），之所以写作，是因为内心激荡着许多要表达的情感和经验，可是他们的专业又通常和情感和经验无关，只能寻找语言作为释放的地方。又或许是他们的专业强调理性、规则和秩序，哪怕自我的释放，也不是亢奋的，更不是歇斯底里。表达紧张感时，诗人们用的是"一言不发""战兢""安静""微张"……九生的表达尤为克制，"深入陆地腹部的群岛居民／已不再奔跑、哭喊、歇斯底

167

里／他们熟睡在石洞温室的甜梦／一座座岛屿淹没，呼吸细微又均匀"（九生《望气的 K》）。

诗中的感叹句和感叹号，出现的频率都不高。"悲伤""忧郁""孤独"这类过于直接的词语少有出现（在整本诗选中均为个位数），"泪"或"泪水"出现稍多（在整本诗选中出现 20 余次），有诗人自觉地将之作为反观而非沉溺的对象，"争吵也就显得无济于事／因为那些言语既不带来新的／也无法抹平旧的，俗套的眼泪"（刘嘉伟《失望》）。

诗人们的紧张感互不相同，共通之处在于紧张感具有肉身性，不仅是精神层面，也是生理反应。诗人们使用"扁桃体""动脉""脊骨""脸""唇""晕头转向""醒来"等和身体有关的词语。有时，身体会化为鱼、化为鹿、化为蚂蚁。"喷泉边焚烧／新肥鱼"（静风《渴求》），不知是否受"一片雪花转成两片雪花／鲜鱼开了膛，血腥淋漓"（张枣《何人斯》）的影响，"喷泉""新肥鱼""焚烧"替代了"雪花""鲜鱼""开了膛"，未有"血腥淋漓"的场面，却表达着自我摧毁的力量。"焚枯鱼"在古典诗文里常见，典出蔡邕《与袁公书》："酌麦醴，燔乾鱼，欣欣然乐在其中矣。"此处"焚烧／新肥鱼"却无乐可言。"鱼在砧板上的弯曲弧度是他向内凝视时的脊柱，以此／勾勒尽量伸展身体的愿望，像会果断地撑破再一层包装纸"，然而，伸展和撑破只是愿望，"他要创造一场

168

毁灭,结果仅是直坠入某些已被平复的形容词"(吴远洋《飞跃》)。是否具有紧张感成为互相辨识的方式,"我们怎样相似于 / 一只被追捕的林中之鹿 / 在受惊的同时保持波澜不惊"(虎山《春天里的事》)。

古典诗词里的愁多是闲愁,"闲愁万种";21世纪10年代的紧张感来自"闲"的反面,即时下常说的"内卷"——"陀螺是我们,被抽打得晕头转向 / 无盖圆柱内壁上的蚂蚁"。虽然有以"躺平"反抗"内卷"的说法,"内卷"的困难恰恰在于:作为"无盖圆柱内壁上的蚂蚁",没有能力决定陀螺是否旋转,陀螺自身也决定不了自己是否旋转。"躺平"比"内卷"更困难,需要更多条件,"内卷"已经排除了"躺平"的选项,一旦身在其中就难以反抗、难以退出,只能旋转再旋转,"前方仍是一陀螺或蚂蚁"(徐栋《操场》)。此前,安德写过"陀螺"和"蜘蛛","每个人都知道 / 鞭子下次会 / 准确无误地击中陀螺 / 就像墙上的蜘蛛 / 反正已经悬挂了那么久"(《旋转》)。

诗人们很早就放弃了最终获救的希望,"他不做任何抵抗 / 只剩最后一镜 / 那抹遥远地平线上的火光是他的观众"(杜松《诅咒》)。"她没打算渡过任何一次难关",对希望的放弃构成了生活的主要部分,"她把自己架于沉默,像鼓满的帆"(吴远洋《空渡》)。诗人们与自己遭遇的现实处境不再是奋斗 / 获救模式,是带病生存:"自古来每个节日都是生老病死"(刘嘉伟《绿豆糕》);"我感觉到了冷，梦见母亲在低语／和探病客人们，在我身边走走停停"（亦木《眩晕者之心》）。"我们的家不复存在了，／谁竭力还原它，谁就离它越遥远"（刘阳鹤《感性考古学》）；"他遭遇的只有消失，他从未试图解脱"（吴远洋《飞跃》）——对希望的放弃，或许是诗人们疏离宏大叙事的原因之一，可是诗人们在日常的微观的细节中也难以获得安慰。

饮食在诗人们笔下频繁出现，有时带来短暂的松弛，有时是维持生存的必须，有时交杂着快感和厌恶。"麻婆豆腐"变成"一筷子死尸"，然后"自己也变成了一块豆腐／在油辣辣的热气里浑身塌方"（张千千《晚酌》），"饮食"与"男女"的互文是张千千擅长的写作方式。

或许需要专门写一篇《吃／诗在同济》，这里暂不赘述诗人们笔下的"食"与"男女"，只谈一下"饮"。"酒"（在整本诗选中出现约40次）在杜松、皓钒、孟超等笔下频繁出现。孟超的简介是"喝酒的欲望大于写诗的欲望"，诗里频频出现酒，却少见狂欢的景象。"你计算云的厚度"（孟超《惠州》），"他目睹着落日，计数落日里／鸽群编织的每一个循环"（孟超《跑》），面对云、落日、鸽群，不是抒发情感，却是"计算"和"计数"。酒不等于酒神精神，虽然"摆一桌的绿酒瓶"（又有"金色气泡"，可见是啤酒，不是白酒），会有"漂浮、停顿"，可随后是"小心撩起那些缠在额头上的苦厄"，最后"他们只是静静地拥抱着"。(梁玉桉《二十岁时》)"静静地拥抱着"可能来自穆旦《诗八首》,后者有这样的诗句:"静静地,我们拥抱在/用言语所能照明的世界里"。可是,梁玉桉看到的是"更多沉默呼吸的面孔明灭不定",不是穆旦的"言语所能照明的世界"。

"酒"可以缓解但无法治愈紧张感。有时,酒席唤起新的紧张感:"竟将本可松弛的言谈引向/我们的虚实:总有一方在试探,隔着/空心杯,彼此打打哑谜"(刘阳鹤《宴饮诗》)。"在天桥下连喝了三天三夜的酒,眩晕地搂抱一床赤裸的被子"(皓钒《天桥下》),很好奇这是什么品牌的酒,竟然"连喝了三天三夜",仍然"搂抱一床赤裸的被子"。

缺乏了酒神精神,酒也是无力的,"举杯浇愁"只能"愁更愁"。虎山有时返回古典,"蚕茧待煮,气泡急于涌出沸水/未来的油滴成行,有可期的清香"(虎山《清嘉录·小满》)。然而,"桃花源"的远水难解近渴,"问今是何世,乃不知有汉,无论魏晋/狂风席卷异域的乐土,居民在温室聆听死亡的冷风/在起伏中,春景不常在,想进点小菜,问问鲜美是什么滋味?"(九生《海面的阳关叠》)再鲜美的小菜,恐怕也难以安慰"聆听死亡的冷风"的居民。我们会成为鲜美的小菜吗?有可能,"我们摇摆它,展示它,在浪花里游走/供给时代以鲜美的肉身"(九生《寄居,笛卡尔》)。

171

或许，反讽可以部分缓解紧张感，宁凛似乎是第一辑诗人中最放松的一位，"要如何领受，如此众多的/健忘？我们练习发嗲，患病/修种竹林。"（宁凛《太史令》）这让我想到此前读到的王玥的《补天记》，"明日又到死亡线，男儿心如铁。追/肥皂剧十来种，读书三两页/试补天裂"。但收入本书的王玥诗作，不再是这种口语化的戏谑，也弥漫着紧张感，"只是熟稔于自相矛盾的他，懂得/如何能漫无前路也要机械举步/懂得既见竹叶枯死又日夜灌溉"（王玥《穷途：阮籍》）。不知道，宁凛的竹林与王玥的竹林是不是同一种竹林。

朝获的部分作品有些"零度写作"的雏形，"拿梳子整理表情，毕竟是首次/目击玩偶们排队撤退，也别哭/做个无情无趣无心肝，做大人"（朝获《宣言》），这种冷眼旁观的后面是无可奈何，"望车窗的人，是最残酷的人"（朝获《望车窗的人》）。

三

写作者可以简单分为两种：一种将写作视为业余爱好，写着玩玩；一种有着写作抱负，有志于以写作为业（非职业的"业"），虽然有时也会自嘲"写着玩玩"。对这两种写作的评判标准是不同的，前者只要是原创，就是"好"的；对于后者则会苛刻许多，作品需要放在同时代、同主题等各种写作谱系里进行评判，参照系不同，评价也有差别。同济的诗人们，两者皆有，可能前者居多，但接下来谈论的更多适用于后者。

从作品可以看出，诗人们有意识进行"诗艺"的练习，不仅把写作当作业余爱好，也不仅是表达无处释放的"诗意"。有些不断改变并寻找适合自己的写作风格，有些则在写作中与前人进行潜在或显性的对话（比如化用或引用史蒂文斯、张枣、马雁等的诗句），尝试形成个人风格。

业余与专业的区别不在于写作时间的长短或作品数量的多少，更不在于从事何种职业，把诗人当作职业是可怕的。两者的区别在于业余写作者几乎全然凭借天赋、灵感、直觉（即所谓"诗意"）写作，对经典的阅读是随机的，取决于本能的好恶；专业水准的写作则在天赋、灵感、直觉之外对文学传统有着全面的了解，有自成谱系的阅读，同时有自觉的诗学观念、持续的写作实践。如果再进一步，这种诗学观念和写作实践与经验、历史、哲学的具体问题等形成对话。

这样说或许陈义过高，回到经验和作品层面。总的来说，第一辑的写作偏向于精致，擅长呈现细密的情感。精神的成长，通常会经历"一切坚固的东西都烟消云散了"的阶段，在紧张感之外会有叛逆、玩世不恭、游手好闲甚或精神狂欢。可是，叛逆、玩世不恭、游手好闲以及精神狂欢，在这些诗里似乎消失了。有不满，不满往往隐藏在心中，自我伤害，不是公开的具有对抗性的叛逆；有自嘲，自嘲往往是冷的，多冷嘲而少热讽，被世界玩弄而非玩世；至于游手好闲或精神狂欢，几乎无处寻觅，"996"（早9时至晚9时，每周6天）甚至不仅"996"的学习或工作强度，是不可能游手好闲的，酒后都是清醒的，怎么会有狂欢。

这些体现在诗里，如前所述，诗大都比较节制，远离放纵情感的"青春期写作"，不是亢奋或歇斯底里的，但也没有狂欢式的释放；一度被前几代诗人过多使用的反讽，开始变得不太常见；语言多为书面，少有口语。不仅精神和生理上是紧张的，语言也是紧张的。

从诗艺而言，如何将情感客观化，关系到能否告别"青春期写作"。校园时代的写作，困难的是如何表达"青春期经验"又避免"青春期写作"。有时，诗人为了避免"青春期写作"会有意识地避开"青春期经验"，从阅读或社会里汲取资源。这又有些可惜，错过了本应擅长书写的对象。

虽然诗人们不约而同地书写着紧张感，读后又觉得还有许多未尽之处：紧张感为何具有如此垄断性的位置？紧张感除了呈现在精神和生理层面，还有哪些症候？如何表达精神和生理上的紧张感，但在语言上却不是紧张的？写着写着，不免流于说教，赶紧（最初写的是"赶快"，想想这篇文章反复在说紧张感，就改成了赶"紧"）
打住。

2021 年 7 至 8 月初稿

2022 年 9 月修订

（原载《原诗》第 5 辑）

书中横卧着整个过去的灵魂

　　刚进大学不久，听说商务印书馆的"汉译世界学术名著丛书"很好，去图书馆借了一堆，诸如费希特《全部知识学的基础》之类，怎么也读不懂，一无所获。这些书籍的价值毋庸置疑，却难以成为我的入门读物。人与书的相遇，需要恰到好处的契机。再经典的书，也会读来索然无味；有些书平淡无奇，在特别的时刻读到却会受到巨大的触动。这种意外，我时常碰到。摆在"秘密书架"上的正是那些意外的书，它们可能并非经典，对我却有着特别的意味。在这篇文章里，我尽可能地略过那些人尽皆知的典籍，比如《孟子》或亚里士多德的《政治学》。

　　卡莱尔曾说，"书中横卧着整个过去的灵魂"。可是，书中不仅横卧着过去的灵魂，也隐藏着未来的灵魂；不仅横卧着作者的灵魂，也隐藏着读者的灵魂。

　　与同龄朋友们交流阅读经历，几乎都是从大学才开始自主选择地阅读，此前总是无暇读书或者无书可读。我在淮河北面的一座县城长大，当地图书馆形同虚设，新华书店的新书屈指可数，只能碰到什么就读什么，读的时候偷偷摸摸，像地下工作者。中国的书勉强能够找到一些，外国翻译进来的就很困难了，除了《钢铁是怎样炼成的》和《牛虻》，即使像《红与黑》这种普通得不能再普通的文学名著，也难以找到，全本的安徒生童话我是大学之后才接触到的。那时能够遇到的主要是连环画、评书、辞典、文选、报纸和杂志，不是我选择书，是我被书选择。无书可读的结果是读到什么就背什么，背过几百首诗词，包括当时公开发表的毛泽东的所有诗词。

很偶然地在书摊上买到一本《中国新诗名篇鉴赏辞典》（四川辞书出版社，1990 年），主编是九叶派诗人唐祈；同时还有一本《新诗鉴赏辞典》（上海辞书出版社，1991 年），主编是写下"向前、向前、向前，我们的队伍向太阳"的公木。后来备受推崇的穆旦，就是那个时候读到的，不过当时我还读不出其中的好，经常把他与穆木天混在一起。两本辞典有不少重合，有趣之处在于差别，《新诗鉴赏辞典》的很多诗虽然第一次读，却太过熟悉，太容易懂，很难再去翻上第二遍。倒是《中国新诗名篇鉴赏辞典》里一些怪怪的不知所云的诗，有着迷人的晦涩，让我反反复复地读，感到很好奇：为什么有人这样组词造句？最难得的是，这本辞典收入了大约十位六零后诗人的作品，当时他们不过二十七八岁，王寅的《想起一部捷克电影想不起片名》，很有画面感，我读后就记住了，虽然不太懂。

中学是一个人的趣味、价值观和知识结构逐渐成形的时期，在这个至关重要的精神成长期，中学生却只能被"填鸭"。我经常生发出异想天开的想法，如果中学缩短至三年，大学改为七年，或许会好上很多。每次回想中学，虽然遗憾那时接触到的书太少，但也会庆幸没有遇到衡水中学让人闻风丧胆的军营式管理。尤其到了高三，我三天两头地逃课，宅在家里看书，做着文学青年的梦。这种不计后果只按兴趣做事的风格，对我影响至深，至今"恶习"难改。

大学时期的阅读，胡河清的《灵地的缅想》（学林出版社，1994 年）是无法略过的。当时胡河清自杀不久，我所在的学校是他本科的母校，学校图书馆里的借阅卡上经常能看到他的签名。一位从事古文字学研究的老师，向我们这些学生推荐了胡河清的著作。《灵地的缅想》改变了我对文学评论的偏见，此前总认为评论寄生于作品之上，是低人一等的，但是胡河清赋予评论以独自生长的魅力。他的评论常常比评论对象好看，有些段落在原作里一点也不显山露水，被他拈出，却意味深长。

那篇如果不是因为作者去世可能被严重删节的长序，仿佛一份午夜的遗书，胡河清讲述自己的写作生涯："文学对于我来说，就像这座坐落在大运河侧的古老房子，具有难以抵挡的诱惑力。我爱这座房子中散发出来的线装旧书的淡淡幽香，也为其中青花瓷器在烛光下映出的奇幻光晕所沉醉，更爱那断壁颓垣上开出的无名野花。我愿意终生关闭在这样一间屋子里，听潺潺远去的江声，遐想人生的神秘。"我最初从事文学批评，在很大程度上是受到这些文字的感召。胡河清的那些著作已经很难寻觅，安徽教育出版社最近出版了《胡河清文集》，再好不过。

2000 年前后，网络进入我的日常生活，我正在读研究生。在一个思想交流匮乏的地方，网络成为我的精神飞地。这里谈论的是"秘密书架"，只能略过橄榄树、思想的境界、诗生活、世纪中国、文化先锋……当时正处于对文学有些不满的时候。文学无法（有时也不必）直接面对社会问题，但是文学读者在日常生活中却又无法回避那些社会问题。有时，在美学趣味上颇为挑剔的读者，面对社会问题可能是一无所知的，却因为美学的自负而拥有面对一切问题的自负。大学时代，我曾经一边被先锋文学吸引，一边被《中国可以说不》打动，在宿舍的床上听到电台里播放《中国可以说不》，深以为然，认为说出了自己想说的话。有些奇怪的是，我事后却没有去找这本书，至今也没有完整看过。

面对现实中的无聊、琐碎和虚无，如果没有精神需求，会遁入犬儒，如果有些精神需求，又很容易委身于灼热的宏大概念。哈维尔是一名荒诞派剧作家，他认识到日常生活比剧院的舞台更加荒诞，开启了与主流文化保持疏离的平行文化。这种文化表达反对，但不以反对为唯一目的，有着自己的趣味和价值，避免成为反对对象的复制品。谎言的日常化和普遍化，使公众认为何为真实已经不再重要，但是哈维尔坚持认为，说出真实总是有意义的。

创造平行文化，与参与公共生活密不可分。阿伦特最初的兴趣是小说、诗歌和哲学，对现实政治没有兴趣，随着反犹的兴起和智识上的反思，她意识到参与政治的必要。阿伦特试图为"政治"正本清源，恢复政治与公共生活的关系。她强调政治不应被等同于权力斗争，而应通往开放的公共生活。把政治等同为权力斗争，会产生两种结果，一种是参与权力斗争，一种是远离权力斗争，这都是极权政治所期待的——狂热的积极分子和冷漠的旁观者，是谎言得以盛行的条件。

在找到阿伦特的所有中文译本和部分英文著作之前，我先是读到阿洛伊斯·普林茨的《爱这个世界：阿伦特传》（焦洱译，社会科学文献出版社，2001年）。这本传记不算经典，讲述阿伦特的生平多于思想，现在重读已经不复当初的欣喜，却是我接近阿伦特的一座桥。阿伦特对极权主义起源的论述，对平庸之恶的发现，对劳动、工作、行动的区分，回应了我的很多困惑，我喜欢这种具有对话感的阅读体验。阿伦特是犹太人，对犹太复国主义抱有同情之理解，但认为犹太民族主义和其他民族主义一样，会带来灾难。她没有把苦难和不幸神圣化，而是批评不加节制的同情会唤起暴力，通往一个悖论："有人出于同情和对人类的爱而随时准备滥杀无辜。"这些必要的提醒，帮我走出文学青年常有的"悲情叙事"。以赛亚·伯林对阿伦特不以为然，痛斥"钦佩她的人只不过是会摆弄字母的'文人'"，这没有妨碍我一边阅读阿伦特，一边搜集伯林的中文译著，认同他对多元观念的坚持，喜欢他自陈"我总是生活在表层"，拒绝"透过现象看本质"的深刻。

初读布罗茨基的《文明的孩子》（刘文飞译，中央编译出版社，1999 年），是在假期返乡的绿皮火车里。我对读书的环境一向挑剔，那次在喧嚣的车厢里翻开《文明的孩子》，却毫无障碍地进入书中的世界。布罗茨基对诗歌技术的精细解读，以及他呈现的诗与政治的关系，让我折服。布罗茨基注重音节、音步、韵脚、诗体、重音、辅音等技术细节，同样注重诗与灵魂的关系。他对文学与政治关系的阐述更是让人难忘，"文学有权干涉国家事务，直到国家停止干涉文学事业"。爱尔兰诗人希尼谈论过相似的话题，他说："从某种意义上说，诗的功效为零……从来没有一首诗能阻拦坦克。但从另一种意义上说，诗的功效又是无限的。"那本《希尼诗文集》（吴德安等译，作家出版社，2001年）现在似乎被炒到一二十倍的价钱，一点也不逊色于这十余年的房价。《巴赫金文论选》（中国社会科学出版社，1996年）和卡尔维诺的著作，也是我反复阅读的书。巴赫金的"狂欢"和卡尔维诺的"轻逸"，对我而言不仅是一种理论，更是校正了我有时过于严肃以至于拘谨的生活态度。

在25岁之前，我遇到了这些书和这些人。我读书一向随兴所至，漫无边际，缺少条理和系统，但是后来发现，那些书与书之间存在着隐秘的联系。布罗茨基和伯林惺惺相惜，希尼对布罗茨基有着高度评价。也有相反的事情，伯林讲到阿伦特怒不可遏，布罗茨基和哈维尔之间发生过论战。这没有关系，差异本身就是魅力。我被翠绿的树冠吸引，树与树之间相隔很远，地面之下盘根错节。

这些年，读过的经典越来越多，让自己特别触动的书越来越少，很多书虽有认同，却很难再有震动。《商君书》让我感受到久违的"文化震惊"，尽管它谈到的观念我一点也不陌生。谈论中国传统，无论是文化、思想还是历史、政治，最需要了解的可能是法家。这样说不意味着我如何认同《商君书》，恰恰相反，我几乎每一句话都不认同。

《商君书》明确表示，欲要"强国"，先要"弱民"，

"富国强兵"与"国强民弱"互为表里。在法家那里，打击豪强不等于人人平等，只是意味着君权独大，人人平等地接受奴役；重视农业的目的是打击商业，使得民众维持在温饱阶段，在"耕战"中度过一生；执法必严与法治毫无关系，法治之法本身需要经过合法的立法程序，法家之法只是把君主的观念认定为法律。法表法里很难持续，通常二世而亡。到了汉武帝之后，法家的利刃裹上儒家的糖衣，就无坚不摧了。

到了近代，很多知识人误把法家当法治，埋下悲剧的种子。时至今日，不管台面上打的牌是马基雅维利、施密特，还是丧家犬、董仲舒、周树人、通三统，台下晃动的大都是法家身影。法家是无师自通的技艺，流淌在国人的血液中。

很多人把《商君书》放在"秘密书架"上，当下思想界的中坚人物多半是在"评法批儒"时度过了青年时代，似乎一生无法走出法家的影响。一本完全无法认同的书，给了我很多思想上的激荡，这又是一件有趣的事。只有在读到这一本时，我不会感慨，如果能早点读到，该有多好。我很少推荐《商君书》，因为它太有"魅力"，很容易让人无法自拔。正如本文开篇所说，人与书的相遇，需要恰到好处的契机。

（原载《南方周末》2014 年 5 月 15 日）

一个人要多少次回头

逃学生涯

回想自己读书的过程，会觉得中间充满了很多偶然性。如果回到中学，想象未来的我，哪怕有一百种可能，我都很少会想到是今天这样，在大学教书。

中学阶段，除了学习，最经常看的是文学书。我所想象的自己的未来是一个业余文学青年的形象，在三四线城市有一份闲职，不求上进，喜欢看书，业余写作，投稿偶尔能录用一篇就很开心。

我在中学阶段不是一个好学生，到了高中，逃课变成一种习惯，尤其高三阶段逃课最多。大概是处在一个青春期的叛逆阶段，那时的我对学校充满厌恶甚至憎恨的情绪。但至少在当时，中学还有逃课的自由。不是说中学允许逃课，而是学生能自己承担逃课的后果，如果你不在意高考成绩，没有谁愿意多管你。

现在的中学有非常多的规章制度，学生要么退学，要么遵守所有规则，没有中间地带。心理问题的增多，不知道是不是与这种密不透风的刚性管理方式有关。

我要感谢学校和我的父母，让我在高三阶段可以待在家里读书。当时的逃课常带有一种挑战的意味，现在想来很对不起老师。当时下午的课一般是到五点钟结束（学生回家吃晚饭，再回学校晚自习，来回通常需要十余分钟的步程），我有时候下午在家读书，等到眼看就要下课时，突然又到学校去，像散步一样，逆着下课的同学到学校逛一圈。这种唯恐他人不知道自己逃课的心理，带着青春期叛逆的幼稚，现在想来很可笑。

我的中学有点像大学，大学倒有点像中学。中学为什么会像大学？相对而言，我在逃课阶段是按照个人兴趣来读书的，并没有按照应试的方式。因为对文学感兴趣，所以每天在家里看很多古典的文章、诗词，在不断背诵和抄写，而且完全是出于自己的兴趣。青春期会有很多逆反心理，比如老师布置的东西，本来还挺有兴趣，突然变成一个作业，就立即没了兴致。我在中学阶段基本上处在一种散养状态，不像今天非常著名的衡水中学的高度圈养，甚至规定好每天的时间表，比如每隔十五分钟要做什么，这种情况至少在我中学阶段是完全没有的。

虽然我曾在中学时逃课，但现在我在大学里又不是特别鼓励同学们逃课。这似乎有些分裂，但我是有理由的。中学的逃课基本是不计后果的，要付出很大代价，严重一点可能是未来一生的代价。你需要问自己是不是愿意在高考层面做一定的放弃来寻求你的阅读自由。

一个人经常需要做出选择——你可以按照自己的想法来做选择——但选择自由同时意味着你要承担选择的后果。在大学阶段，我经常跟同学讨论，民国时期的大学没有那么严格的考勤，但当时好的大学有严出原则，甚至是严进严出，比如西南联大的毕业率有时甚至只有一半。在这种情况下，点名、考勤都变得没那么重要，因为哪怕没有这些东西，同学们基本上都会考虑未来是不是能毕业。但今天的大学是严进宽出的，如果没有相应的规则，四年的收获将非常有限。

在大学，如果不想把那么多时间放在课堂上，想要自己读书，逃课也没有问题。但问题在于今天有部分同学既希望非常"自由"，这个"自由"当然是打引号的——自由应该与自治相关，而不是无限的、没有任何规则的自由——另一方面又希望自己有很好的成绩，希望在已有的评价体系里获得全方面的承认。我觉得这不是叛逆，这是投机。叛逆是需要承担责任的，但投机是既想获得满意的成绩，又不希望承担任何责任，甚至希望在这个评价体系里获得所有可以获得的东西。这不是我所能认同的理念。

回到刚才说的中学阶段。我要感谢我的家庭，即使逃课，对我也几乎没有施加任何压力，这是非常难得的。当然，我刚才提到的代价就是高考非常失败。我的高考成绩特别有趣，现在还记得具体的分数，当时是五门课，每门课的满分是150分，平均下来，我正好每门100分。这个成绩并不是那么理想。当时的大学分成重点本科、一般本科和专科，我的分数距离一般本科还差4分。分数刚出来的时候，因为我所生活的地方是一个小城，相对是熟人社会，老师碰到我父母，说"你看，本来成绩还挺好的，就因为逃课，才导致这么一个结果"。我想我父母肯定不会心情愉悦，但他们还是没有给我太多压力。这一直是我特别感激的。

那时候我所生活的小城几乎找不到人文思想方面的书。文化资源的不平等，是对个人权利的隐形剥夺。当时县城只有一家新华书店，虽然我经常去，但它一年都不进几本新书。我那时候特别痛恨的是几乎所有的新华书店都是闭架销售。现在跟年轻的朋友们说闭架销售，要解释很长时间。简单来说就是你没法直接在书架前翻书，因为书在柜台里面，你要请营业员把书递给你，然后才能翻开看。那时候没有网络，你无法对一本书预先有一个基本判断。所以当你决定让营业员把书拿出来的时候，事先要做很长时间的心理斗争：到底你购买的可能性有多大？定价是否超出了你的想象？往往要经过反复犹豫，在新华书店来回逛了好多遍，才能下定决心请营业员拿书。但有可能发现书的内容跟你的想象有很大区别，或者定价完全超出预期，那只好请他再把书放回去。如果请营业员把书拿出来又放回去，那对方的脸色一般是没那么好看的。另一方面是书的种类非常少，几乎很难找到喜欢的书。当时想买一本鲁迅的书都极其困难，在当地找不到《呐喊》，《史记》也很难找。在缺乏选择的情况下，对于书的版本就更加没有意识，那时候购买一本名著唯一考虑的就是定价，哪本书最便宜我就买哪本。

　　高中所能读到的书，都是古典文学方面的，因为古典诗词相对而言常见一些，新华书店也可能有这些书。另外一种能读到的是那些很常见的外国文学名著，但在中学的知识结构里，我很少读外国文学，一方面也是很难找到，另一方面在中学所接触的教育里，认为外国文学最为名著的名著、最为经典的经典就是《钢铁是怎样炼成的》，排名第二的是《牛虻》。这两本书新华书店是有的，我买到了，而且确实认真读了一遍，但读过之后似乎并没有想象的那么震撼。

　　在很多情况下都不是我选择书，而是被书选择，充满了太多的偶然性。我在中学时把毛泽东诗词全部抄过一遍，而且全部背了下来。直到今天，提到那些诗词的上句，下句我还是很熟悉。毛泽东的诗词我最初看到的是收录比较少的版本，后来从朋友那里借了一本收录比较多的版本，但只能借一天，于是中午回到家，赶快把它抄了一遍。

可能有的朋友会问怎么不去图书馆呢？理论上说，当地是有图书馆的，但在我的中学阶段，我就没怎么见它开放过，偶尔开放，也很少有值得借阅的书。过了很多年，我重新回到家乡，图书馆里的书依然不敢恭维，放了很多名著，可版本太差，从稍微专业一点的角度看，几乎是没有阅读价值的。

除了新华书店，后面开始慢慢有了一些书摊。这些书摊的经营方式都比较原始，每隔一两周会乘长途车到大一点的城市进书，每卖一本，定价之外要另加两毛钱的交通费。当时两毛钱对我而言很多很多（一本杂志一般是六毛钱），但毕竟可以提供一些新书。

在书摊，偶然还会读到一些今天来看也还是挺有价值的书，比如九叶派诗人唐祈编的《中国新诗名篇鉴赏辞典》。我不知道为什么书摊老板会进到唐祈编的新诗辞典。因为唐祈是九叶派诗人，所以他编的这本辞典收录了很多未必是那么主流，在当时还不是特别熟悉的诗人，比如同被归入九叶派的穆旦的作品。最近二十年，穆旦被更多的读者所熟知，但在我读书期间，很少有人知道穆旦。让我有点意外的是，这本鉴赏辞典还收录了很多

20 世纪 60 年代出生的诗人的作品。我看到这本诗集是在
90 年代初，90 年代初收录 60 年代诗人的作品，意味着
一本新诗名篇鉴赏辞典——传统意义上是一定要收录功
成名就的、已经进入文学史的作家作品——收录了近十
位当时年龄只有二十几岁不到三十岁的诗人的作品。今
天来看，唐祈的眼光非常好，这些诗人现在都成了非常
重要的诗人了。它还给我带来一个触动，文学未必是以
通俗易懂作为很高的标准，我在里面读到了很多晦涩的
作品，没有真正读懂这些作品，却在头脑中形成了一个
问题：为什么他们会写这些晦涩的诗句？有些诗句当时
读过一遍就迅速记住了，很可能过了一两年，就突然读
懂了其中的一句，再过两三年又读懂了一句。

　　除了新华书店和书摊，还有一个途径是邮购。我经
常按照报纸上的邮购信息去邮局汇款，我也不知道对方
会不会遵守信用。邮路缓慢，有时过了一个月会突然收
到一份包裹，真是惊喜莫名。总之，那时候看书是非常
困难的，只能看到什么读什么。

　　这大概就是我中学时的阅读状况。

中文系

　　就在高考结束的那个夏天，发生了一个对我而言有
点戏剧性的事件。虽然距离当时的本科分数线有 4 分之

差，但我希望自己能读更好一点的学校。此前有保送安徽师范大学的机会（虽然逃课，但我模拟考试的成绩还说得过去），我放弃了。我准备复读一年，甚至连复读的班级都已经确定。成绩揭晓后的一个月，我整日在家中，无心看电视，更无心看书，晚上就在自己的房间里听短波收音机，连灯都懒得开。

突然有一天，父亲从单位打来电话，说接到一所大学的电话——在填报的档案里有联系方式——对方声称是参与高考录取的工作人员，说把我录取到了某大学。当时极为意外，但那个时候电话诈骗还不太流行，整个环节我们都没有怀疑过。时间非常仓促，距离去大学报到只有几天时间了，我完全没有做好准备。

为什么会有这么一件事情？高中的时候我一方面逃课在家读书，一方面也有写作的习惯，非常盲目地到处投稿，录用的比例未必那么高，但还是有一些杂志发表了我的作品。准备高考档案时，父亲把我发表的作品都复印了放到档案袋里。当时在一般本科的志愿里，我填报了上海师范大学。在填报之前，我并不了解这所大学的具体情况，但当时的三类志愿——重点、本科和专科——几乎所有志愿我填的都是中文系，如果找不到中文系就随便填点相关专业。当时文科比较热门的专业一个是法律，一个是新闻，一个是经济，父母问我难道没有稍微考虑填些其他的，但当时我非常明确，说只报中文系。

到今天为止，我跟很多朋友交流，发现文科的地位好像还是低于理科，老师还是觉得成绩好的同学选理科，成绩差的同学甚至是没有希望考大学的同学才会选文科。我高中所在的那一级，有多位成绩很好的同学选了文科，一度让学校非常吃惊。

在一般本科一类，我填报了上海师大中文系，因为当时一般本科有中文系同时又面向我所在的省招生的大学本身就特别少。上海师大整个学校只有中文系向我所在的省招生，而且只招5名学生，我恰恰把它作为了本科第一志愿。后来见到招生老师，他说我的分数差了4分，如果要录取，是需要报批的，既要报校方批准，也要报省招生办批准。省招生办觉得很奇怪，说为什么要录取一个没到分数线的考生？是不是有私人关系？招生老师说是因为这名学生符合招生标准。招生老师问我知道为什么把我破格录取了吗，我说大概是因为此前我发表过一些文章。招生老师又问我知道是因为什么文章吗，我发表的文章主要以青春抒情类为主，就回答说大概是因为这些作品，他说当然不是，能写出青春体作品的学生太多了，尤其是进入到大学以后，我们不需要培养写类似文学作品的学生。他说之所以破格录取，主要是因为我有一篇文章对历史教科书的某个细节提出了质疑。我当时读历史教科书的时候发现，某个事件在年份上与我读到的另外一些书稍有出入，就写了一篇文章投给一个杂志。招生老师说这篇文章说明你有学术研究的潜质。

我高考有两门课不及格，一门是历史，一门是政治。这让我自己都有点吃惊，因为我最担心的是数学。甚至高考结束都已经20多年了，每隔一段时间，我还会梦见要重新参加高考，虽然我说我早就参加过高考，对方说没用，你还要再考一次。每次梦到重新高考，最发愁的就是数学，公式完全忘记了。我后来发现很多朋友都做过这样的梦。尽管我高中没有那么备受折磨，但还是有阴影，对文科生而言，数学好像经常成为阴影。但我的高考数学成绩是及格的，反而历史是不及格的，本来我觉得历史不仅要及格，还要拿到高分。等到后面读了历史学博士我才明白为什么历史不及格，因为做学术研究的历史和中学教科书上的历史相差很远。有可能我关于历史方面的课外书读得多了一些，反而影响了我对于教科书的理解。

我的语文成绩也不是特别高，反而英语考得最高，可以拉平历史和政治的成绩。这位招生老师跟我提到过录取情况，他把达到分数线的同学的档案全部找到，翻了一遍，发现招不满理想的学生，后来他又申请把低于分数线5分以内的档案调来，翻了很多，最后决定把我破格录取。我们素昧平生，但这位老师的认真改变了我的一生。

省招办最终同意了破格录取，这又跟另外一件事有关。90年代中期，教育界发现中国的人文研究日益式微，于是国家教委（教育部前身）在全国高校做了一个工程，简称"文科基地"，全名非常长，好像有一二十个字。最初在北大或复旦这些学校做，大概是1994年左右，好像叫"人文实验班"。1995年又在全国选了更多中文系、历史系、哲学系——不单是根据学校，如果一个学校是中等水平，但有一个专业特别强，也可以入选——在这些系里设一个文科基地。教育部每年有一笔款项，在全国有一个名单，中文选了一二十所学校，历史选了一二十所学校；哲学选了七八所学校。我读的上海师范大学因为中文学科相对较强，所以申请到了中文基地。

重新应试

上海师范大学即使到今天也主要是面向上海招生，我当时进去的时候，很多行政系统的通用语言是上海话，但文科基地在招生的时候，整个中文系将其看作一个极为重要的事件，希望生源多样一些。文科基地的学生与全国性高校相比，生源没那么多样，但与此前几乎只向上海招生相比，要丰富一些。华东六省——非常奇怪，福建是没有的——其他五省，每个省招五名左右。上海的一二十位同学几乎全是从市重点中学通过直升的方式选拔的。如果对上海高校有所了解，就会知道上海市重点中学的学生一般不太会首选上海师范大学，但因为是文科基地，而且事先承诺有很高的比例可以直接读硕士和博士（因为要培养研究人才，仅仅本科是不够的），所以才会有很好的生源。在这种情况下，安徽有上海师大中文系的五个招生名额，当年上海师大在安徽总共就招五名学生。也正是这个原因，这位到安徽招生的老师非常用心。文科基地当时也享有招生上的一些"特权"，比如破格录取。

突然要到上海读书，是个意外的惊喜，可以不用再上"高四"。我对我所要去的学校几乎一无所知，现在想来特别幼稚，我首先想了解它与华东师大有什么区别，我不太清楚为什么一个城市会有两所师范大学。到上海之后，一开始我还有点小小的失望，因为这所学校在上海的地位不高，学术氛围也非常一般，甚至后面时间长了——我在这所学校待了十年——朋友经常戏称其为"漕河泾师专"。但另一方面我又没有太多可以抱怨的地方，因为本身我就是被破格录取的。

当时觉得考上大学之后一定是可以不认真学习的。在高中阶段，我对课堂式教学就非常难以接受了。我以为考进大学就终于可以彻底放松，可以继续保持高中的逃课状态。但阴差阳错进入这所大学，对我是有一定压力的，因为如果我的成绩很差，系里的老师们就会觉得

195

当初破格录取我的这位老师眼光有问题。在这种情况下，我几乎每天都在图书馆里读书，很长时间没有进过学校的录像厅和电影院。尽管如此，我对应试一直不是很擅长，整个大学阶段成绩也仅限于中等。

在上海，我发现买书变得非常容易，只要是出版的书几乎都可以找到。我首先就是去各种书店到处找书，当然也因此付出了很多成本。因为读高中的时候我对于书没有版本概念，所以读大学刚开始买书时饥不择食，等到大学毕业，便陆陆续续地扔掉了不少书。

此外，大学里的某些细节也让我有点小失望，本来我对大学的想象是图书馆都是通宵开放的。读大学未必要去上课，如果可以在图书馆打地铺的话，我会躺在里面，醒来就看书，困了就睡觉。但我发现图书馆居然是要关门的，而且不仅晚上关，中午也要关。因为这所学校的读书氛围不是很浓厚，图书馆开门的时间也很有限。

我后来发现，在上海师大读书，学术氛围对于从事学术研究会有很多影响，但当时刚进去也不是那么了解，反而有很强的学术抱负，会读很多学术方面的书。如果完全明白的话，自己反而有可能会放弃。因为从今天的角度看，在一所普通大学读书所获得的学历，在未来，尤其在学术界会遇到很多的障碍和瓶颈。

文科基地要培养学术研究人才，所以每天都非常辛苦。今天总有学生跟我抱怨，说他们觉得课程任务很重，会问老师你们大学的时候有没有那么辛苦。我就跟他们开玩笑说你千万不要向我抱怨，因为我的大学时有一门古典文学课，一个学期背了一百多首《诗经》和《离骚》全文，还有《楚辞》里的很多文章。这门课每周上两次，像中学一样，第二次上课时要请同学站起来背诵上一次课讲过的篇章。每次上完课后，中间有两天时间就要不停地背，老师还会推荐很多必读书目。

当时学校在郊区有一个分校区，绝大部分中文系一年级的同学要到郊区去，而我们从第一年就一直住在靠近市区的校区。我们还设立了淘汰制，比如第一年考试结束后，成绩最差的几位同学要淘汰到师范班。师范班有好几个班，最优秀的两三位同学可以进入我们班。难道师范班低于文科基地班一等吗？没有人会问这个问题。我当时压力极大，晚上会到通宵教室熬通宵，在寝室里点蜡烛看书也是常有的事。

我不太能认同的地方是应试成分过强，最后直升的名额也比事先承诺的少很多。我一开始首鼠两端，一方面按照自己的性格希望读更多的书，另一方面我又必须考虑成绩，如果成绩太差，某种意义上会证明破格录取是失败的，而且我也不想被调整到其他班级，影响个人情绪。既要维持成绩，又希望直升，这便严重地限制了阅读的自由。大三之后，我下定决心选择考研而不是保送的方式，因为为了保送，我大学四年将全部困在成绩里。我决定等到大四的时候用半年时间复习考研，其他时间就用来自由读书。所以到了大学后面的阶段，我才开始慢慢放弃了对成绩的诉求，经常骑车到上海图书馆去随性读书。

求其友声

大学阶段还有一个问题也会让我觉得很不满足，那就是可以交流的对象非常有限。与同学讨论具体的课程内容并不困难，因为我们非常讲究成绩，但如果讨论思想，就变得极为困难，很多人对与成绩无关的理念未必会有兴趣。大学里与我交流最多的同学是朱琺，他和我不一样，我的成绩一直是中等，他的成绩永远是第一或第二。但是他除了成绩好之外，对于很多不仅是文学的公共话题也很有兴趣。我们有点像二人转的格局。现在我碰到很多更年轻的朋友，有时候也会抱怨自己的学校没那么理想。我经常会说，虽然你没法改变大环境，但是找到一两个好朋友还是有可能的。只要有朋友，就能构成思想交流，而不是自我循环。读书最怕的，一个是不勤奋，一个是独学无友。在读书的最初阶段，独学无友会对一个人造成很大的伤害。

我就读的虽然是一个很普通的学校，但每个年级都有几位爱读书的同学，如果互相之间没有交流，很容易变成自我中心主义。因为周边的人都不怎么读书，稍微读了几本书就觉得把周边的人全超越了，会形成非常狂妄的心理，以至于到最后整个人养成了自我封闭的思维，一方面非常倨傲，一方面知识结构存在严重问题。如果环境稍好一点，就会知道自己的阅读才勉强入门甚至根本没有入门。

我和朱珐每天都有很多交流，傍晚或其他什么时间我们会在操场散步，走很多圈，不停地聊各种话题。寒暑假回家的时候我们都在不停地写信——当时没有E-mail——告诉对方最近读了什么书，大概有什么感想。因为这种交流的渴望特别强烈，所以经常是一封信寄出后，还没等到对方回信——因为读了新书，有了新的感想——就又写一封信给对方，对方往往也是没等到回信，也新写了一封。我这个朋友后来有一个比喻特别准确，他说我们之间写信像打乒乓球一样。但我们打乒乓球用的是两个球，就是我这里刚发出去一个球，他同时又发了一个球给我，我们不停地在同时打两个球。通信的内容现在看来是很幼稚的，但这种纯粹的精神交流让我现在都觉得非常难得。

朋友是慢慢聚集的，我们后来找到了刚进上海师大没多久的张闳老师。他经常会在课后到寝室找我们，大家一块出去吃饭聊天。

我们还经常听讲座，很多讲座其实还挺失望的，听后发现跟想象的有很大差距，但听讲座的好处在于你会发现原来常来听讲座的就是这些熟悉的面孔。每次你一进去就发现原来另外几位也在，时间长了就会点头致意一下。有时讲座结束后，大家意犹未尽，甚至还要批判一下老师的观点，大家就一块找个饭馆吃饭聊天，慢慢就变成朋友了。

其中有位研究生就是这样认识的，最初是因为每次听讲座的时候他总要提一些问题，而且这些问题总是挺奇怪的。后来我同宿舍的另一个朋友张硕果有一次去图书馆，带回来一位朋友，一看正是那位每次提很奇怪问题的研究生。他们为什么认识呢？因为张硕果在图书馆里写诗，那位研究生朋友是资深文艺青年，写了上百万字的小说、诗歌，看到旁边居然有个同学在写诗，双方就认识了。硕果兄说寝室里还有一位同学，就直接把他带了回来，我就这么认识了陈润华兄。就这样，一位一位，慢慢聚到一起，既有同班同学，又有研究生和年轻老师。

因为在一个相对普通的学校，当时又没有网络，完全不知道外部世界是什么情况，所以就特别担心自己成为井底之蛙。有一次，我跟朱琺兄和林阳生兄跑到华东师范大学，想找同样是中文系的学生聊聊天。现在想想真是很有趣，我们跑到华东师大到处打听中文系同学的寝室在哪里。当时华东师大中文系也有文科基地班，我们就闯到了文科基地班同学的寝室。让我们有点意外的是，他们居然统一在上晚自习，只有一位不是基地班的同学在宿舍里，我们就看了一下他们的书架，发现跟我们读的书还比较接近。这也从一个侧面说明我们当时是多么渴望和外部世界建立某种思想文化性的关系。

文学批评

大四上学期应该是我到目前为止最用功的半年，因为必须为考研做准备了。我最终决定报考本校的研究生，而且明确要读中国现当代文学专业，其中一个偶然因素是读了评论家胡河清的著作。胡河清本科就在上海师大读的，博士读的是华东师大，所以他的很多同学都是我的老师，老师们在上课的时候也经常提到他。我读大学是在1995年，胡河清自杀是在1994年。自杀后，同学、朋友们捐款为他出了一本文存，这本书对我影响很大。因为当时总觉得文学批评是二等文体，而文学创作才是最高级的。后来发现很多作家朋友也有这种思维，觉得自己是创作，而你们这些搞批评的都是跟在创作后面。但是我发现胡河清的评论文章有时写得比他的研究对象还要好。他在评论某一个作家时会引用作品片段，我觉得特别好，就去读原作，结果发现最好的几句话全被他引用了。原来评论那么有魅力！某种意义上，一部作品要经过这种评论才算最终完成。

在这种情况下，我开始确定以文学批评作为专业方向。因为我对应试特别不擅长，所以这半年过得非常艰苦，我几乎强制自己不阅读考研书之外的任何其他书。对我来说，专业课不是最难的，最难的是政治，所以这半年我几乎把全部时间都用来准备政治，哪怕是高三我也没这么用功过。

还好，考研算是有惊无险。那一年的英语好像特别难，做了前面的题目我几乎要放弃了，像高考一样准备再考一年，但是做完阅读理解我觉得大概还有希望。第一门英语考完之后，接下来的考场就空出许多座位。在考研方面我态度坚决，孤注一掷，今年考不上，就明年再考。

为了考研，我完全没去找工作，但是找工作一般是在大四上学期完成的，等到考研结束，很多招聘都已经结束了。考试之后我也参加了一些招聘会，投的几乎全是职业学校。我的想法是高中一定要考虑升学率，如果进去工作，我的教学也要符合升学率，但我同时又要准备考研，时间和精力会有冲突。而职业学校有可能生源和学校氛围都比较差，但是没关系，因为我的主要目的是考研。那一年春节我在家只待了四五天，正月初三就回到了上海，匆匆忙忙地继续找工作。

到了三月份，有一天中午，我刚结束一所学校的失败的试讲，回到寝室，听说考研成绩出来了，我非常紧张地查分，结果还算满意。我知道，一段新的生活就要开始，那是1999年，即将迎来千禧年以及充满各种可能性的网络时代。那时的我对网络一无所知，整个大四下学期几乎都在打牌，以至于梦里红桃、梅花翻飞，或许是此前压抑得太久了。

"一个人要多少次回头"（How many times can a man turn his head），而人生是没有回头路可走的。

（原载苏七七、王犁主编《时钟突然拨快：生于七十年代》，中国美术学院出版社，2017年）

世纪之交的精神生活

千禧年

千禧年之夜，我和几位大学同学在上海徐家汇"嘎闹忙"，只记得被人流挤进太平洋商厦（补记：2023年徐家汇太平洋商厦关闭，距离1993年开业整整30年，此店一度是上海重要商业地标），又被人流挤出太平洋商厦，一楼的化妆品专柜从来没有拥挤过那么多人。凌晨时分，朋友们徒步走到田林新村，一名同学已经毕业工作，在那里租了房子。因为人多，没法休息，朋友们只能打80分（一种扑克游戏），熬到天明，然后散去。那一年，我是上海师范大学硕士研究生一年级，读的专业是中国现当代文学。

"2000年"对我这一代人来说，曾经那么遥不可及。几乎每个70后，在童年时代都写过畅想2000年的作文：外星人和地球人飞来飞去（也有同学热衷于想象星际之间的宇宙大战），人民群众物质生活得到极大满足，农场里的蔬菜个个都是转基因，麦粒像西红柿，西红柿像西瓜。那时觉得自己和同学们的想象力超群，后来读到大跃进时期的红旗歌谣，"一个谷穗不算长，黄河上面架桥梁，十辆卡车并排走，火车驶过不晃荡"，才发现只不过是"浮夸风"的集体无意识代代相传。到了90年代初，2000年已经没那么遥远，作文改成了畅想2008年。我记得自己在作文里畅想生活的那座县城在2008年成了奥运会主办城市。

2000年终于到了，乌托邦却没有到来，取而代之的是一种末世论的说法。先是诺查丹玛斯的预言，说1999年7月恐怖大王从天而降；接着是电脑千年虫的说法，说是电脑程序的年份只使用两位十进制，到2000年就会崩溃。一时间各种末日预言沸沸扬扬，有段时间我常翻《推背图》和《烧饼歌》。可是站在新千年徐家汇的街头，我意识到此前关于2000年的乌托邦或末世论都只是一种"书写"。"书写"，是我所在的中国现当代文学专业的常用词语。从田林新村回到位于桂林路的学校的路上，我有些焦虑。因为熬过一个通宵，我要赶快回去补觉，但是元旦假期结束后，就要交一篇论文当课程作业，现在一点着落都没有。

马槽书店

研究生的最初一两年，我几乎每天都会去马槽书店。我所在的学校，文化氛围稀薄，朋友们戏称为"漕河泾师专"。那时购书网站尚未普及，基本是在实体书店买书，马槽书店是常去的地方。

最初马槽书店位于上师大新村南门，只有报刊亭大小，但书籍以学术思想类为主，也会卖些思想文化类报刊，比如《读书》《随笔》《文汇读书周报》等，似乎是我见过的第一家独立书店。那时，"独立书店"这个词还不太流行，不像现在，"猫的天空之城"这种只有概念没有书的明信片商店也被称作"独立书店"。

等到我读研究生的时候，店主姜原来先生在桂林路和钦州南路路口的西南处租到一间房，装修之后不仅书架扩充了很多，还有了喝茶的地方，书店具有了茶室的模样。"马槽"的店名来自《圣经》，姜原来先生是基督徒，逐渐接过母亲创办的马槽书店。学校里缺乏交流思想的公共空间，我和朋友们每天到马槽书店看书聊天。虽然学生没有太多消费能力，他却没有丝毫不快，每次见到我们总是要倒上一杯免费的茶水。书店里出没着附近的读书人，未必都从事学术专业，却个个身怀绝技。

在此之前，张闳先生和我谈到过他在马槽书店的偶遇。有次他很高兴地说，今天遇到一位法官，对文学非常熟悉，聊到喜欢的诗人，你猜他说的是谁？我自然猜不出来。张闳说，不是艾略特，也不是里尔克，这些都不意外，而是一位叫特朗斯特罗姆的瑞典诗人，这个诗人到现在也只有几首诗翻译成中文，在80年代的《世界文学》刊登过。等到马槽书店有了茶座，我终于见到这位传说中的法官。他不仅对文学很熟悉，也是古典音乐发烧友。装修后的马槽书店弥漫着古典音乐的气息，我对古典音乐的基础知识也大都来自那一两年短暂的时间。书店还有一位常客，复旦大学英语系毕业，对诗歌的翻译颇有专长。很久以后，我读到以色列诗人阿米亥的《开·闭·开》，看到译者名字，感到很熟悉，正是昔日马槽书店的旧识黄福海先生。2015年底绍兴路的诗集书店开张，与他偶遇，虽在同一座城市却有十余年未见。

新的马槽书店开张没多久，就因为租借的房屋到期，被迫搬迁了。一度转移到对面酒店的一处房间，每天开放时间有限，似乎只有晚上营业。在朦朦胧胧的酒店灯光下，见到了河西和殷罗毕二君，两位均在被并入上海交大的上海农学院园林专业读书，但都对文学有兴趣。河西后来周游于上海各家媒体，最后落脚于《新民周刊》。殷罗毕后来跟随张闳先生读硕士，毕业后去《新京报》工作，后来再次跟随张闳先生读博士，毕业后再次北游京城。

马槽书店有时也会放些独立电影，贾樟柯的《小武》

就是在这里看到的。姜原来的兴趣逐渐转移到他创作的话剧《贝多芬在中国》上，马槽书店很快闭门谢客。只有新村南门的旧址，一直保留着报刊亭，存在了很长时间，留有一些无人问津的学术书籍，封面被晒褪了色，提醒着老顾客这里存在过一家书店。我曾经帮马槽书店一起去沪太路新华书店图书批销中心、文庙图书批发市场等处进货，深知独立书店之艰难。图书进价在六折到七折之间，销售时又是八折到九折，利润微薄，不要说房租和人力成本，来回进货时的公交和盒饭费用，都要精打细算。所以我工作以后，买书会首选实体书店，哪怕价格要比网络高一些。

马槽书店的常客，大都有着鲜明的"爱美的"（amateur）精神，既接近培根所说的"理想读者"，又仿佛伍尔芙认同的"普通读者"。"读书是为了消遣，而不是为了传授知识或纠正他人的看法"。对我来说，成为一名"理想读者"或"普通读者"的诱惑，远远大于成为一名专家或学者。我曾经在陕西南路的季风书园偶遇过法官先生，他带我到上海音乐学院附近一个巷子里的古典音乐碟片店，一路七拐八绕，仿佛探访某个秘境，"忘路之远近"。那是一个夜晚，月黑风高，我后来"不复得路"，再也没有找到过那家店，正如马槽书店一去而不复返。

"芝麻开门"

　　1995年我进上海师范大学读书的时候，张闳从华东师范大学博士毕业，进入上海师范大学中文系工作。虽然大学时代我所在的班级没有排过他的课，我却从他那里获益很多。有时他上完课会到寝室找我，然后约上几个朋友去附近饭馆吃饭聊天，卡尔维诺、布尔加科夫、迪伦马特或帕索里尼、伯格曼、费里尼，是朋友们经常交谈的话题。

　　由于靠近大学，浦北路开设了一排快餐餐馆。通常的盒饭店以大锅菜为主，错过了饭时只有残余的冷炙。这些快餐店为了招揽食客，五块钱一荤一素，均是现炒，米饭也是敞开供应，几乎成为研究生们的食堂。有次，在《青年报》工作的谢海涛兄来学校，我们把他带到这里，三个人三荤三素，摆满了餐桌，买单的时候他发现只有15元，也很意外。不管冬天还是夏天，餐馆的师傅在逼仄的厨房间都是满头大汗。只是由于研究生们的胃口惊人，米饭的饭碗越变越小。

　　经常在一起的是陈润华兄。是法商学院研究生，本科是中山大学地球科学系，却是铁杆的文学青年，虽然读大学是在90年代初，却有着浓厚的80年代气息，手中有着上百万字的作品。等到准备考博的时候，润华兄对未来的选择犹疑不决，决定以抛硬币的方式解决。他把这个"艰巨的任务"交给了我。抛完硬币，他决心按照硬币的"启示"报考复旦大学中文系中国现当代文学专业博士，最终如愿。抛硬币只是一个仪式，如果那天硬币的结果相反，润华兄大概仍会报考中文系，虽然他后来又回到政治学领域。

2000年的时候，张闳每次见到我，都要谈到刚刚兴起的网络，强烈建议我上网。我第一次接触网络是1998年左右在同学家中，当时网络信息有限，尚未有太大的惊奇。在张闳的反复动员下，暑假的时候我尝试上了一下网。

再次上网，感受到文化震惊，原来网络已经如此春意盎然。尤其"橄榄树"和"思想的境界"，让我印象深刻。"橄榄树"是一家文学网站，由一些海外写作者创办，风格与热闹的"榕树下"全然不同，安静而纯粹。在每日更新的内容之外，还有一份《橄榄树》文学月刊，虽是网刊，编辑却很认真，胜出此前看到的诸多文学刊物。"思想的境界"由南京大学教师李永刚先生创办，每隔三五天就会更新几十篇文章。此前大约十年，各路知识人手中积压了许多无处发表的文章，通过"思想的境界"得以释放。我在此读到崔卫平女士翻译的《哈维尔文集》，这本书对我有着决定性的影响。

我迅速把这半年刚刚写完但无处发表的文章发给他们，包括元旦假期完成的论文。与纸媒漫长的审稿不同，发去邮件没几天，在这些网站上就看到了自己的文章。作为一名刚刚入门的研究者，文章能与诸多熟悉的名字并置在一起，是不小的鼓励。我甚至把这些页面专门打印出来，作为纪念。

暑假结束，回到上海，我迅速办理了寝室上网的手续。上网是按小时收费，具体费用记不太清楚了，大约是每小时两三元（网吧是每小时四元）。后来学校有上网套餐，每天有限定时间，我办了三份套餐，仍然经常超时。每个月的上网费在两三百元之间，是今天宽带费用的两三倍。但我从来没有为这笔昂贵的费用而感到后悔，因为是否遇到网络，将决定我能否成为今天的我。

没有宽带的时代，上网需要调制解调器（modem，俗称"猫"），每次拨号都有撕心裂肺的嘶啦嘶啦声，仿佛猫的叫春，但这种声音在我听来无比悦耳。收到邮件时，outlook发出的叮咚声，也仿佛"芝麻开门"的声音。这些声音，通往与"漕河泾师专"迥异的另一个世界。我一直庆幸自己在20余岁的时候遇到网络。那是网络最有思想活力的时期，聚集了很多对公共问题感兴趣的网友，却又没有形成身份的等级。熟悉电脑技术的网友会建立自己的思想主页和论坛（BBS），然后与同好互相建立链接。

我对新诗有兴趣，迅速找到了"诗生活"和"灵石岛"。这两个网站至今依然健在（补记："灵石岛"网站

211

2018 年迁移至重庆大学下属网址，现已无法打开；"诗生活"网站于 2023 年关闭），几乎是个奇迹。参与"诗生活"编辑的有黑龙江的桑克先生和河南的森子先生，两位都没有太强的派别意识，诗学趣味比较开放。最初，各路诗人都会在"诗生活"出现，也常在"诗生活"吵架，随着创办网站在技术上变得简单，又纷纷自立门户。"乐趣园"网站提供免费的 BBS 空间，有段时间每个派别都开设了一个自己的空间。也会有诗人把自己的新作贴遍每一个论坛，仿佛老军医把广告贴遍每一个电线杆。我在"诗生活"开有评论家专栏，最初的新诗评论大都集中在那里，也认识了很多诗人朋友。"灵石岛"是一个诗歌资料库，主办者李永毅先生是北京师范大学博士生，和"思想的境界"的主办者李永刚是兄弟。除了这两家网站，"新青年"网站一度也颇为活跃，它分为若干板块，有"文学大讲堂"和"中国学术城"等。

"世纪中国"和"文化先锋"是我最常去的两个网站。"世纪中国"是一个严肃的思想网站，主要由许纪霖先生和刘擎先生主持。首页每周更新大约三次，其中首发文章会支付稿费，稿费高于一般的学术刊物。我在上面发表过三五千字的文章，约有七八百元的稿费，在当时是不低的标准，正好可以弥补不低的网络费用。

"世纪中国"设有论坛"世纪沙龙"，活跃着各路知识界人士。在实名制之前，论坛发言是无需注册的，甚至可以每次发言换一个名字。网友经常根据发言内容取名，比如回帖内容是"无"，名字是"可奉告"。或者一位跟帖者取名"匪连长"，接着，"匪排长""匪班长""匪兵甲""匪兵乙"陆续出现，当然也会有"匪司令"。在论坛泡久了，即使一名网友不停变换姓名，也能根据他的风格判断出姓甚名谁。这就像文学阅读时常做的智力游戏，读作品时不看作者，然后根据作品风格判断作者是谁。

"世纪沙龙"活跃着一对卡通人物"snoopy"和"garflied"，时间长了，认出是崔卫平女士和李大卫先生。李大卫是小说家，客居美国。有段时间他每天换一个网名，多是超现实主义风格，诸如"黄色的卡宾枪"等。在"世纪沙龙"，我们这些网友常自称学生，把版主叫作老师，但是学生经常给老师"添乱"，每每版主颁布一些规章，就会字斟句酌，讨论其中的程序正义和实质正义。后来，我被收编做了版主，再扔板砖就没那么自由了。

"世纪沙龙"的网友以从事专业研究的知识阶层为主。（偏向于草根的公共思想讨论平台，是天涯社区的关天茶舍）2001年的"911事件"、2003年的"孙志刚事件"、2005年的"卢雪松事件"，"世纪沙龙"都是舆论集散地之一。我的思想变化和成形，与网络论坛的讨论密不可分。关于主要的历史事件和公共问题，论坛时代几乎都有过激烈的争论，经过争论之后形成的观点会更加坚定。

　　"世纪沙龙"对我最有影响的是一名叫作"六月雪"的网友。这位网友是何身份，我至今也不知道。大约有两三年的时间，我几乎每天都与"六月雪"在网上交流数个小时。"六月雪"仿佛武侠小说里的蒙面高手，对人文社科的各种路数了如指掌，对学界八卦也极为熟谙。我的知识结构，很多是通过与"六月雪"的交流建立的。后来，"六月雪"突然消失，不知所终，这也很像武侠小说的情节。

　　"文化先锋"主要由朱大可先生和张闳先生主持。通过网络，张闳与客居澳大利亚的朱大可建立联系，朱大可向我们推荐了 MSN。或许因为最初就使用 MSN，我始终没有用过 QQ。朱大可此前曾在上海师范大学任教，1994 年赴澳大利亚，他把自己主持的中文"澳大利亚新闻网"改成"文化先锋"。与严肃的思想网站"世纪中国"不同，"文化先锋"是充满戏谑和反讽精神的文化网站。BBS 开设之初，没有人气，我们模仿《新青年》"唱双簧"的前辈，注册了很多网名，在那里互相插科打诨。以至于所有新注册的网友，我以为都是身边朋友的化名，直到后来在各种场合听到"文化先锋"的名字，我才意识到那些新的网名是各地的网友。朱大可通过网络恢复了与国内文化界的联系，也决心从澳大利亚回国，在确定回来之前，先回来探过几次路。朱大可以文笔犀利著称，一度在海内外闻名的余秋雨先生，在他的重炮《抹着文化口红游荡文坛》轰击之下，摇摇欲坠。但朱大可本人并不属于拒人于千里之外的高冷风格，交往起来趣味丛生，他喜欢讲述各种神秘主义的事件，让我每次都听得将信将疑。

夏令营

2001年春夏之交，"snoopy"在"世纪沙龙"发出邀请信，请"喂猪格格"（"还珠格格"的上海话谐音）、"蚊子"和我去北京她家中"夏令营"。两位分别是张闳和任晓雯。任晓雯是复旦大学新闻学院研究生，主要兴趣在小说写作。在媒体里，网友聚会就像今天的滴滴打车，常被描述为一种危险重重的事情。"snoopy"后来告诉我，同事听说她邀请了一群名字奇奇怪怪的网友，好心提醒她别上当受骗。

在去北京的时候，我决定先去扬州，与大学同学朱琺兄汇合。朱琺兄是我在大学时代为数不多的可以交谈思想和文学的朋友。我们常在"漕河泾师专"的操场上一边散步一边漫谈，不知不觉绕着操场许多圈，或者一起骑自行车去书店和图书馆。有时，朱琺兄会带我去桂林公园附近的老式民宅，同在上海师大读书的林阳生兄租住在那里。我们彻夜聊天，结果是我常常中途睡着，醒来时发现他们还在聊，往往聊到了我很陌生的围棋旧事。毕业后，林阳生兄去了北京，在北大"旁听"。而朱琺兄则直升了王小盾先生的研究生，王小盾同时在上海师大和扬州大学师范学院（前身扬州师范学院）任教，住在扬州，朱琺兄追随而去。这次，我和朱琺准备"夏令营"之后与林阳生重续夜聊旧情。

与我一起去扬州和北京的是王弘治兄，他也是我的大学同学，但大学时代我们交往有限。等到读研究生的时候，朱琺兄去了扬州，我和弘治兄慢慢熟悉起来。他们两位都是松江二中毕业，大学时代更是长期垄断了班级第一和第二，毕业时顺利保研，王弘治主攻语言学。我在大学时代，成绩永远属于中等，很少拿优，也没有不及格过，最后通过艰难的考研得以继续攻读研究生。

我去扬州，不仅与朱琺兄会合，同时也见到了网友拇姬，他是扬州大学师范学院学生，在文学类 BBS 颇为活跃。拇姬显然是笔名，他又名钱烈宪和徐来。钱烈宪后来以博客"钱烈宪要发言"而知名，直至因为发布了一条关于孔庆东的传言被其助理刺伤而关闭。徐来是《想象中的动物》的作者，现在是果壳网主编。但钱烈宪和徐来也是笔名，他原名是徐德芳。每次看到这个名字，我总是想起八贤王赵德芳。我们在扬州逛瘦西湖，吃富春包子，去古旧书店。扬州大学师范学院的路上，密密麻麻落满了毛毛虫，此前曾有毛毛虫落到了朱琺兄穿着拖鞋的脚面上，我每次从那里经过，总是战战兢兢。我们借住在朱珐兄的住处，是座老式平房，每天晚上纱门之外蚊声如雷，但水龙头又在门外，所以洗衣服的时候总是一边搓洗，一边不停跳跃以避开蚊子。

在出发去广州之前，我收到崔卫平的邮件，她告知女儿闹闹最近正在考试，所以最好在考试结束后碰头。但是我们的火车票已买，会提前一天到。扬州不通火车，我们到镇江乘火车（这个细节我已遗忘殆尽，写作期间恰与朱珐兄聚，幸承提醒），从北京站出来，看到远处建筑物上醒目的标语，立即感受到首都的气息。地铁站仍在使用纸质地铁票，提醒着北京和上海的不同。

我们先在小西天附近找到一家半地下室的旅馆，然后打电话到崔卫平家，约定拜访时间。虽然在网上和"snoopy"玩得没大没小，但要去见一位从未谋面的老师，还是有些紧张。等见到崔卫平，这种不安立即一扫而空。最初的邀请名单里没有我的两位朋友，但我介绍过他们的网名"龙子"和"注水猪肉"，她表示见过这些名字，邀请一起"夏令营"。崔卫平正与朋友聚会，我们没有多聊，约定了第二天的碰头时间。在短暂的时间里，她把两位朋友从书房喊出，介绍给我们认识，一位是徐友渔先生，一位是雷颐先生。

第二天，我们就正式搬到崔卫平位于北京电影学院家属院的住处，安营扎寨。张闳、任晓雯、七格（sieg）

217

诸君随后也陆续来到北京。因为是夏天，铺张凉席即可睡觉，"男生"睡在书房，"女生"睡在卧室。房间变成了动物园，"snoopy""喂猪格格""蚊子""龙子""注水猪肉"出没其中，真是应和了拇姬小说的标题"想象中的动物"。夏令营的时间虽然短暂，回忆起来却很漫长，每日起床之后在早餐桌上就开始聊天，直至夜晚，期间排满了与师友们的聚会。

最初是杨葵先生和唐大年先生接风，在一家监狱风格的餐厅里。杨葵当时在作家出版社，唐大年则做编剧。吃完饭后去三里屯的酒吧，他们约上很多朋友。那晚印象最深刻的是北京申办 2008 年奥运会成功，我那时完全忘了自己曾经把 2008 年奥运会的主办地定为家乡的县城。

有次和任晓雯一起赴"新青年·文学大讲堂"的聚会，一位说话慢条斯理的女生，在碰头地点等我们，把我们带到餐馆。2010 年岁末看到马雁故去的消息，我问任晓雯，那天来接我们的女生是不是马雁，她说"是的"。马骅来晚了，先自己倒了杯酒，一饮而尽以示抱歉。我们此前在上海见过，算是旧识。三年之后，马骅落入澜沧江，不知所终。同辈的友人，那么早就开始陆续凋零了。（补记：那晚聚会的主事者胡续冬于 2021 年夏去世）

世纪沙龙有一名叫"张无常"的网友，熟谙哈耶克，经常与其他网友拍砖。那年夏天的《华夏时报》仿佛

"桃花山","张无常"在那里做评论部主任，聚集了网络上的一众好汉。崔卫平找到《华夏时报》的电话，联系上"张无常"，约他到家中一聚。最初在网上看到"张无常"指点时事，以为是位老者，见到后发现是年轻的书生模样。

毕业于北京电影学院的王超先生刚拍出《安阳婴儿》，在郝建先生家里举办观影会，我们一起去看。郝建也经常在"世纪沙龙"出没，虽然初见，并不陌生。他的网名是"温斯顿"，来自《一九八四》里的那位员工。

大约聚了十天时间，我们陆续散去。我和朱琺兄转至林阳生处，事先已经约好北京一聚。后来莫言先生请张闳、崔卫平聚餐，张闳、崔卫平又把朱琺和我喊上。"如果当代中国作家获诺贝尔文学奖，莫言最有资格获得"，自从我认识张闳先生，就听他谈到这个观点，开始觉得过于异想天开，没想到十余年后预言成真。莫言获奖时的言论在舆论界引发一番争议，或许正如他自己所说，在小说里胆大包天，在生活中胆小如鼠。

住到林阳生家之后，他带我们到北京大学和清华大学一游。成府街已经列入拆迁计划，但是万圣书园尚未搬迁，似乎有两个门面，隔街而望。在走向万圣书园的路上经过一家咖啡馆，林阳生向我们介绍，这是"雕刻时光"，既是咖啡馆，又会举办电影沙龙。在上海很少有机会接触"地下电影"，只在马槽书店偶有观看，网上资源也很少，没想到"雕刻时光"里应有尽有，得来全不费工夫。

成府街貌不惊人，但别有洞天，这也是北京的迷人之处。很多地方鱼龙混杂，有很多满口跑火车的"大忽悠"，也有很多隐于市井的高人。上海则是泾渭分明，不是至交，平时基本不会往来。两种风格各有千秋，我都喜欢。

在林阳生家，我们继续桂林公园旁边的彻夜聊天。按照惯例，又是我中途睡去，醒来时发现他和朱琺兄仍在聊天，聊到了我很陌生的围棋旧事。

从文体意识到问题意识

这次去北京，除了朋友聚会，我自己还有一个正式理由，即打听博士生招生信息。在北大中文系的过道里，看到第二年的招博信息，好几位资深导师恰恰在那一年前后退休，看来只能另做打算。我的硕士生导师是陈娟女士，我是她最后一届学生。我们年龄相差近40岁，但并无太多交流的隔阂，她对我治学的方向没有太多限制，只是希望我不要毕业后就工作，而是继续学术研究。我对经院式的学术未必有兴趣，但也觉得学院生活是我希望的生活方式。那时的大学尚属宽松，收入不高但压力也不大，核心期刊、课题申报等等的合围尚未完成。

思考再三，我想到此前选过许纪霖先生的跨专业选修课。读大学的时候，在《读书》等杂志上读到他的文章，后来得知他从华东理工大学调到我所在的上海师范大学，喜出望外。但是，在上选修课的时候，我还没有准备从文学转入历史学专业。我的兴趣主要在文学方面，对诗学尤其有兴趣，志趣是做一名有文体意识的评论家。我的思维习惯是碎片化的，所以最初接触后现代的理论没有什么障碍。我在新诗评论方面，获得了一些认可，如果继续下去，写作之途会比较顺畅。但是许纪霖先生的治学主要是在思想史领域，更为注重思想的脉络、谱系和系统性，与我的思维方式迥异。如果改换门庭，等于要"脱胎换骨"一次。但我同时意识到自己的致命缺陷恰恰在于过于文学化、碎片化的思维，这在讨论公共问题时可能会犯常识性的错误。如果博士阶段再不校正这个问题，恐怕以后再无机会。文史哲不分家，中国现当代文学与中国近现代史有很多交集部分，不可能对中国近现代历史一无所知，却在中国现当代文学领域有所收获。我最后下定决心，从文学专业转换到历史学专业。文体意识和问题意识，同样重要。

2002年春，许纪霖先生应华东师范大学之邀，返回母校，但是博士生招生还在上海师大。考试的时候，正好碰到一位相识的老师，他看到我转到历史学专业，很为我担心，担心以后怎么找工作。高考填报志愿，我全部填写中文系的时候，父母也有这个疑问。或许是相信"天无绝人之路"，我总觉得无论做什么，只要对世俗生活要求不是太高，谋生总是没有太大问题。

西山游

在"世纪沙龙"，认识了一位叫"Popeye"（即爱吃菠菜的大力水手）的网友，他是张业松先生，当时在复旦大学博士后工作站。2002年秋天，复旦大学和苏州大学合办"第二届胡风研究学术讨论会"，张业松参与会议筹办，邀请崔卫平、张闳和我参加会议。会议先在复旦大学召开，后在苏州大学召开。到了会场，崔卫平介绍认识了陈家琪先生。他和张志扬先生、萌萌女士都来参加这次会议。这三位最初在湖北，后来同去海南，被视为哲学界"三剑客"。萌萌的父亲曾卓先生，是七月派诗人，曾被卷入胡风案。上海大学的王鸿生先生与他们是旧识，也参加了此次会议。

王弘治的父亲在位于太湖西山的疗养院工作，那家疗养院对外营业。因此开会以前，就和崔卫平、张闳商议，会后可至西山秋游，以续去年北游之乐。陈家琪、张志扬、萌萌、王鸿生、张业松诸位先生亦有兴趣同游，于是会后我们赶到西山，与从上海直接过来的王弘治、成庆、任晓雯等会合。那家两层楼的疗养院只有我们这些客人，像是包场，我们住在里面也格外自在。

西山有银杏树和碧螺春，又有太湖三白（白鱼、银鱼、白米虾）。白天，王弘治的父亲做导游，林屋洞、石公山、明月湾，依次游过。我们在太湖上乘快艇，快艇司机故意开得又快又陡，我们的惊叹声此起彼伏。一时之间，无论长幼，仿佛又回到学生时代的集体出游。住处附近，有不为人知的钱穆墓地。"一生为故国招魂"的钱穆先生，去世之后，"骑鲸渡海"，睡卧于太湖西山的茶园果林之间。此处背山面湖，我们看着气象万千的湖水和天空，感慨万千。晚上，大家在疗养院聊天、唱歌，兴尽而归。

因缘际会，有时无法意料。后来才知道，陈家琪先生那次来开会，同时也应苏州大学之邀，商谈调动事宜。经过上海之时，同济大学的孙周兴先生听闻此事，把陈家琪邀请到同济大学。再后来，张闳、王鸿生和我都到了同济大学。西山秋游时的师友，当时没有一位与同济有关，现在共有四位在同济，可谓机缘巧合。

聚散离合，有时也难以预料。秋游中，萌萌将手机忘在一个景点，后来回去找到。手机失而复归，大家都很高兴，但是谁也没有想到萌萌那时提到的肩膀疼痛并非那么简单，竟是肺癌前兆。2006年，萌萌离世。

在苏州大学开会的时候，住宿费要自己承担。我为了节省费用，借住在臧北兄的住处，他正好住在苏州大学附近。臧北是一位安静的读书人，也是一位安静的诗人。他在扬州时和朱琺兄相识。那晚，臧北给我看了他手抄的自己喜爱的诗歌。

在苏州期间，臧北约诗人小海与张闳和我在蓝色书屋一聚。小海先生写现代诗，又有古风之从容。我们聚会的蓝色书屋正值最有气象的时候，思想文化类书籍进货迅速而全备，附设的茶馆也颇有人气。我后来每次来苏州，都会到蓝色书屋，最后一次去，书店已改成二手书店，再后来就听说蓝色书屋关门了。我去苏州必去的另一家书店是苏州古旧书店，尤其三楼打折区，品种超过上海的同类书店，每次都会满载而归。最后一次去，店面重新装修过，打折区今非昔比，就再也没去。

丽娃河畔的末代时光

由于许纪霖先生已经在华东师大执教，所以我在博士阶段最熟悉的公交车就是 224 路或 909 路，几乎每周都要乘车去华东师大，因此也赶上了华东师大在丽娃河畔的末代时光，部分弥补了在"漕河泾师专"的缺憾。今天华东师大在中山北路的校区依然存在，但已不复当初的气息。那时校园内外有好几家书店，图书馆里有心中书社，后门有博师书店、大夏书店。大夏书店盛时在上海师大、昭通路（福州路附近）均有分店，后来陆续关门，再后来在地铁站内偶遇周姓老板，他已改行做皮鞋销售。

每到答辩季，文科大楼的一楼贴满了各种讲座通知，主讲者大都是一时之俊彦。高华先生的讲座，就是在那里听到的。虽然讲座很多，却从来不缺听众，站着听讲是常态。学术研讨会也很丰富。有次奉命去浦东机场接美国历史学者John Israel先生，开始担心如何沟通，没想到见面时我刚用蹩脚的英语问候，对方立即回答以流利的中文。在漫长的出租车回途中，这位学者谈到他的研究方向是西南联大，会议结束后他会到昆明继续他的研究。后来他有件夹克衫的拉链坏了，询问会务组如何去找裁缝店，一位会务组成员说你把衣服交给我吧，他拍了拍对方肩膀说："你办事，我放心！"这位学者的中文名字是易社强，他的著作《战争与革命中的西南联大》后来被译为中文，颇有影响。

撰写博士论文时，需要《新月》杂志的影印本，但是这套书已是奇货可居，我只能在天涯社区"闲闲书话"发帖求购，一位网友愿意以自己购买时的价格出让。这位网友是华东师大的学生，于是约定上门去取。取书的时候，这位网友不在学校，委托同学将厚厚的《新月》影印本交给我。我的博士论文出版之后，问到对方的地址，寄去一本请指正，自始至终从未谋面，正可谓"相识何必曾相逢"。

每次课后，与成庆、宋宏、唐小兵诸君一起逛书店，然后找家餐馆，讨论最近买过读过的书或者"妄议"一下课上导师的观点（需要坦白的是，"妄议"主要是我和成庆兄），是最快乐的事。

在世纪沙龙认识的网友"veron"，辞去湖北恩施电信公司的工作，来上海考研。他原名成庆，与古代一位门神同名，但他后来并未成为门神，而是成为居士。此是后话，暂且不说。成庆毕业于中南民族学院，读大学期间对思想文化感兴趣，毕业后回家乡。工作清闲且有上网之便利，他开设了一个网站"思想的碎片"，并通过"世纪沙龙"认识了许纪霖先生。随后他来上海考研，最初住在上海师大。有次安替兄途经上海，我们在冠生园路的一家餐馆碰头，安替作为战地记者奔赴伊拉克，没想到报社有变，只能仓促回来。

在准备考研的同时，成庆在《国际金融报》兼职。《国际金融报》虽在上海，但隶属于人民日报社，收入不菲，且能解决户籍。成庆一心向学，无意进入媒体，虽考研颇不顺利，却持之以恒，最终考入华东师大历史系，毕业后在上海大学历史系执教。

在华东师大社科部执教的宋宏兄比我年长十余岁，按理应该称"老师"。但他始终是"顽童"心态，心理年龄比我还小（我在 24 岁的时候做过心理年龄测试，竟是 42 岁），所以我就与他称兄道弟。宋宏兄属于述而不作的风格，不仅博览群书，对于学界研究现状和学界八卦都很熟悉。在论资排辈的学术界，这种风格难有一席之地，但每次与他聊天，都能感到他的内力之绵绵。

唐小兵兄毕业于湖南大学，后来于衡阳师范学院任教，因为在《书屋》杂志发表了一篇关于许纪霖先生的书评，与许先生建立联系，后来考入华东师大历史系。他与成庆兄同为2003级硕士研究生，宋宏兄则是2003级博士研究生。尽管我们都是同一位导师，但交往不只是因为"同门"关系，而是因为共同关心的话题比较接近。聚餐的时候也常会约上朱承兄，他是哲学系博士生，同样选了许纪霖先生的课程。我对"同门"这个词始终持敬而远之的态度，也不太习惯被称作"师兄"，更喜欢互称姓名或者称兄道弟。如果"同门"是学术共同体，自然是好事，但在学术界，"同门"常常是封闭性、利益化的共同体。

这些朋友都在华东师大。朱琺兄读博期间回到上海，但常常在金山家中。王弘治兄硕士留校，搬到教工宿舍。陈润华兄在复旦中文系读博。读博期间，身边交流思想的朋友并不多。那两年，正值大学要求在职老师要有博士学位，许多在职高校教师前来读博，同级博士年龄相当悬殊。记得入学时，同级一位博士生是48岁，正好是我年龄的两倍。交流比较密切的是张宁先生，他是郑州大学中文系教授，在上海师大读博，专业是中国现当代文学。张宁先生长期关注思想界的讨论，有着很多洞见，他对左翼思想很有兴趣，我们虽有分歧却并不妨碍深入交流。这种有分歧的交流，更能呈现出思想的褶皱之处，比针锋相对或一团和气都要丰富。

南行记

硕士研究生期间，我写过一篇关于《财主底儿女们》的文章，分析小说中的"民间节日""精神地形图"和"声音神学"，大约 12000 字。参加"第二届胡风研讨会"时，我提交的就是这篇文章。但是内地的刊物，无法接受这种风格的文章，于是我把文章通过电子信箱发给了香港中文大学中国文化研究所的《二十一世纪》杂志。虽然很少能够看到这份杂志，但是通过很多文章的脚注和出处已经对杂志耳熟能详。

将近一年的时间没有回音，倒也不意外，有一天突然收到一封乱码的邮件。大概是退稿通知吧，我暗暗想。等我看到恢复为正常字体的邮件，意外地发现是用稿通知，同时告知文章太长，希望压缩到 8000 字左右。这让我很意外，内地杂志虽然都明确规定投稿发给编辑部，但似乎有一个潜规则，自由来稿是无效的（反而那些专收版面费的杂志，会兢兢业业地查看自由来稿，"愿者上钩"），大都需要有人推荐或者是杂志约稿。对于在读硕士生或博士生的文章，更是避之唯恐不及。有的杂志即使刊用，也希望能加上导师姓名，认为刊登研究生的文章会降低刊物档次。但是《二十一世纪》没有这个潜规则，不仅注重学界的先进，也很注重后学，文章压缩后刊发于 2003 年 2 月的杂志上。

更让我意外的是，随后我收到一份香港中文大学中国文化研究所当代中国文化研究中心的邀请函，邀请我参加"思想史上的个人、社会与国家"国际学术研讨会。当代中国文化研究中心由金观涛先生主持，《二十一世纪》则由刘青峰女士主持。金观涛先生曾主持在 80 年代领时代思潮的"走向未来"丛书。刘青峰女士是 70 年代民间流传的《公开的情书》的作者（署名靳凡），谈到"文革"期间的地下写作，必然会讲到这部小说。两位关于"中国社会超稳定结构"的研究，在 80 年代风靡一时。后来他们居于香江，创办《二十一世纪》杂志，致力于让杂志成为华语世界的思想平台。

香港是一个熟悉但遥远的地名，正如在读大学之前，上海是那么熟悉又那么遥远。我乘火车抵达香港，终点站是红磡。大学四年，宿舍里回荡着香港红磡体育馆演唱会的歌声。我上铺的张硕果兄是摇滚发烧友，长期在宿舍里播放各种摇滚，做"摇滚普及"工作。我开始没有感觉，慢慢觉得有些意思。"姑娘姑娘，你漂亮漂亮；警察警察，你拿着手枪"；"你说要汽车，你说要洋房；我不能偷，也不能抢；我只有一张吱吱嘎嘎的床，我骑着单车带你去看夕阳"——这些歌词很适合住满了八名男生的拥挤宿舍。

从红磡再乘地铁到沙田香港中文大学，然后住进山上的宾馆，从宾馆窗户可以看到远处的大海，后来得知它的名字是吐露港。这次会议同时也是当代中国文化研究中心成立十周年的纪念活动，邀请了中国内地、香港、台湾，以及日本、韩国的诸多学者。和我同住的是广东省社科院的单世联先生，此前曾接触过他翻译的《法兰克福学派史》。我们卧聊至夜半，听他谈及大学时代做读书笔记的往事。五六年以后，单世联先生也到了上海，再向他请益问难，方便许多。

许纪霖先生也参加了这次会议，他曾在此访学，带我参观校园。新亚书院圆形广场的围墙上，刻有历届新亚书院毕业生的姓名，第一届毕业生只有三四位，余潜山先生名列其中。广场旁边正在举办活动，香港中文大学即将更换校长，拟任新校长的刘遵义先生正在与香港中大的学生见面，并接受质询。会后，许纪霖先生带我到旺角二楼书店购书。在购书之余，许先生还把我带到了 SASA 门口，告诉我这是化妆品折扣店，可以给女朋友带点礼物。

会议之后，我去了久负盛名的香港中文大学中国研究服务中心，在里面查看资料。那种可以滑动的书架让我很是心仪，一直想在家中复制，可是由于施工繁琐且对建筑质量有较高要求，只能作罢。中国研究服务中心主任熊景明女士邀请参加午餐会，初次见面，不免有些陌生。十余年后，我们在苏州同游拙政园（苏州虽然去过不下十次，那却是第一次游拙政园）、平江路和虎丘，已觉是老友重逢。

戴望舒写过一首短诗《萧红墓畔口占》："走六小时寂寞的长途／到你头边放一束红山茶／我等待着，长夜漫漫／你却卧听海涛闲话。"我专门去浅水湾寻访萧红墓地，先至中环，再乘双层巴士穿过庭院深深的山中豪宅区，到达一处海湾。眼看海湾都是游客，没有墓地景象，只能再踏上返程，也许这正符合诗中所说，"寂寞的长途"比"放一束红山茶"更适合缅想逝者。

"天空一无所有，为何给我安慰"

返回上海，我从深圳经过，主要是为了见一位"文化先锋"的网友。在"文化先锋"BBS，有两位网友仿佛江湖中的隐者，一位的网名已经不太记得（补记：似为"光猪猪"），另一位是"搞搞震"。两位都对文化思想熟谙在心，擅长"文化先锋"的反讽话语，且出言无忌，显然不是学院中人。后来和两位都见过面，前者是朱大可执教上海财经大学时的学生，在捷克做导游，后者是深圳的唐浩兄。唐浩兄深圳大学毕业，平时喜欢读书看电影，我冒昧住在他家，聊至半夜，在很多美学上的细微处都有相通之感。直到他太太胡晓梅女士，主持完电台夜班节目回来，一起又聊一段时间，方才散去。

2000年，我兼职做过上海电台一档夜间节目的电话编辑，节目是电话问答形式。初做之前，我曾问过一个问题：如果没有听众打电话，怎么办？电台里的"老法师"笑答，你冒充听众，给主持人打一个电话。等我坐在直播室隔壁的编辑室，才发现那个问题的幼稚，虽然节目是凌晨时分，四部热线电话永远在闪烁，无数人，无数困惑，仿佛整座城市被施了魔法。等到清晨，我骑着自行车返回学校，看到似乎恢复正常的城市，有些难以想象这座城市竟然有着那么多无法入睡且无处寻求安慰的生命。或许，文学和思想的好处就在于会让人痛苦，但也能带来慰藉，如海子的诗句，"天空一无所有，为何给我安慰"。

千禧年之夜，看着挤满徐家汇的人群，我意识到，所有的人在下一个百年到来之际都将在另一个世界相聚。让自己成为自己，自己不反对自己，是抵御时间流逝的最好方式。墨西哥诗人帕切科有一首只有两行的诗《老友重聚》："我们已经完全变成 / 二十岁的时候我们与之抗争的东西。"中国诗人穆旦也有过类似的疑虑："谁顾惜未来？没有人心痛：/ 那改变明天的已为今天所改变。"在使自己变得明晰之前，需要"脱胎换骨"式的自我更新，所以，"那改变明天的已为今天所改变"有时又是必须的，只是必须自己把握那改变的舵盘，这又是最困难的。

（原载《关东学刊》2017 年第 1 期）

附录　起风前的美好夏天
　　　　——和友人萧轶的通信

按：2022 年 4 月至 2023 年 1 月，与友人萧轶通信，谈阅读、谈生活、谈心境，共五组，整理如下。

晓渔兄：

此刻我坐在南阳台，开窗唯有鸟鸣，街道已无车流，真像个全民嗜睡的周末白夜。古诗云"鸟鸣山更幽"，但疫情让城市变得寂静起来，让耳朵也变得极度敏感，任何声音似乎都被放大了，内心反而显得嘈杂不堪。

离京返洪后，两年来的外省生活，不仅让人怀念北京的朋友，能够放开胸怀肆意胡诌；还让人怀念疫情以前的躁动日子，可以在上海与你一起吃着火锅月旦风云。行旅与侃谈，竟成了太过遥远的乡愁，曾经一心厌恶的插科打诨，竟被反衬得可爱起来。有时，废话连篇和信口雌黄，显得那么无聊又亲切；偶尔，喋喋不休的戏谑，也能帮助逃离生活的泥淖。想想，已经很久没与人推心置腹地好好聊天了。这些日子，翻开的理论类图书似乎变成苍白无感，总觉得不断重复，有点矫情，我不得不逃到小众文学乡中去寻求某些陌异的安慰。

近期读到一部很有意思的小说，是《遗忘通论》的作者若泽·爱德华多·阿瓜卢萨的新著《生者与余众》。据说葡语版的原著出版于 2020 年 4 月，与疫情肆虐全球差不多同步。很有意思的是，这部小说似乎特意为疫情时代而写。故事讲述的是一群非洲各国的作家，群聚于某方岛屿，"煮酒论英雄"，放论非洲未来，希冀能够掀起非洲未来的文学飓风。始料不及的是，现实的飓风让他们与外界彻底隔绝，再怎么全球受宠的作家，也没能在社交媒体上发美景、捐人设、言未来……

一群非洲作家在孤岛失联五日，禁足也成了不被打扰的某种保护，男女作家们要么荷尔蒙作祟，要么故作姿态插科打诨；当然，也可以在同行之间展现写作的良知，大辩摆脱殖民后的非洲"向何处去"。孤岛隐现的神秘事件，都得给身体的本能与言说的欲望让道，尽管那些事件的隐秘比那些作家的争吵向读者告知了更多。一朝恢复通信，方知核爆炸早已引发全球混乱……

这个故事有点像"桃花源",概而言之:在一个封闭的世界里,内部共享着开放的空间,依然可以心安理得地围炉大话,用插科打诨来装点日常生活,用小确幸来安慰自身焦虑,完全可以"不知有汉,无论魏晋"。情爱的牵挂成为眺望岛外的唯一冲动,艺术的调侃可以填补失联的寂寞。不过,我很不喜欢作者太过政治正确的结尾:终结即新生。如同甜蜜的信息按摩,就让人能轻易消除过往的种种。相比之下,反而是书中那位讲故事的人获得永生这一小插曲更为可爱:当时间在体内停止生长,人的历史感也匮乏不堪,人在这种情况下犹如步入死亡状态;而记忆就是时间的血肉。有时,较之于那些插科打诨的争辩吵闹,叙述似乎显得更加重要。

阿瓜卢萨的上一部小说《遗忘通论》,也是关于隔离与记忆,但在面对生活的困境和记忆的折磨时,他直接宣告:"遗忘就是死亡,遗忘就是投降。"它讲述的是这样一个故事:一次性侵引发了女主人公的与世隔绝,为了躲避人类的视线而数十年不出房门,却迎来了安哥拉数十年来的混乱内战。她在楼中修筑着高墙,借此躲避世界的嘈杂,也借此守护自身的安全,更希望随着时间的间隔而能忘记过去的灾难。然而,高墙内外的人与事并不因此而隔绝,墙外的事件影响着墙内的避世,墙内的小事引发了墙外的大事。

这是一个避秦而不得的内战故事,墙内墙外的事件总以微小的琐事"牵一发而动全身",多米诺骨牌似的推倒了那种自我隔绝的高墙。再怎么逃避也无济于事，不论身份，无分好坏，就像书中所言：正直的人得为有罪的人买单，永世逃避的人终究被枪支炮弹拉回现实。墙内的避世是因为无法遗忘过去，墙外的革命是为了斩断过去。在过去与未来之间，在个体与国家之间，有些人为了遗忘而不被遗忘，有些人为了躲避而无法躲避，记忆成为个体存在和生活延续的关键。那么，是记忆还是遗忘呢？阿瓜卢萨说："我们总是死于意志消沉，换句话说，当我们的热情消散时，我们就死了。"

哥伦比亚作家胡安·加夫列尔·巴斯克斯的《坠物之声》，也表达了类似的创伤：隐秘的记忆和时代的痕迹，终究入侵普通人的日常生活，逐步改变着普通个体的微小命运。"一个人的成年往往会伴随着自我掌控的错觉，甚至成年本身便是仰赖自我掌控方得以存在。"自以为能够掌控人生的方向，"然而，教训往往随之而来，或迟或早，从不失约"。因为，很多事情"总是藏首藏尾，犹如地下的暗流，又仿佛地壳小心翼翼的变迁，最后关头，当地震爆发，我们早已学会了用如下词句令自己平心静气：事故，偶然，或者还有命运"。

不过，巴斯克斯想要表达的，并非仅仅是被拽着前行的无奈，更告诫着读者：独享而缄默的记忆，只会让人感到惊慌失措；只有通过更多人的"询问"，"才证实了原来自己并不孤单，才抚平了成长于那个特定年代的种种

237

创伤，才消解了那一份如影随形的脆弱"。因为，"这个世界对于孤身上路的人实在太过危险重重"，就像家中无人守候之时，既无人担忧，也没人找寻，那我们又该如何自处？唯有在不断交心的言谈中，在彼此珍重的交流里，在互道晚安的问候下，寒夜里的我们才有归宿的希望……

近些时候，想起这些小说之间的隐秘联系，经常在脑海里出现阿瓜卢萨在《遗忘通论》里的一句话："如果睡梦中我们可以梦见自己在睡觉，那么醒时我们能不能从更清醒的现实中苏醒呢？"

晓渔兄，你说呢？

萧轶

2022 年 4 月 23 日至 26 日，洪城欲雨

萧轶兄：

谢谢你的问候。最近时常早醒，再想入睡就很困难，有时会躺着装睡一会儿。你说到阿瓜卢萨在《遗忘通论》里问："如果睡梦中我们可以梦见自己在睡觉，那么醒时我们能不能从更清醒的现实中苏醒呢？"我没法回答这个问题，暂且不说"能不能从更清醒的现实中苏醒"，装睡也颇为不易了。

兄说到记忆，让我想起前年春天也曾有过一段居家生

活。当时快递未曾中断，可以出门买菜或散步，因为平素不太交际，也算安之若素。

那时重读了一遍少时最爱的《水浒》以及金圣叹的评点。隔了一段时间未读，许多自以为熟读成诵的片段，变得有些陌生，需要重新认识。经典的魅力恐怕就在于每次重读都如初见。因为武松、李逵、杨雄们的嗜血和虐杀，我一度与《水浒》有些疏远，那次重读让我再次亲近这部伟大的经典。

这或许是受到牟宗三先生的影响。他的短文《水浒世界》（1956）不过四五千字，却影响着我对《水浒》的理解。按照现在的精神病理学，武松们恐怕都有着各种心理疾病。但是，阅读小说不是医生看病，也不是法官判案。认为武松们有心理疾病或是法外狂徒，固然可以，但那样就把小说当作病历或审判书了。

牟宗三认为，"武松李逵鲁智深为无曲者之典型，而以宋江吴用为有曲者之典型"。他这样说"无曲之人物"："他们这些不受委屈，马上冲出去的人物，你可以说他们是小不忍则乱大谋。但是，在他们，罪过无大小，义理无大小，你对不起他，你欺负了他，你就是错了。一错永错，便无甚可说的。你若说忍耐点吧，则在他们这种无曲的汉子，不能有忍耐。隐忍曲折以期达到某种目的，不是他们的心思。他们没有瞻前顾后，没有手段目的，而一切皆是当下即目的。然而人文社会就是有曲屈的。像他们这种无曲的人物，自然不能生在社会圈内。水浒者即社会圈外，山巅水涯之意也。"

兄说到"桃花源"，水泊梁山也是"桃花源"的一种，只是没有陶渊明笔下那么无瑕，更像是"桃花源"与"反面桃花源"的双重镜像。梁山可能也是东京，江湖可能也是庙堂，聚义厅换块牌子就是忠义堂，这才是天网恢恢。秦地何处觅桃源？秦地无处觅桃源。

哪怕曾经有些疏远，偶然翻开《水浒》，我总是会被其中的语句召引，翻开任何一页读上几段，尽管对其中人物的行为未必认同，却有身轻之感。我没有侠客情结，对于这种不知缘由的感受，我一度以为是少时最爱的童年记忆所致。牟宗三谈读《水浒》，"只随手翻来，翻至何处即看何处"，"单看文字，触处机来"，"水浒文字很特别：一充沛，二从容"，这解释了我的困惑。《水浒》充满暴力的情节，文字却不暴力。如林冲被要求"纳投名状"，遇到杨志，"挺着朴刀，抢将来，斗那个大汉"。写至此，《水浒》突然宕开一笔，"此时浅雪初晴，薄云方散；溪边踏一片寒冰，岸畔涌两条杀气"。如同读《史记·秦始皇本纪》，讲到荆轲刺秦王次年，"王翦谢病老归。新郑反。昌平君徙于郢"，紧接着却是一句"大雨雪，深二尺五寸"。读后对王翦、新郑、昌平君都忘却了，却始终记得"二尺五寸"的"大雨雪"，仿佛那场"大雨雪"经过两千多年仍然没有消融，可一脚踏进。林教头风雪山神庙、雪夜上梁山的雪，又何尝不是如此。

"吴学究说三阮撞筹"那段，往年印象最深的是阮小五道"他们不怕天，不怕地，不怕官司；论秤分金银，异样穿绸锦；成瓮吃酒，大块吃肉，如何不快活"，阮小七道"若是有识我们的，水里水里去，火里火里去"，阮小五和阮小七把手拍着脖项道："这腔热血只要卖与识货的！"前年重读时，注意到吴用见三阮时，将"丝鞋"换成了"草鞋"；阮小五"鬓边插朵石榴花"（此前仅注意到"胸前刺着的青郁郁一个豹子"）；三阮到饮酒的水阁内"拣一副红油桌凳"（此前仅注意到"新宰得一头黄牛，花糕也似好肥肉"）；四人带着二十斤生熟牛肉、一对大鸡到阮小二家夜饮，"阮小七宰了鸡"。金圣叹读到"阮小七宰了鸡"，评点："小二家自有阿嫂，却偏要小七动手宰鸡，何也？要写小七天性粗快，杀人手溜，却在琐屑处写出，此见神妙之笔也。"看到"宰了鸡"，我想起此次居家期间，收到发放的两只冻鸡，勉力斩开。少时杀活鸡不在话下，现在斩冻鸡却费了番力气。牟宗三称"假若有归宗《水浒》境界者，必以我为无出息矣"，假若阮小七看到我手无斩鸡之力，恐也是同感。

前年重读为何会记得这些细节？我也不明就里。可是，此后每次看到榴花，都会想起阮小五曾折下一朵插在鬓边。石榴花多，阮氏兄弟少。牟宗三称《水浒》里的汉子健实妖媚，我们都能看到健实，却很少注意到妖媚。

我家楼栋左首有一株石榴，3月刚刚居家的时候，榴树尚未生出今年的芽；现在正是榴花的季节，鲜艳地开满整棵树。住处附近的榴树，也都变得醒目起来。数日前，走过榴树掩映的小径，低头看到红砖路面上有青苔、细碎的光影和落下的玛瑙榴花，有的完整，更多的被踏碎。旁边有一条邻家衰老的耳朵低垂的狗趴在怒长的草木里，安详地看着来往的行人。看着黑白相间的光影、红白相间的榴花，一时竟有些恍惚，不知此身是否为我有。

本来想谈谈此次居家的情况，回忆前年就拉杂写了这么多，先写到这里吧。我写这封信也是在南阳台，感觉离你的南阳台似乎挥挥手就可以看到。祝安好！

晓渔

2022 年 5 月 9 日至 10 日于上海

晓渔兄：

说来惭愧，"四大名著"至今未曾细读，从小的叛逆心理让我远离了诸多元典，造就了我性好冷僻之书的阅读习惯。某些时候，会借助詹姆斯·伍德的话语来安慰自己的无知与空白："学术上的文学批评归根到底是一个迟来的体制篡位者。"尤其因课堂作文而获取的庸赝经验，更添一份自负的信任：在对经典的神圣化过程中，很容易生发出等级的压迫和审美的独裁。对此，福兮祸耶，孰知其极？

当然，空闲之际，深入阅读经典，也能达到纳博科夫所说的那种贯穿于"脊椎"和"肩胛骨"的精神快感。正如兄重读《水浒》所斩获的全新阅读体验那般，伟大的著作会邀请我们进行越发仔细的观察，也会邀请我们参与到主体由隐喻和意象所经历的转变之中，进而让所有的细节都重新获得它所拥有的生命力。就像阮小五折下石榴花插在鬓边的细节，让你在被动的居家生活中重新注视楼下的石榴花开。

英国批评家克里斯托弗·里克斯曾就经典的判断给出这么一个比喻：测试文学价值的极佳之法，是看该人的句子、意象或短语，能否让你在沿着街道闲逛时，未经召唤就浮现在你的脑海之中；又或者是它们能够让我们审视自我所有的演绎与伪装、恐惧与野心、骄傲与悲伤。生活细节在日常记忆中的长短，便在于我们能否从插科打诨、麻木戏谑、遗忘忽视等日常泥淖中重新将之拯救出来。

那些被拯救的生活细节，就像是无限繁殖的隐秘叙事，总是能够由故事而生长出新的故事，在我们体内进行自我繁殖，给生活带来更大的密度。甚至，内在生活有时会因此而与外在生活发生冲撞，内在的自我时速与外在的发展时速总是形成巨大的撕扯。这些内在的羞耻与矛盾构成了日常生活的自我革命，让你我能像密谋者般，获取更多的可能。就像兄所言："看着黑白相间的光影、红白相间的榴花，一时竟有些恍惚，不知此身是否为我有？"

犹记疫情初起时，因无法返京而困居穷乡僻壤，每日醒来后总喜欢跑到屋后檐下，探望往年手植的两株罗汉松，似乎每天都想看看这些小生命在经夜之间能长得如何。经此一疫，它们竟也成为我在外飘浮时的牵挂之一。世事仓皇，这些小生命的生长过程，与诸般经历过的细碎往事一样，都让我越发地感到重要。随着年龄增长，似乎这种重要变得越来越重要，不是它们比其他更重要，而是越来越懂得很多事情都变得越来越重要。……

在阅读细节和感受细节的双重经验之下，似乎没有什么事情是不可原谅的，而这也让自身变得越发不可原谅，偶尔还会成为难以摆脱的内心反噬。因为它们提醒我们是如何无意识地捍卫或背叛自己。这种内外交迫的生活危机，一经审视便成了居伊·德波所说的"永久性丑闻"，像一颗被雨打水淋的鞭炮；生怕学会轻易宽恕自己，又使得每一天都成了某种意义上的日常练习。间歇性地，总会默读朵渔的诗歌《妈妈，您别难过》。

这些感受都源自生活体验，但也借了詹姆斯·伍德的精准提炼。他的《小说机杼》《不负责任的自我：论笑与小说》《破格：论文学与信仰》《私货》《最接近生活的事物》《真看》，经出版人杨全强引进而得以与中文读者相见。詹姆斯·伍德说，二十年来的抱负就在于将自己锻造成作家、记者和学者结合的三重批评家：像作家一样谈论技巧，像记者一样充满活力，再以学者式批评导流而使得学院内外能够双向交流。

在读到詹姆斯·伍德这句抱负宣言之前，我在经过一段时间的流俗性书评写作之后，其实也如他所说的那般，书评不过是我需要借助的壳而已，真正想说的永远在评论之外，是那些与我们生活经验相关的隐语，尽管有时被斥之为矫情。有时，引用也是为了矫正那份矫情，也可能是为了安慰自身？不管如何，在选择一部书进行阅读或写作之前，我往往会选择那些能够将我"置于挑战常理的事情面前"的书籍——卡尔维诺在访谈录《我生于美洲》中，认为重要的文学就是能挑战常理。

不过，不管是坐在桌前写字，还是躺在床上看书，都经常面对某种道德主义律令似的啃噬，将我推入尴尬的境地，既有对未来的恐惧，也有对往昔的惋惜。或许，卡尔维诺在1973年访谈时说的话很是贴切："慎重除了是基本美德之外，也一直都是物种生存的手段；但是也许对于思想来说，不慎重才是真正的美德，也就是说物种生存的真正手段是没有慎重的思想，为的是一切都可以被全面深入思考，所以毫不意外，物种的真正慎重是不要慎重的思想。"一个有阅读和思想习惯的人，较之于不必凝视生活的人，通常有着更多的烦恼。故而，有时经常会念叨苏珊·桑塔格在日记里写下的话语："如果可以放弃思想生活，我宁愿过着情感生活"，因为"思想打破生活的平淡无奇"，也会不断冒犯静谧无聊的生活。又或者，截句拼凑卡尔维诺的访谈话语："一个人有计划地虚度生命来抗议对生命的虚度"，会让自己有一种"目中无人的快乐"。

有意思的是，前些天出门参加出版社朋友组织的聚餐，竟有两人当场泣不成声，或因回顾童年遭遇而哭诉，或因远离子女而泣泪。尽管二人平素并非多愁善感之人，反而多一份插科打诨，偶然性的刺痛感竟让席间静谧得可怕，我这等时常因反噬而难安之人，竟也告诫说：生活偶尔需要作弊，但不能轻易宽恕自己。回头一想，反观己身，有点反讽。

我辈同龄之人，或多或少都到了面对生活种种的年岁。就像兄在重读之际欣然斩获全新感悟一样，间歇性喜欢翻阅昔人日记，岁月如驰，风尘告瘁，年岁不同而心境各异，偏好取向也有了云泥之别。好似上周末睡前，忽见窗前明月，《记承天寺夜游》短短八十四字，突兀而至，个中字词，其间况味，真乃年龄未至，难入其境，选入中小学课本有点难为学生了。

难眠之际，喜好闲翻近人日记，似是对人间喧嚣的某种逃避，亦是对自我的某种补偿。时代太大，远方太远，总得有些小小角落的呢喃低语，能随地随时感受到"吾道不孤"。就像陈寅恪在《赠蒋秉南序》中所言："一日偶检架上旧书，见有易堂九子集，取而读之，不甚喜其文，唯深羡其事。以为魏丘诸子，值明清嬗蜕之际，犹能兄弟戚友保聚一地，相与从容讲文论学于乾撼坤岌之际，不谓为天下之至乐大幸，不可也。"

这份与人相惜的通情之法，或许才能抵抗时间的傲慢，才能打捞长沟流月下的"堪惊之身"，偶以作弊的姿态，逃离溺水的命运，寻得一份新晴吧？比如，在王者荣耀上与陌生人推塔端窝；又比如，我此刻略显矫情般地与兄拉杂这些有的没的……

萧轶

2022 年 5 月 21 日 窗外重现马咽车阗之象

萧轶兄：

近好！感谢分享陈寅恪先生论及"易堂九子"的语句："兄弟戚友保聚一地，相与从容讲文论学于乾撼坤岌之际。"兄能与友人相与歌哭，也是一种安慰。平日忙于生活和生存，现在才回复，请见谅。

我这边最大的变化是相隔八十天，终于走出社区了。将近六月一日，在可以燃放爆竹的外环以外，傍晚就响起噼里啪啦的声音。怎么会有那么多人家存有鞭炮？过年时省下来的？难道预感到会有这个用场？

我熬不动夜，早早地就睡了，睡得很好，没有早醒。

醒后抑制住立即散步的想法，担心一旦出门，当天便不再有心思读书。翻开《后汉书》，读了几页，假装很努力。

中华书局版十二册的《后汉书》，去年秋读到第五册，肠胃故障影响到日常生活，只能放下。恢复后，在读其他书，搁置至今。这次重新拿起，是因为读到汪曾祺先生的《散文四篇》。汪先生讲到自己"摘帽"后，被派去沽源的马铃薯研究站画马铃薯图谱，携带的书中有一套商务印书馆铅印本《四史》："晚上不能作画——灯光下颜色不正，我就读这些书。我自成年后，读书读得最专心的，要算在沽源这一段时候。"

通读《四史》，似乎是旧时读书人的基本功。我只读过《史记》，不免心虚，所以在补课。读到《后汉书》淳于恭的部分，这位"老先生"（未必老，但他喜欢《老子》，也可以称为"老先生"）家里有果园，有人大摇大摆去抢摘，非但没有阻止，还帮忙收采；有人偷偷摸摸去割他家的禾，他看到后反而担心对方不好意思，赶快藏在草丛里，耐心等家里的禾被搬走后才起身。（"家有山田果树，人或侵盗，辄助为收采。又见偷刈禾者，恭念其愧，因伏草中，盗去乃起……"）读到这里，想起汪曾祺在《艺坛逸事》里写到姜妙香先生，有人在路上把他"搜刮一空，扬长而去"，他又把对方喊回来，"我这还有一块表哪，您要不要？"后来谈到这件事，姜妙香说："他也不容易。"此种写法，应有《后汉书》淳于恭部分的笔意。《艺坛逸事》每写到一位人物，篇末有"赞曰"及四字赞语，此种体例也与《后汉书》相合。

我喜欢《水浒》里那种直接打回去的方式，却也喜欢淳于恭这种近于"开门揖盗"的作为，似乎很矛盾。我理解的淳于恭，并非没有能力还击，只是觉得没有必要，或是自家的果禾多到无力享用，或是来者有不得已的苦衷。尤其"偷刈禾者"，如是生存所迫，淳于恭"遇弱则弱"，近乎义举了。

《后汉书》关于淳于恭的记载过于简略，一时很难判断他"遇强"如何。武松们"遇强则强"，可有时"遇弱亦强"。血溅鸳鸯楼的残杀，已有前人谈到。醉打蒋门神一段，蒋门神固然可恶（蒋门神与武松的恩主施恩有何区别，尚需讨论），但武松把蒋门神的娘子扔进酒缸，如果有现场视频流传，恐怕评价就是另一番景象了。《水浒》写到这处细节："可怜这妇人正被直丢在大酒缸里。"《水浒》多有"厌女"情节，此处"可怜"两字，倒是与武松保持了距离。

理想的状况是"遇强则强，遇弱则弱"。如果说很难做到"遇强则强"，"遇弱则弱"似乎没有那么困难吧？但在现实中，除了强者凌辱弱者之外，弱者为难弱者也是常态。弱者不把面对强者的失败和怨气转移到更弱者身上，弱者不去赞叹凌辱自己或他人的强者，都是知易行难的事。

居家期间，常能看到马铃薯花的照片。许多人家囤积的土豆因为发芽，无法食用，丢之可惜，只能任它发芽生花。好处是家中常有鲜花，又节省了花盆，花盆大都改种葱了。可惜汪先生绘制的马铃薯图谱毁于"秦火"，否则可以看图识物。兄在屋后手植两株罗汉松，真是奢侈啊，我只能用玻璃瓶水植几根小葱。

读过几页《后汉书》，终于迈出了社区的门。此前听说外面的世界陌生得认不出来，做好了心理准备。然而，"街市依旧太平"。似乎一夜（应该不仅一夜）之间，垃圾已清理，树木已修剪，挡板已拆除，大部分商店都已开业，仿佛两个多月的封闭如泡影。也有一些变化，某些地方突然排起了长队，尽头是新添的检测点；部分社区的门口有蓝色帐篷，写着"男更衣室""女更衣室""出舱人员物品存放处"。仍然闭门的商家门口残存着封条，与春联"风生运起""虎到福来"同在。一家馄饨店，玻璃门紧闭，里面有四塑料篮葱根，用力抽出一些新茎，又枯掉了。一路走过，靠墙的位置常会摆放一些泡沫塑料盒，里面装满不知从哪里刨来的土，种的仍然是葱。

这里所说的，仅是我见到的景象；这座城市是否普遍如此，不敢断言。困居时期，读了《战争与和平》。我一直在想，谁能写出这个时代的复杂性？想到许多作家，还是列夫·托尔斯泰先生最有这种笔力。托尔斯泰擅长呈现历史海洋里的船和船里的人，平静时如何，风暴时如何，这还没有什么；那些最难写的——起风前的暗流，风暴眼的平静，风平浪静后的涌动，对他都非难事。他讨论历史哲学时常空洞浮夸，像 80 年代的民间哲学家；可一回到具体场景，他甚至比亲历者还要敏感于其中的细节："莫斯科的末日到了。那是一个晴朗、愉快、秋高气爽的日子。是一个星期天。像通常的星期天一样，各个教堂都鸣钟做礼拜。"（刘辽逸译）寥寥数句，功力自见。

住处附近有一排石榴树，树下是一丛丛金丝桃，花慢慢在落，榴花鲜如血，金丝桃灿烂如黄金甲，两种花瓣交错，血更红，黄金甲更灿烂。忽然想起你的生日就在近期，"时间永是流驶"。先写到这里，兄多保重！

晓渔

2022 年 6 月 10 日至 13 日于上海

晓渔兄：

的确，"时间永是流驶"，很多正常的会变得不正常，很多不正常的也会变得正常。我们这里暂时变得正常起来了，连小区物业都解散了业主群，便可以避免业主每天在群内喷物业。毕竟，很多事情，除了口诛笔伐的吐槽之外，只要像物业一样眼不见，心就不烦了；再多的事儿，也不会真的有事，太阳照常升起，日子依然得过。借用兄引用的托尔斯泰之言：一切都那么的"通常"，下楼方知花已被风吹雨打去，小区里的樱花就被我错过了花期。

在全面解除之后，我每天都会夜间独自散步。我所居住的地带，旁边躺着三四座湿地公园，趴着诸多预留出来的绿化带，白天鸟鸣夺喧，夜间虫蛙竞声，像久违的老情人般喋喋不休，我也想在暗夜里听听它们的唠叨。万物皆刍，橐籥奈何？我经常一人独逛，灯灭才回。就像久别重逢或不曾照面的恋人，恨不得一次性看个遍、听个够，或是把憋在心底的话全抖落出来说个没完。抑或，哪怕静默无言，便知双方想说什么，也让人感到某种幸福和满足。毕竟，在室内流亡久了，近在眼前也变成远在天边了；当然，有些人，有些事，远在天边也似近在眼前。

兄每次在信函中都会写到楼前的石榴花，有点像我每天都会不时眺望着艾溪湖。这让我想起米兰·昆德拉《无知》里的男女主角，女主人公跟重病的丈夫在法国外省，驻足桥头望着河水静静流淌，远处倒伏的老树正陶醉地开着花，高音喇叭爆出的喧嚷打破了她的沉浸，她顿时为消失在眼前的世界泣不成声；男主人公回到布拉格后开车闲逛，在田间望着天边丘陵的繁茂林木，看着小路两旁夺艳的蔷薇，想到在自己生活的空间里，捷克人曾两次为了使这片景物永远属于自己而献出生命，这位冷漠的流亡者心中突然被唤起了怜爱，也想让自己哭上一番。

不过，这部小说的理念太具有殖民地扩张之势，反而少了文学阅读后的韵味。整部小说读完，最让我动容的不是小说主题，而是两位流亡者在面对眼前之景时的柔软与谦卑。在兵荒马乱的日常生活中，琐碎的记忆是最后的避难所，让人能够安放自身、寻找方向。当这座避难所都丧失了，我们还剩下什么？就像那些花花草草，那些石榴金桃，在慌乱迷茫的日子里，认真对待它们，嘴角总不免自动上扬。琐碎的记忆，废话和瞎扯，也是如此。

那些风景，是我们日夜守候的生活，是我们为之奋斗的东西，守候它们就像在守候一份真情。睹物思人，人不在身旁时，那些东西也会让岁月变得可爱，安抚着一颗颗孤独而敏感的心。无聊的废话或熟悉的风景，都关乎美好，它们就是日常生活里的重点所在。

近些时日，南方雨季，夜雨后醒来，窗外阳光明媚；打开窗户，满面清爽，楼下鸟鸣，清脆得可以啄破空气。这等天气，既不闷湿，也不燥热，晴爽俱佳，让人心情大畅。每次散步，总喜欢看车水马龙，看跟前走过的那些人。又或者仰头看着遥远的星星，不会言语的它们借助闪烁，会心地回应着我的眼神。如此，便不会觉得大地寂寥。前几日深夜子时，在小区楼下石凳躺着看天，明灭不定的星星夹在两栋楼之间，像一条银河，让人感到太不真实，内心却又觉得那般美好。

此时此刻，已是深夜四点多。22楼南阳台远眺，树木守护着街灯，街灯照亮着树木，黑夜里隔几步路就是一丛草绿。彼此之间互相守候，真是美好，羡煞楼上看风景的人。习惯凌晨入睡的我，想起在北京时的某晚，因喝得太多而在饭馆睡了一宿。醒后打车回家已是四点多，天竟然就亮了。江西比北京天亮得晚，恍惚间感觉酒比天高，夜比梦短。高纬度的夜空跟岁月一样，容易催人老，因为天亮得太早。宿醉过后，句子敲门，不请自来。又是一个美好的生活景象。

在信函中，兄由景转入托尔斯泰，这位辨识度极高的俄国文豪，总让我想起茨威格对他相貌的描述。如果借用布罗茨基将奥登的脸庞比作"杂乱的床铺"，托尔斯泰那张"包含着整个俄国"的脸庞则像"原始的林莽"："他的脸上，杂草丛生，树木密布；林莽多于空地，向内窥视的每个通道全都遭到拦阻。族长式的浓密虬髯迎风飘舞，一直向上挤进两边的面颊，遮住他那性感的嘴唇几十年之久，盖满了树皮一样龟裂的皮肤。手指一样粗细的两道浓眉像树根似的纠结在一起，头上杂乱的浓密头发泛起灰色的海浪，汇成骚动不宁的浪花。这乱成一团的头发，如热带植物，到处纠结，无比浓密，似乎从史前时代一直繁茂生长。"

当读到兄引用托尔斯泰书写"起风前的暗流"时，同样让我想起茨威格笔下那个"美好的夏天"："一九一四年的那个夏天……从来没有像今年这么美，而看来会越来越美，我们都无忧无虑地看着这个世界。至今我还记得很清楚，我在巴登的最后一天同朋友走过葡萄园的时候，一位种葡萄的老农对我们说：'像今年这样好的夏天，我已经长时间没经历过了。如果今年夏天一直这么好，葡萄收成将比任何年头都好。我们会永远记住今年的这个夏天！'这个穿着蓝色酒窖工作服的老头，他自己不知道，他说的这句话千真万确。"

那一年，茨威格 32 岁；而重读《昨日的世界》之时，我也恰好在 32 岁。32 岁的他，在那个"美好的夏天"里认为："如一切顺利的话，在阳光灿烂的夏天，世界会变得更美丽，更合乎情理，就像一片可喜的庄稼。我爱这个世界，期望它有一个美好的现在，一个美好的未来。"但"萨拉热窝的一声枪响"，那个"昨日的世界"，刹那间"像一只空陶罐一样击得粉碎"。桓同年龄的撞击，让我内心更添一份莫名的感受。只是他在巴登的葡萄园里听老农谈论着美好的收成，而我却在室内的夏威夷竹前问自己是否也会记住这个夏天。我想应该会的。

今年的生活，除去外部的围困之外，告别了长跑的感情，挣脱了原生的家庭。如同卡夫卡的青年时代一样，我"无辜的脸背后"同样"藏着一个巨大无垠的心灵世界"，只能"从心理上武装自己"，才能躲避日常的兵荒马乱。这总不免让人怀旧起来，也让人对未来的道路一半犹疑一半激情。不过，一切风平浪静之后，是否也会像茨威格那样想起"起风前"那个"美好的夏天"？如果真的把自己流放后再归来，是否也像马尔科姆·考利那般想起"干草的气味"：

转过一条肮脏的小路或突然出现的山顶，你的童年就显示在眼前：你一度赤脚玩耍过的田野，亲切的树木，你用以品评其他景色的美景。……出发到天知道的地方去，及时回家吃晚饭。……干草的气味真好闻，躺在谷仓里的干草堆上，现在和童年之间的岁月消失了。……现在谷仓已不复存在；有一年他们砍伐了铁杉林，原来是树林的地方只剩下残桩、枯干的树梢、树枝和木柴。你回不去了：他的童年之乡不复存在，而他又不属于任何其他地方。

又或许，像布罗茨基在《水印：魂系威尼斯》中所写的为了逃离"前世"获得"今生"那般来安慰自己，"为了拥有另一种人生，我们应该结束第一种人生，而且这个活儿应该处理得干净利落。没有哪个人能够令人信服地实现这种事，尽管有时，不辞而别的另一半或政治体制确实会帮我们大忙"。

当然，布罗茨基用他的经验告诉我，"没有哪个人能够令人信服地实现这种事"……

萧轶

2022 年 6 月 21 日凌晨四点半

萧轶兄：

近好！看到兄写信是在凌晨四点，我有很长一段时间也是昼伏夜出。如果早晨要外出，只能半睡半醒地躺两三个小时就起床。想调整为常规作息，却总是失败，最大的难题是午睡：没有午睡，精神恍惚；一旦午睡就是两三个小时（特别羡慕午睡一刻钟即醒的"特异功能"），久睡伤神，醒来不仅疲惫，更是没缘由的情绪低落（如果被闹铃吵醒，会同样如此）。于是，陷入一种循环：好不容易早睡早起一次，多半会有疲惫的午睡，因为有午睡，晚间没法早睡，又回到晚睡晚起的状态。虽然晚睡晚起，那时的睡眠很好，有一个上午，在昏睡中接过四五个电话，每次接完电话倒头就睡，不像现在，早醒后很难再入睡。

将近四十岁时，开始熬不动夜了，以前是夜间读书写作，逐渐夜间无法写作，再后来夜间读书也很困难。随着精力不济，睡眠慢慢调整为早睡早起，睡眠的能力也在降低，每日减少了两三个小时，很少再有午睡。

兄说到《昨日的世界》。或许是阅读的时机不同，我现在偏爱情感没那么强烈的文字。茨威格先生笔墨浓烈，笔下的维也纳和他的青春仿佛灿烂的午梦，我读时反觉得有些遥远，尽管能感受到他对"下沉年代"的痛切。

对"昨日的世界"，我也偶有怀念，怀念时总会想起"失掉的好地狱"——鲁迅先生的一篇文章标题。"昨日"

是复数的，"昨日"与"昨日"互为因果，也常有冲突，怀念哪一个或哪一些"昨日"？怀念"昨日"，有时是对今日的疏离，可是"昨日"之中常隐藏着今日之因，如何做到怀念因却疏离果？"昨日"之中包含着不同个体的记忆，也包含着时代的集体记忆，每种记忆都包含着相反的因素，不必各打五十大板，但"昨日的世界"是否将"昨日"单一化了？如何区别昨日的青春（侧重个体的怀旧）与青春的昨日（侧重对时代的怀念）？怀念理想主义的时代，是不是会成为怀念自己的理想时代？忆甜思苦，会不会是另一种忆苦思甜？不过，日常的感慨不必如此条分缕析，否则也太累了。

还是谈谈日常。在居家的时候，有过一些"报复性消费"的想法。可是现在，"报复"的念头不知去哪里了。以买书为例，我曾每年购书数百种。这次解封之后，我只在犀牛书店买过一次二手书，虽然购书网站的收藏夹里新添了不少条目，却没有下单。前后将近五个月未买新书，从读大学至今近三十年的时间里，从未有过。为什么会这样？我一时也无法解释。或许，没买新书，部分是因为近年来我主要在补读或重读一些经典，那些经典大多数手边已有。

兄此前说到闲时喜翻日记，我也有此好。有次翻看《曾纪泽日记》，每日都是看某书若干叶、习字若干纸、写对联若干副，观某某象棋若干局，与某某下围棋若干局……感慨其父教子有方，又觉无趣。

不知为何，他这些无趣的记载让我难忘，渐觉此种"日课"正为我的良药。我读书常随兴致，喜欢一口气把一本书读完，或者读几页读不下去就扔到一边。然而，读经典是很难"灭此朝食"的。《道德经》仅五千言，一个下午甚或一两个小时就可以读完。可是，那么仓促读完与不读也没有什么区别，徒增"读过"的虚荣。记得豆瓣网站有过虚拟的图书条目，一本根本不存在的书，有不少热心读者做了"读过"的标记。

曾纪泽先生观棋下棋都要记下多少局，我难以效仿，唯每日读书可勉力为之。近年我渐以日课的方式读经典，放慢速度，每日只读若干页：哪怕读得愉快，也不多读；哪怕读得不愉快，也尽力完成每日的页数（实际仍常有停顿）。在状态较好且未有繁事缠身时，可同时读三五种经典，视难度，每种少则十页、多则三五十页。经典通常是有难度的（哪怕似乎很容易懂），只读一遍很难称得上"读过"，需要反反复复读，最好是与友人一章一章甚或一页一页讨论过。

人文的魅力是"祛魅"，我对经典没有崇拜，也没有读完所有经典的抱负。听说有读者把经典分出等级，读过自己认为最高级别的几本经典，睥睨他人。经典变成了板斧，好玩又好笑。每部经典都是一个黑洞，如果被黑洞吸附，经典就成了压抑性的力量。

我读经典，主要是围绕自己的问题意识，进行自成脉络的阅读。读一部经典，会阅读相关研究著作，但与成为研究者不同。读《后汉书》是对其中的文体有兴趣，不是要成为《后汉书》研究者。在古典中，我爱读六朝前后的部分文章，没那么正襟危坐，也没有绚烂浮辞，常引入口语的活水，有紧张，有从容。《后汉书》《世说新语》的注，常有一些比正文还要生动的引文，可惜引文来源的典籍大都已经佚失。

　　与读书相比，对周边的事物，我几乎是一无所知。今年四月，法国导演雅克·贝汉去世，他曾用许多年拍摄一部仅有七八十分钟的纪录片《微观世界》，呈现昆虫们的世界。屎壳郎推粪球原来那么可爱——在目力所及的世界，隐藏着多少秘密。有次路过紫荆丛，提醒自己稍稍停留，紫荆花去叶生，叶上有朝雨残存，一只苍蝇伫足其间。那时并不觉得苍蝇可厌，想起小林一茶先生的"露水的世，虽然是露水的世，虽然是如此"和"不要打哪！那苍蝇搓他的手，搓他的脚呢"（周作人译）。只是看到的时候，我把两首混在了一起，记成"露水的世，那苍蝇搓他的手，搓他的脚呢"。

　　今天看到一朵月季，晒得皱如木槿。想来你那里也很炎热，兄多保重。

晓渔

2022 年 7 月 21 日至 24 日于署中

晓渔兄：

　　上次回函时还能讲述日常散步的所见所闻，如今只能躲在空调房内"独抒己见"了。真是个烈日灼人的苦夏时分！酷暑难当，连读书都没法安放那份焦躁。适宜出门游荡的日子里，没法远足；"烈日炎炎似火烧"的酷夏时分，想出游又得有点不惧被烤的勇气。世事添乱，让人活在悖论之中。

　　不过正如兄之所言，"日课"成为安放日常的善剂良药，日记是我重整自身的日常练习。回想大学毕业后写下的十多年日记，似乎有点像陈子展撰写日记的跌宕感受：其曾在五四运动之后写下六七年日记，但因埋头粉笔堆中而陷于日常牢骚；北伐革命令其为之一振，又因迅即而来的形势大变，怒将日记付诸丙丁。陈先生悲愤作诗以诉："日记千言自此休，悔将椽笔写闲愁。腐儒事业一锅面，看汝糊涂到白头。"（引自廖太燕《私史微观：中国现代作家日记的多元透视》）

　　不过，如今早已脱离了当年那份"高级趣味"。睡前打开日记，仅有流水账时便感不安，警醒自己今日庸碌，既缺乏与他人激动的交谈，也没能好好看上几页书写点感想，更没有对所见所闻进行些许日常性的思考练习。于今而言，日记更多的是督促己身每日当"有所为"，尽管隐约甚至明显地有着"隐身听众"的存在，同样督促着我巨细靡遗地"长篇大论"。

那些日常写下的连篇琐碎，或许也可称为我笔下的"昨日的世界"，也为我提供了怀旧的材料。正如兄所言，怀旧究竟是对过去的召唤，还是对当下的疏离；它究竟是情感的冒险，还是精神的密谋，实在难以厘清。它很有可能会成为个人蜜尝的心灵毒药，就像阿列克谢耶维奇所言的"二手时间"：在 1917 年革命之前，亚历山大·格林就曾写道："不知怎么，未来并没有站在自己的位置上。"一百年过去了，未来一次次没有到位。一个个二手时代，反复降临。

在阿列克谢耶维奇笔下，那个"我的时代结束得比我的生命早"的"二手时代"里，人们擅长把自己修剪成"室内盆栽植物"："在一般情况下，人们都过着封闭的生活，不知道世界上正在发生什么"，"只过自己的日子，不去注意四周，不去管窗外的事情"，很多事情恍如海市蜃楼，其实从来都不曾有过，"它只能存在于我们的脑海中"。

较之于全书那些对往昔或当下充满抱怨的故事，最令我印象深刻的当属全书末尾那则简短的故事：当邮递员推开俄罗斯乡下的篱笆门，将苏联解体的消息告诉乡下老妇人时，她说："在我们这里，过去怎样生活，现在还怎样生活。对我们来说，都是一回事。几十年来我都只关心那些生活必需品，人们说什么，和我一点关系都没有。"对她来说，世界依然是那般模样，在这震撼世界的时代板荡中，她似乎什么都没有失去。姓资姓社等时代大事，跟她没什么关系，"反正要等到春天才能种土豆"。除了春天的如期而至，那位老妇人的日常生活，不必较量昨日与明天，也不必琢磨绝望与希望。时代是悲是喜都无甚关系，她如同乡土世界里那些风餐露宿的大树，来年的风吹来，又可以安然地吐蕊绽芽。

当然还有一类活法，更像是刘文瑾在《道德崩溃与现代性危机》一书中所谈到的那样，既融合了某种难以理解的"崇拜"，又吸收了那些理直气壮的"市侩"；既能献身于非功利化的狂热，也能追求到个人利益的最大化；既能对远方输出频繁不绝的激情，也能对眼前采取干脆利落的冷漠；既能对虚假空洞的概念保持抽象的激情，也能对真切存在的现实坚守厌倦的冷漠。这是一种不曾拥有"小我"却能拥抱"大我"的悖论式生活方式。在该书的第二章，刘文瑾书写了捷克现象学家扬·帕托什卡同样的描述，这两种大小之"我"自行剥离了"关怀灵魂"（care of soul），由厌倦（l'ennui）和迷狂（l'orgiasme）酿造着新的生活方式，维护着一种"日常的统治"（rule of day）。在某种程度上，厌倦指向了意义的消失和自我的抛弃，而迷狂则携带着宗教般的献祭。

古希腊哲学家赫拉克利特曾说："沉睡的人各自生活在各自的世界，只有清醒的人才拥有一个共同的世界。"

如何让你我共同生活在同一个世界，即使远在天边也能近在眼前，终究还得回到"意义"两个字上。尽管这两个字让人疲惫不堪，但能将我们从泥淖中打捞出来，至少能让我们下坠得不那么过分的迅速。就像刘文瑾在书中所写："恶之平庸"其实是提醒人们：与其说人人都"有可能"成为艾希曼，不如说人人都"有责任"避免成为艾希曼。无论是对过去的怀旧，还是对未来的想象，"时间的种子"只能奠基于正确的当下，来自自我能够时刻保持清醒的判断。

突然翻出这部去年出版的书来读，主要还是为了解救自身的困境，生怕在日常生活中学会轻易宽恕自我的能力；在新闻疲惫之后陷入玩世不恭的偶尔作弊之中，尽量避免让自己成为"生活中的艾希曼"。各种原因导致的无法远足，还有灼杀世人的当头烈日，让困在空调房里的我似乎逐步失去了某种具有共同感的生活经验，徒陷于某种略感心安的虚空之中。这种日常的心安，偶然回瞥，很容易逆转成扎实的不安。

每每于不安之际，哲学理论都很难将我打捞出来。在深居简出读闲书而缺乏共同经验的日子里，依然还是更愿意选择文学类作品来与内心进行对话，仿如远方的某人宽慰着精神的困境。在前几天被高音喇叭吵醒叫嚣下楼排队时，长长的队伍在烈日下实在太过难熬了。在焦躁的等待中，我们都每隔几秒就往前探头观望着队伍是否又缩短了几厘米。烈日之下的长队，让我想起寒天雪地里的漫长队伍——奥尔加·格鲁辛的《排队》。

在《排队》里，大变化三十七周年之际，安娜下班后换了一条路回家，竟然自己陷入了一场长达一年之久的排队马拉松。尽管起初谁也不知队伍的尽头究竟在售卖什么，但在精神匮乏、物质短缺的灰暗年代，突然传来一份即便遥不可及的希望，也能成为跨越春夏秋冬的日常美好，哪怕它徒劳无功，即便它虚无缥缈。

在那"等待某种伟大的未来幸福"的长长队伍中，"他们不时可以抱着一种毫无顾忌、直截了当的迫切感依赖另一人，在饱含雪意的黑暗的天空下，在恐惧、希望和信任之下相互团结，就像跟家人那样说话，或许，甚至他们都不会这样跟家人说话。"尽管他们在漫长的春夏秋冬中苦苦等待的东西，"理应属于这个世界里的每一个人"，但是，当排队一年却一无所获时，人们开始"为谎言、为排队、为永远无法确定地获悉任何事情的无能、为无力打破羁绊所有人的空洞的时间和折磨人的空间的束缚而愤怒"……

当然，这是我排队后阅读《排队》后的感受。作者将斯特拉文斯基受邀回苏联的音乐会门票预售故事改编成了这么一部小说，更多着力于匮乏的人们因排队而打乱生活节奏，彼此之间却也在排队过程中由陌异到熟悉而建立了新的生活秩序，以"等待戈多"开端，由"安琪礼物"收尾。作者的出发点和我的阅后感形成强烈反差的原因或许就在于：我知道我们排队是在干什么，"没有遮遮掩掩的秘密"；而安娜不知她们排队能买什么，但排队的"希望"能够撩动她那骚动的心，队伍的尽头是远方——别处的生活或早已消亡的生活……

近期让我感到伤心的事，是自虎皮兰烂根死掉之后，我最喜欢的七叶鸭掌木也步其后尘。它曾经被人抛弃，是母亲把它带回家的。当时已濒临死亡，叶片枯黄得几乎只剩下小树干了，在我的精心照料下重现生机，仿佛它以某种见证的方式，将我内心的某些愁怨转化为凶猛生长的养料，立马就很争气地亭亭玉立——心烦意乱之时，我总是喜欢凝视一番，有种惺惺相惜之感：它被抛弃的命运，就像读书人略显多余的尴尬境地。在再也无法拯救它的日子里，我每天用手机记录它的死亡过程，既残忍，又不忍。直到某天醒来，发现瓷盆里只留下一个虽浅却深的洞——被我妈连根拔起，它从我的生活中彻底消失了。

在它茁壮之时，常在深夜三四点才睡的我，经常会在睡前瞥上几眼，像是互道晚安。前不久的某个凌晨四点刚过，有人在我刚好入睡时发来川端康成的一句话："凌晨四点钟，看到海棠花未眠。"不得不承认的是，我以前未曾读到过这句话，那晚读到时也不太敢相信对方写得出这样的句子。检索发现，这句话在抖音等社交媒体上被莫名地续接了一句"总觉得这时，你应该在我身边"。越是被误传的名人名言，越能激发我的考据癖好。

恰好手头刚收到《川端康成传：双面之人》，全书唯有毫不起眼的某处夹注提及此文。各类学报与教学参考，都将此文解读为物哀之美或抒情赏析。查阅后发现该文创作于朝鲜战争爆发后的1950年7月，此时的川端康成刚从日本战败的低潮中重新振作。在撰写此文的前一个月，他在广岛宣读《武器招致战争》。在获赠永井荷风编写的《活在蘑菇云下》后，他对永井表示要创作原子弹题材的作品（听到日本战败的消息后，永井荷风举杯庆祝）。当然，此时的川端康成与日本左倾的古典知识分子走得近，故而该文不断出现日本美术方面的抒情。此前不久，他还借贷举债外加预支稿费而筹足资金，购买了绝世已久而重见天日的浦卜玉堂所作《冻云筛雨图》。无论是国破山河在，还是国在山河破，川端准备以文化为国家招魂续命……

倒数第二段里写到"去年岁暮"首次感受到"岚山之美"，而此前几番登临都没能欣赏到。就在"去年岁暮"去岚山观赏玉堂碑之前，他曾与妻子和养女同行，离开后半月，他给养女麻纱子写信："我这个做父亲的也要重新出发，为余生的工作而埋头苦干。……我在广岛深受感动，又振作了起来。"或许世事仓皇之间，只有某些人才能看到"美"，就像让川端康成大吃一惊的"花未眠"，恰是"这众所周知的事，忽然成了新发现花的机缘"。

写至此，不免环顾己身，何日也能亲见一眼这般天赐良缘的"未眠之花"；写至此，正是川端康成孤身醒来"看到海棠花未眠"的时间……

萧轶

2022 年 8 月 11 日 04:03:27

萧轶兄：

近好！漫长的暑热终于过去。不知道南昌那边是什么情形？上海是在 8 月下旬的一个下午入秋，不是一场秋雨一场凉，是咣的一声。午间仍是将近 40 度的高温，那天下午去博物馆，露天的排队处立着十几个大功率的落地电风扇。入内后看特展，隐隐有雷声，从展厅到展厅的间隙，再看北门外，暴雨如注，一片白茫茫的天地。一个高温日多达 49 天的夏季，就此结束。近处地上立着黄色的塑料提示牌，上有中英文"小心地滑"，英文没有翻译成"Slip carefully"，可一看到秋天，就心情轻快，有些想小心地滑行。

返回的途中路过一处绿地，因为突然的雨，没有行人，也没有了保安，十几只苍鹭散落在有些积水的草地上。冬天到博物馆也经过此处，有许多丛生的枯枝，后来

268

看到一处标牌，才知道是过冬的八仙花。当时想着夏日重返，没想到再来时花已经谢了。不过，枯枝枯叶枯花的美并不亚于青枝绿叶和繁花。我们都熟悉那句"留得枯荷听雨声"。多年前在如皋水绘园见到一副楹联，其中一联是"遗民老似孤花在"，"孤花"也可是"枯花"。

你说会拍下鸭掌木的衰退过程，有残忍和不忍。我也时常留意枯花，落在地面的，或留在枝头的。住处附近的山茶枝头，多有经年的枯花，似乎弱不禁风，却遇重重风雨而未落，仿佛一个个谜。汪曾祺先生说"似乎没有见过一朵凋败在树上的茶花"（《昆明的花》），我未曾在昆明久住，不知道是否地域不同或茶花种类不同，有此区别。后来他在内容多有重复的《云南茶花》里删除了此句，或许是一种纠正。

前些日看到山茶，一株之上既有经年的枯花，又有新生的花苞一样的果实，觉得奇怪。查看资料，原来山茶虽同一朵花内有雄蕊和雌蕊，却需昆虫异花授粉。黯淡的枯花在众多的新果中显得很醒目，那些蜂蝶们真是太粗心了。但当初在繁花间，蜂蝶们怎么记得自己去过哪朵、没去过哪朵呢？它们又没有为山茶授粉的义务。如果蜂蝶对花朵们一一标记，做到了绝无遗漏，那就像人类一样无趣了。

在各种无知中，我最想减少的是对身边事物的无知，而这又是最难的。以草木为例，现在有了网络，查找起来简易很多。我不习惯用专门的识别程序，感觉答案来得太快，更愿意根据现实中见到的景象搜索相关的影像与文字，进行比对，得出未必准确的答案。前人没有这个条件，只能凭借有限的绘图和文字辨识。汪曾祺多次说到《植物名实图考》；鲁迅先生逝后，其弟周作人先生回忆少时书籍，"《花镜》恐怕是买来的第一部书"（《瓜豆集·关于鲁迅》）。这些书初见于近几百年，再往前，尤其绘图未兴时，辨识草木就更难了。

草木不会移动，可以慢慢观察；禽鸟的辨识，难上加难。五柳先生的诗作，多"飞鸟""众鸟"或"羁鸟""归鸟"，很少具体写到哪种鸟，写到具体种类的或者是常见的"鸥"（也似对水鸟的泛称）等，或者是现实中并不存在的"精卫"等。抛开写作自身的考虑，他可能并不怎么识鸟，或许知道一些方言里的称呼，但难以入诗。这不能怪陶渊明不认真观察，实在是缺乏自学的途径。

孔子说，读《诗》可以"多识于鸟兽草木之名"（《论语·阳货》）。这种表述，耐人寻味：是"鸟兽草木之名"，不是"鸟兽草木"。在日常生活里辨识《诗》里上百种"鸟兽草木"，谈何容易，孔子似侧重于纸上谈"名"，提醒通过《诗》可以知道有那么多"鸟兽草木之名"。这接近博物的兴趣，《尔雅》于此有专门着力，序称："若乃可以博物不惑，多识于鸟兽草木之名者，莫近于《尔雅》。"

说到博物，这次在博物馆看到的展品，有陈梦家、赵萝蕤夫妇和姚念媛先生的捐赠文物。去年夏天，有两本关于陈梦家的书出版，一本是《陈梦家先生编年事辑》（子仪著，中华书局，2021年），一本是《陈梦家和他的朋友们》。后者还没来得及看，暂时无法评论。前者多年前在《史料与阐释》连载时，曾有留意，赵萝蕤在日记中写到与陈梦家交谈，"我二人最主要的不同就是个人英雄主义与个人主义的不同。他是英雄，而我不以英雄自居。"这时，赵萝蕤"为梦家疯态所逼，把他大骂一通，打垮他的个人英雄主义"。翻过几十页，又看到赵萝蕤精神失常，陈梦家找到单位领导、中国科学院考古研究所副所长夏鼐，恳请他和所长郑振铎说项，不要把赵"移送疯人院"。

中华书局近些年一直在陆续出版"陈梦家著作集"，已有十余种。可惜赵萝蕤和姚念媛的著作都不太好找。后者暂且不说，赵萝蕤的两本文集《我的读书生涯》（北京大学出版社，1996年）、《读书生活散札》（南京师范大学出版社，2009年）多年没有再版，难以理解。

最初知道赵萝蕤，或许是因为大学时的教材《欧洲文学史》，有杨周翰、吴达元、赵萝蕤诸先生的姓名。2016年，上海人民出版社有六卷本"杨周翰作品集"。上半年居家时翻看《埃涅阿斯纪》，对译者的这段文字印象深刻（略有改动）：

《埃涅阿斯纪》和荷马史诗最大的不同在于前者的情调，它充满疑虑不安、悲天悯人以至忧郁，使维吉尔成为一个"万事都堪落泪"的诗人，而荷马史诗则是乐观、勇武、率直以至凶狠。这原因，也许就是艾略特所说的"思想的成熟"吧。正因为他多思，所以他才多愁，也正因为如此，他才在思想感情的深度方面超出所有他同时代的诗人。……丁尼生的《致维吉尔》一诗有两行说得很好："人类不可知的命运使你悲哀，在你的悲哀之中有着庄严。"

我总把丁尼生诗句的第二个"你"读错位置，读为"人类不可知的命运使你悲哀，在悲哀之中有着你的庄严"。姚念媛做到了在不可知的命运里有着自己的庄严，她从哪里获得绵延的心力，是一个谜。你说到一位妇人凭靠日常的逻辑度过惊风骇浪，"反正要等到春天才能种土豆"。每年能按时在春天种土豆，也很不容易。不过，这种日常应该是生活的起点，如果是终点，还是有太多的无奈。

现在葱姜都不再难得，但每次摘去葱根，或见到汤里的姜准备丢弃时，总会犹豫一下。居家时，葱姜难求。有次收到一份蔬菜套餐，蒜有两头，小葱三四根，姜只有半块菱角大小，不是手工掰下，是用刀认真切开的，平常大小的一根大概可以分为十几块吧。葱易腐烂，难以配送，姜为什么这样少，不太清楚。于是，每次把煮汤用过的姜留下来，再切成姜丝或姜末，炒菜用。小葱往常几乎每日都见，这次先在花盆里土培，又在透明玻璃杯里水培，才对葱的习性有了一点点了解，可对姜蒜的生长，仍然一无所知。"海棠花未眠"，葱姜蒜也未眠，只是很少被看到，甚或很少被想到。

这封信断断续续写了大半个月。开始说到夏季已经过去，断言早了一些。今天上海的最高温度是 36 度，改写了有气象记录一百多年来十月份的高温纪录。秋日的 36 度，体感不亚于夏季的 41 度。正午时分看北面的楼，外墙白色闪耀，屋顶瓦面的青色更深，只是天空没有更蓝，在轻霾中呈均匀的蓝灰色，热得忘记了变幻，没有云愿意出现。各家阳台晾满了衣物，似乎盼望它们能吸走所有的热量，等到冬天再慢慢释放。窗帘大都拉上，阻止着夏季的返回；没有拉上窗帘的房间，看不到住户走动，大概热得在室内也减少了行动。

看天气预报，明天又会剧烈降温十到二十度。人类有衣物、屋室和空调，不知道这种无常的寒暑，草木是如何度过的。不过，草木总是比人类更有办法。

晓渔

2022 年 9、10 月于上海

晓渔兄：

实在抱歉，这封回函，几近耗费了一个季度之久。如同人与人之间，长时间没有接上对方的话，就会陷入失语的状态，终究不知如何开口。这封信曾写过三个开头，奈何世事如气候，转瞬即逝。第一次开头时，恰逢天气从41度的烈日灼人骤然降至18度的寒意袭人；第二次重写之际，气温在一天之内从32度直接腰斩，白天是暑夏，夜间是秋冬；如今提笔，已是寒冬腊月，白昼暖阳也难耐冬夜之寒。气温改变，直接作用于身体感受；时代转瞬，社会肌理随之更迭，个人遭遇如千帆过尽，内心同样漂浮不定。身体遭殃之时，酣睡似乎显得有理；内心糟糕之际，岁静反添兵马之感。

近期总是充斥着各类诡异之事，刷屏的某些文章让朋友圈显得单调匮乏，每每点开却让我感到尴尬。原来，大家都不过是在寻找一位拙劣的代言人。对于世事，说肯定比不说好。然而，我也略感不安，似乎同时也在见证着阅读趣味的整体下滑，无论是文字审美还是语言密度，抑或是否刺激新的思考，这些年来似乎越来越难以读到真正令人怦然心动的文字了。越来越多的人加入到这个队伍中去：常识当然需要不断被重复，但如果大部分人仅仅满足于常识，多少让我对这些年的整体阅读趣味感到困惑。

这种困惑的尴尬，特别像是英国老编辑戴安娜·阿西尔在回忆录《暮色将尽》中所说的那样："这些对我来说，都是毫无意义的牙牙之语，尽管我能意识到自己这种有意忽略没什么可骄傲的，我只能说，自己内心深处某个愚蠢的地方非常坚持这一点，让我从未有可能纠正这一行为。"但我也深知，当朋友圈刷屏之时，哪怕语言再拙劣，问题却是当时最为重要的；尽管它们更像是牙牙之语，也并非毫无意义，只是我隐约感受到某些要求正在不断下坠。

不问世事会让人不知世界何在，总陷于其中又让人心生不安，偶尔的回撤也让人略感焦虑。这种复杂的日常情绪太过吊诡，真羡慕那些能够一直游于其中之人；较之于此，我倒更想做一个游离之人。"介入的旁观者"身份，并非能够轻易获得，飘忽不定总让人眉锁愁云。能够在这种时代的晕眩感中其乐融融，很可能自身已是晕眩的一部分。

一直游于其中的状态，会让人想起阿卜杜勒拉扎克·古尔纳《最后的礼物》中那位收起自己的照片而挂起他人照片的老人家。他为了捍卫自己的生活而选择隐藏自己的生活，既对自己进行掩埋，也对他人进行隐藏，如履薄冰地害怕失去当下的状态，但或许他丢失了更多？

我个人挺喜欢古尔纳的作品，他所书写的主题虽然常见，但那种对身世与周遭的敏感，有着一股时刻审视的焦灼感。曾与你谈过我很少读文学书，如今反而沉在小说里，细想这跟环境有关，小说传达的"不可言"与"难以言"，形成了文本与现实之间的共鸣。古尔纳的作品，总是充斥着这种生活与情感中的"不可言"与"难以言"；他将这种生活状态形容成"被堵塞的马桶"。或许，我喜欢阅读他的作品，也是在寻找自己生活的代言人？

古尔纳的《赞美沉默》，讲述的是一个被迫离开反殖民革命浪潮下的年轻黑人，在英国读书时认识了英国中产阶级家庭的叛逆女儿，俩人在读研究生时就认识并未婚而生育一女，未婚先孕也是叛逆的表现之一。但是，面对老丈人的老牌殖民论调和岳母的中产生活方式，身为流亡者的黑人身份让他变得非常敏感。为了应付敏感的内心，让自己不太陷于自卑或为了让自己感到自身并不低人一等，他借助腹语般的暗自嘲讽来抵抗外界对他的刻板印象。

未婚先孕又让他无法向非洲老家的父母开口谈起自己的家庭生活，不仅因为观念的落伍，也因为宗教和家族等因素，他开始不断编织收到非洲来信的谎言让妻子开心。但由于很多事情无从说起，他与妻子陷入了沉默。拒绝打开心扉，不愿对话，便意味着彻底冷漠的开始。他准备返回非洲，去寻求解脱之法，让自己能够拯救自己的生活，让自己家族的故事能够在追寻中逐渐清晰起来，再将真实的家族故事讲述给妻子以挽救沉默压抑的生活。

他回到非洲，当年的同学都已成为革命后的腐败权贵，认为他做了殖民帝国的顺民而抛弃了自己的人民，也迷失了自己。"没有非洲你什么都不是"，都希望他回头是岸，留在非洲与权贵朋友们一起"建设新国家"。最终，他拒绝了。返回英国后，当他准备在鱼水之欢后与妻子讲述这些年沉默的心事时，妻子直截了当地拒绝倾听：在他离开英国飞往非洲时，她已经有了其他男人。而他已经告诉家里，他与一个英国女人未婚先孕。家族开始驱逐他，认为他背叛了家族。在失去妻子和失去家族的双重压力下，他陷入了沉默，想起飞机上遇到的那位独身少妇，那是他唾手可得的猎物；他想给她打个电话，但最终没有打过去，因为他"多么害怕扰乱这份易碎的沉默"。

一场正直、敏感、懦弱而失败的中年危机，一场亲手制造的自我互搏悲剧，一个无论在哪儿都感觉不受欢迎的异类：不仅是故土与记忆的流亡者，也是国家与生活的双重难民，哪怕在经历了背叛式逃离之后，动荡生活所造就的敏感内心，让他既难以坦诚面对逃离后的生活，也难以从容面对故土亲人的期待，还得面对忍看朋辈成权贵的局面，尽管他们过着永久性丑闻般的生活，世俗的眼光反而嘲讽健全的失败者……

人的一生，或多或少都会遭遇不同事务的"易碎沉默"，说出来又像是矫情，不说出来又很容易陷入自我反噬。古尔纳书写的非洲移民在伦敦的生活及其感受，我之所以会有着强烈的共鸣，便在于它非常像我自己所经历的那种流亡感：背井离乡，去北上广或省会城市扎根生活，卡在古老的乡愁与现代文明之间，无论哪种选择都显得拙劣，都有点像孤魂野鬼般的心灵流浪。

古尔纳那种中年危机下的失败生活，诸般的不忍言说逐渐把他拽进生活的泥淖，被吞噬的往昔生活终究吞噬了往后的生活，时刻自嘲的心，终究难挡自我的"敌意"：忍看朋辈成权贵，暗笑己身是异类，自己的内心成了生活的敌人，现实难挨而又无法逃离。他笔下的移民特别像我这一代人，在省界之间过着多重意义的流亡生活。有时候，必须杀死那个熟悉的自己，才能找到想要成为的自己，但在唾手可得之际，又怕扰乱这份精致的迷惘。有时候想，如果能将这种因自我的敌意而产生的流亡感转变成流放感，或许能在不宽恕的状态下稍微放过自己。

姊妹篇《最后的礼物》的男主人公是《赞美沉默》里主人公母亲的哥哥，一个突然消失的黑人水手。故事开端，黑人水手于中风弥留之际试图将自己沉默了三十年的身世秘密告知妻子：他曾在非洲结婚，但在孩子六个月大时抛妻弃子，因为他发现自己与富家女结婚纯粹是一场骗局，之所以那位在读书期间因在阳台看了一眼就生情的女子及其家人会答应这门婚事，很大程度竟是因为姑姑收了对方的钱而让他喜当爹，婚后门不当户不对导致的奚落感让他更是毫不犹豫地逃离了非洲；所以，水手是在抛妻弃子没离婚时与现任妻子再度私奔的。然而，没想到的是，妻子也向他坦承一个保守了三十年的秘密：她之所以会选择与他私奔，是因为她在家里遭遇表哥的猥亵强暴，反被诬陷勾引自己的表哥。三十年的沉默，把彼此的人生卡得如鲠在喉。很多无从诉说的，是否真的有必要坦承？如何坦承？坦承之后呢？

就像《赞美沉默》的结尾用马桶的历史进行点题，《最后的礼物》借助黑人水手子女碰到的一位孤寡老人形成回旋式点题——就是开头说的那位把自己照片收起而挂起他人照片的老人家。老人的故事，足以单独成篇，让人回味无穷。老人也是为了不向自我坦诚而选择悬挂他人的照片：这些照片只是一个诱饵，以一种遮掩现实的方式给出一种叙事，借此避免另一种叙事。

但如此举目无亲之人，即使采取这么一种遮掩，又怕谁看见呢？无亲无故的他，谁会来这无人问津的老房子里解读他的人生呢？老人说："有时候，我会假装有陌生人走进屋里，请我揭晓照片背后的故事，因为他或她会假定这些都是我的相片。我想象着自己说，是的，这些是我的照片，可我已经忘了里面是何许人，又是在何处拍的了。想想看，不管是谁听到这样一个故事，都该觉得有多荒唐。我不禁想，这种事情到底有没有可能，一个人会不会在到达某个阶段之后，发现你人生中所有的留念之物都对你缄默不语了；你环顾四周，发现你已经没有故事可讲了。那种感觉就好像你此刻并非同这些既无名亦无回忆的物件在一起，好像你已经不再置身你人生的零散碎片中间，好像你并不存在。"

但当他亡妻的名字被人道出之后，他把头扭向窗外，

279

望了许久："又一个老人在雪藏他的记忆。"随后，老人翻出一个破旧的袋子，从中取出了亡妻的照片："帕特死后，我把它们全部摘下来了，因为它们让我悲伤，强迫我的头脑去思考那些给我制造痛苦的事情。它们还会干扰她在我脑海中鲜活的形象。我宁可她以各种不同的面貌，突如其来地显现在我眼前，也不愿意她用那种一成不变的神情看着我。这一切太突然了：过了那么多年，她说走就走了，没有人陪我说话了。有时候，当我陷入自己究竟是怎么来到这里的思考中时，心中还会惊诧不已。"

故事的最后，老人坦白道，他的妻子其实曾是他朋友的妻子，与其说他勾引了她，毋宁说她把他带上床，以至于无法掌控地在一起了；也因为恐惧和内疚，他再也没有回过老家看过父母："这些年来，每当有人问起我在这里生活了多久时，我都感觉像是在坦白一桩罪行。"真实的照片隐藏起来，悬挂的是他人的照片，如此便如乔装打扮一番后走上大街，躲避他人的目光，掩饰自身的想法；除此之外，也能将自己的故事挪述成他人的故事，看看世界如何用另一种眼光瞧你。

人生在世，总是在注视与被注视之间，在感受与被感受之间。不管"我是谁"还是"你是谁"，都逃离不了他者的凝视和自我的想象。米兰·昆德拉的《身份》以爱情为外壳，谈论的是生活中的我们常常陷入身份与角色之间的缠斗。我们每个人的身份都会给对方带来某种程度的误读，进而形成期待后的碎裂，在臆想与现实之间相爱相杀，终究在撕扯过后才确认夜色下究竟哪盏灯最能给予安全感。隐藏的想象总是不太安分守己，总在现实里制造新的期待或逃离旧的危机。生活正是挣扎在这种脆弱感下的兵荒马乱，某种程度我们都是自己制造的自我流亡者。

　　说来也怪，在经历了这段时间狂轰滥炸的评论文章之后，我对这些刷屏的文字有着某种排斥感。这些年，我们着眼于各种新闻报道，凝视那些被广为传播的事件主角，但越发难以看到那些平凡个体的个人叙事，仿如新闻事件成了我们生活的代言人。在每天醒来后，总是阅读着均质化的评论和诧异的新闻，我们好像裹挟在集体的叙事漩涡，越来越难看到个人的声音，如同自我在逐渐消亡。我之所以逃避到文学中去，便是为了自我解救，为了在集体漩涡中重新寻找一些陌异的思考，重新刺激自我在生活中的感受力。外界与内心，似乎形成了强烈的夺取之势，这让我想起老兄在上一封信中的那句话："在各种无知中，我最想减少的是对身边事物的无知，而这又是最难的。"

　　一直以来，我都认为叙述比评论更重要。较之于评论的政治正确与集约表述，叙述更具民主性质：没有鲜活的个体讲述或记叙，评论所抵达的会短浅，讨论所囊括的会缩小，探讨所发掘的会搁浅，文字所表达的会固化，转发所认同的会成为按摩，只有更多细节的描述、事件的记录，才能更好地发现何为评论之所需。尤其是当社会话题进入垃圾时间后，在经历了惊诧和疲惫的心理状态后，很容易滑入刻意性的姿态；循环反复的话语腔调，会让人丧失时间感，进而培育了空虚。长久以往，书写者与阅读者之间就构成了无形的同盟：我知道你想读什么，而你也知道我会写什么……

叙述的民主性，就像阿根廷作家里卡多·皮格利亚在《缺席的城市》中所写的故事。马塞多尼奥在担任检察官时，就开始不断搜集奇闻逸事、记录传说故事。他说："每段故事都有一颗简单的心灵，好比一个女人。或者说，一个男人。但我还是觉得，它们更像女人，因为它们让我想起《天方夜谭》中给国王讲了一千零一个故事的女主人公山鲁佐德。"在他搜集故事的那几年，马塞多尼奥失去了自己的妻子；他所做的一切，都是为了让自己感觉妻子仿佛还活着。因为在他看来，她是永恒流淌着故事的合流，是让记忆保持鲜活的永不休止的声音；因为和她在一起，生活就会不断产生故事，制造记忆。所以，他用搜集故事的方法，用讲述故事的方法，构建了一个可以与妻子永远生活在一起的世界。后来，他还制造了一台可以不断自己生产故事的文学机器。

在他笔下的阿根廷，人们活在想象的现实之中，"我们所有人都遵循他们的思考方式，我们想象着他们想让我们想象的东西"。然而，故事不仅能够拯救逝去的记忆，它还对活着的人产生引诱之效。故事的诱惑能力会让社会话语进入不稳定状态，无形之中也召唤出历史的记忆。哪怕摧毁了那台文学机器，也得继续搜捕流传出去的副本。然而，"这些故事将会变成内在于每个人的隐形记忆，这些记忆才是真正的副本"。

在后浪出版的这套"西语文学补完计划"丛书中，萨尔瓦多作家奥拉西奥·卡斯特利亚诺斯·莫亚的《错乱》同样讲述了记忆编纂的故事，它取材于危地马拉天主教会于1995年发起的"历史记忆恢复计划"。一位因偶然因素而流亡他国的犬儒主义作家，为稻粱谋而编纂内战期间针对原住民的大屠杀记忆资料。由于题材敏感且压抑，他想用诗性美学来寻求安慰，或借感官享受来逃避恐惧，终究无能逃出恐惧的漩涡。身体内外的恐惧感，如影随形地掌控着日常生活，任何见闻都显得魔幻而荒诞，日夜啃噬着脆弱的内心。当恐惧的重负压垮自身之际，历史的悲剧也恰好在自身上演。尽管恢复历史记忆之人惨遭厄运，编纂之人因被迫害妄想症而逃离他乡，历史档案终究还是留存于世、公之于众了。

写到这里，已是年关，我们也已多年未见，不知来年是否有机会再一起吃着火锅瞎唠嗑。想起你每年春节都选择逃离，不知这个假期又将前往何方？

萧轶

2022 年 12 月 25 日

萧轶兄:

　　近好！这几个月太过跌宕，如同变幻的气候。我的年底，以意料之中的卧床而结束。家中有上半年收到的抗原，我没有检测，因为结果可想而知。我居住的社区安静得异常，室外活动的只有鸟和猫，几乎没有行人，仿佛回到上半年的那几个月。那时，可以看到对面楼栋的窗口或阳台有着一张张面孔，茫然或若有所思，从这些面孔也可以看到自己所在的楼栋，一定是一张张同样表情的面孔。这次，窗口和阳台都见不到人，很多人家在白天窗帘紧闭。隔壁学校已经停课，广播的声音会按时响起，操场上却空无一人，未免怀疑自己幻听还是幻视。

　　我这次的症状尚属轻微，主要是浑身发冷，嗜睡，偶有咳嗽，鼻子在塞与通之间来来回回。手边有正在读的《约翰·济慈传》（W.杰克逊·贝特著），暂停了几天，这本将近1000页的书实在太重了，捧不起来。其间也有过眼睛酸痛，没法看书，找到袁阔成先生的在线评书《水泊梁山》，每天听一两回。少时不常听评书，但读过《大闹大名府》，是袁阔成评书的整理本。

　　症状减弱后，疲惫感持续了很长时间，有新的疲惫，也有旧的疲惫。前段时间，每天都生活得很仓皇。无法出门的时候，暂且不说；能够出门，也需要精密考量，尽可能不去大规模的购物商场，不去公园；在最紧张的时期，甚至尽可能不去公共厕所。但是，这种精密考量仍然不过是冒险，主要是运气在起作用。直至不再集中隔离，算是稍微松了口气。

有感于普通的行途或归途常会成为莫测的险途，去年以王焕生先生的译本为主，对照阅读了杨宪益先生和陈中梅先生翻译的《奥德赛》（杨宪益译为《奥德修纪》）。读时常常陷入条件反射，如果奥德修斯遇到这等问题，会怎么办。想来想去，奥德修斯也没有办法，只能老老实实买智能手机，让雅典娜帮忙注册APP。奥德修斯一路有雅典娜帮忙，十年有七年与女神卡吕普索一起度过。这几年高速公路上的卡车司机们，比他艰苦多了。一名不是英雄的凡人，在途中和家中遇到的问题不会比奥德修斯更少，绝大多数凡人只能依靠自己，没有什么雅典娜。

最初购买厚厚的《约翰·济慈传》，没有打算通读。想了解他的"消极能力"（Negative Capability，又译为"消极感受力"），读了一章，慢慢把整本读完了。何谓"消极能力"，学者们有很多讨论。济慈是在给弟弟的信中谈及，没有具体展开。简而言之，作为一名写作者，需要在"消极"中获得"能力"。

写作者常常敏感，这是从事写作的前提，迟钝则难以写作，但写作者又容易在对负面情绪的敏感中丧失行动力，陷入"精神瘫痪"的状态。如何保持敏感却不沉溺于自我的悲情，如何在消极、负面或仓皇中获得生长性的力量，这是写作者的修行，可能也是活着的修行。济慈说到"无我"，不是要把"我"融入另一个宏大的概念，而是要摆脱对自我的放纵与沉溺。兄说到的古尔纳小说里把自己照片收起而挂起他人照片的老人家，不知是否在尝试济慈的"无我"？节制、自嘲、偶尔的狂欢，或许也可以提供帮助。

在居家的时候，有时会羡慕因为没有了行人而显得格外自由的麻雀、乌鸫、斑鸠和椋鸟们，但这种羡慕忽略了鸟儿下一刻可能被猫捕捉，或者有着其他的噩运。羡慕捕鸟的猫吗？野猫的仓皇不会少于人类，羡慕那些饱食终日的家猫吗？可是，这恐怕又要回到庄子和惠施辩论的题目：子非猫，安知猫之乐。每次家中无人，回家后，平常又皮又熊的猫总会乖巧地躺倒翻出肚皮，或者狂奔几个来回，这不仅是兴奋，也是释放独自在家时胆小如鼠的惶恐。越说越远，已经和济慈没什么关系了。

兄说到"曾很少读文学书，如今反而沉在小说里"，我也有相近的阅读历程。此前的阅读漫无边际，近些年在有意识地收缩，聚焦在文艺尤其是诗学领域。说来惭愧，虽从事文学研究，我最初缺乏阅读小说的热烈兴致，对叙事的需求主要通过阅读非虚构类的史书满足（并非说史书里没有虚构）。

或许是有经验与思维的缺失，我对情节缺乏敏感，一部小说读过两三遍，常常忘记主要事件和人物关系，只记住了一些无关紧要的细节。《水浒传》是少时最爱，属于例外。但对《红楼梦》很隔膜，仿佛李逵进了大观园，两把板斧无用武之地，还不如呆霸王薛蟠懂得人情曲折。白话文学张爱玲的小说，有些读过许多遍，知道好，却不解其中人情。

转变发生在有次读《十八春》时，读着读着似曾相识，以前又未曾读过，想了想，是读史书的感觉。不是说张爱玲把小说写成了史书，是她熟谙宗法的情感结构，家国同构，把家族写得纤毫可见，也就写出了王朝的运作逻辑。张爱玲深受《红楼梦》与《金瓶梅》的影响。接着，我把《红楼梦》当作一部中国通史，就有些读通了，反复读了两三遍，回到情感的微观层面，对人情世故也有了些粗浅的认知。

再读《金瓶梅》，更是惊叹，写尽凶残、敌意、贪婪、嫉妒、世故、无奈、虚无，却没有到此为止，最终写出了慈悲。哪怕删节本（但不必删节），也可以与相近时代的《巨人传》、莎士比亚戏剧、《堂吉诃德》并列。于是，《水浒传》又成了一部从未读过的新书，此前对细节已经足够熟悉，仍然发现自己遗漏了太多。感谢这些小说，使我在经验与思维上的缺失获得一些弥补，也更新了我观看人与物的方式，不是治愈，是提醒着要与仓皇共存。

说来很有意思，偏爱《水浒传》和偏爱《红楼梦》的读者，是两类差异巨大的群体，《金瓶梅》却能将两部迥异的小说联结起来。《金瓶梅》由《水浒传》节外生枝，又催发出《红楼梦》。没有《水浒传》，仍会有《金瓶梅》，只是武松、潘金莲、西门庆的名字会有更换；但没有《金瓶梅》，是否会有《红楼梦》，可能需要存疑。

　　饮食男女与家国天下常为表里，史书随处可见小说情节。此前读到《史记·齐太公世家》，春秋霸主齐桓公，与夫人蔡姬在船中玩耍；蔡姬水性好，故意摇船，齐桓公喊停，她仍然摇啊摇；齐桓公很生气，把蔡姬送回了蔡国，却未断绝关系；蔡国也很生气，就让蔡姬再嫁了；齐桓公更加生气，带着诸侯把蔡国打得落花流水。（"二十九年，桓公与夫人蔡姬戏船中。蔡姬习水，荡公，公惧，止之，不止，出船，怒，归蔡姬，弗绝。蔡亦怒，嫁其女。桓公闻而怒，兴师往伐。三十年春，齐桓公率诸侯伐蔡，蔡溃。"）

　　最近读《后汉书·酷吏列传》，酷吏黄昌与妇失散，多年后偶然重逢，妇说出黄昌"左足心有黑子"，两人相认，如奥德修斯凭腿上伤痕与旧人重识；有妇人常升楼观黄昌，黄不喜欢，收监杀之，仿佛一个反面西门庆，却比西门庆的恶更深。（"初，昌为州书佐，其妇归宁于家，遇贼被获，遂流转入蜀为人妻。其子犯事，乃诣昌自讼。……对曰：'昌左足心有黑子，常自言当为二千石。'昌乃出足示之。因相持悲泣，还为夫妇。""县人彭氏旧豪纵，造起大舍，高楼临道。昌每出行县，彭氏妇人辄升楼而观。昌不喜，遂敕收付狱，案杀之。"）黄昌、奥德修斯、西门庆经历各异，却都有着深情与无情。深情与无情有时相克，更多是相生。

读史容易让人有使命感，也容易有虚无感，两者合一，又会被焦灼的火焰席卷，或跌入厚黑的泥沼。近年读诗和小说较多（读史也是在读诗和小说），使命感和虚无感都在减少。在生存与生活中挣扎耗费了很多时间，余下的细碎时间适合辨识草木，辨析相近词语、符号、叙事的差异，获得微弱的、转瞬即逝的确定性。我也会关注正在发生的事情，但如果把时间用于刷屏，感受也会和兄相近。2022年不会缺乏记录，一百年后仍会被反复说起，那时会如何谈论呢？那时又是什么景象呢？对于2022年，是我们这些经历者知道的更多，还是未来的人们更加洞悉呢？

谢谢兄的垂问，最近没有准备远行。过去的一年，不会遗忘，难以怀念。很快就是春节，愿新年不似旧年。

晓渔

2023 年 1 月 17 日至 20 日

后记

　　一场七十多年未曾有过的强劲台风席卷上海，等我回到校园，残枝断树大多已被清理。经常路过的一个地方，有凹下去的湿土和树根，应该是一株树倒掉了；第二天再路过，夹杂着绿色苔藓的碎土填平了新坑，不仔细看，很难发现这里曾经生长过一株树。我平常留意过沿途的草木，然而怎么也想不起具体是什么树了。如果不是看到新坑，或许也不会留意到消失本身。

　　很长一段时间，我沉浸在阅读的世界里，喜欢与词语和观念打交道，关注历史和宏大的主题，对文字以外的日常事物缺乏敏感和观察。有一天，我发现自己对楼下一条走过无数遍的小径几乎一无所知。虽然也能看到叶生叶落、花开花谢，却无法说出相近花期的先后顺序、同种草木的四时变化，有的在花密果熟的时候认识，却在花谢果落后又变得陌生了。我尝试认识这些"邻居"，意识到此前的淡漠，身边有那么多一度全无觉察的世界：

每日相遇的石榴有三种花色，常见的鲜红，近乎米黄的白色，红白相间的玛瑙色；桂花不仅出现在秋天，雪落时会有四季桂的花气，有的开花后会结籽，有的只开花不结籽；枇杷花开在冬季；香樟树春天落叶……这些作为知识很容易获得，进入生命经验却没那么容易。

需要熟悉的不仅是鸟兽草木，还有每天的光和露水的形状、风过时的不同声音、晴雨的各种气息，以及在这条路上来来往往的邻人。仅用"诗情画意"的目光筛选这个世界是不够的。叶上有露水也有苍蝇，小径有扶疏草木，草木间处处可见猫、狗、蚯蚓们的粪便，鸟群的厮打声、工地的打桩声、隔壁学堂的广播，声声都会入耳。小径每天都有变化：枝条被折断（因为是果季），掉落的绒线帽（最初误看为倒地的珠颈斑鸠，以为是流浪猫干的坏事），一辆车挡住了出口（有次看到一位老者捡起碎石块放在前窗玻璃上以示警告，我虽然不会这样做，却觉得有些道理，同时又觉得车主大概像我一样对周围的事物过于淡漠）。我仍然会很迟钝，要隔很久才能意识到常见的流浪猫不见了或就此消失了，甚至连台风吹倒的一株树都记不得。目前我还没有熟悉每处细节，如果做到了，大概可以写出一部长篇小说吧。尽管如此粗疏，我还是惊诧地发现自己的梦境发生了变化。以前的梦通常只有人，背景多是灰扑扑的，噩梦中会有变形的怪物。关注日常事物后，梦里的世界丰富起来，有庭院，有草木，我现在还记得梦到过新鲜的芭蕉叶后醒来的喜悦。

我这样说，并没有否定阅读、否定词语和观念世界、否定历史和宏大主题的意思。回头再看那些文艺作品，作家或艺术家们早已对日常事物投入了持久而专注的目光。随意写出几种鸟兽草木的名字是容易的，人人都能做到，但没有细致的观察和体认，哪怕多年朝夕相处也很难写出其中的感觉和经验。正如仅凭搜索文献写出的文章看起来博学无涯，却臃肿漫漶，与慢慢阅读文献后写出的文章终究是两样的。

关注鸟兽草木，不是要成为植物学家、动物学家，而是留意草木鸟兽与生命经验的关联；关注日常事物，也不是要拒绝与人交流，回到自封的世界里。时代在嘎吱嘎吱地加速运转，书桌越来越难以平静，时间被粉碎，随时会被各种明知无意义的事情打断。所有重要的与自己息息相关的事情，都不是个体能够把握的，倦怠与亢奋、涣散与沉溺、缺乏动力与难以平静很容易成为常态。如果试图从这种状态中走出，对万物的观察（人与物的联结）、与他者的对话（人与人的联结）就变得尤为重要。

在精神成长过程中，我受惠于充满生机的公共文化。报纸的副刊和书评版、思想文化类杂志、文艺评论和思想随笔丛书、网络时代的论坛和博客等，伴随我的青春。从事文艺评论写作，是因为当时读到的此类文章回应着生命和时代的种种问题，唤起内心的激荡。曾经遍布在路口的报刊亭已经很难寻觅；专门售卖人文书籍的书店也越来越少，或者仅供拍照；智能手机很便捷，我却怀念拨号上网时代的论坛，陌生网友就各种问题激烈争论。

怀旧是无力的，旧日不可能重来，也不必重来，重要的是如何创造新的可能性。这些年，我与友人们尽可能缓慢地共读并细读经典，交流对日常生活种种细节的观察与体认。越是贴近经典，贴近日常事物，越是能够意识到无论时代如何巨变，生老病死、喜怒哀乐、吃喝拉撒、鸡毛蒜皮才是生命中最恒常的主题，只能面对，无法逃避。生活如此，写作也如此。

书中文章的跨度约有二十年，涉及文学、艺术、历史等领域，贯穿始终的是对生命与时代的理解，并试图回应一个问题：面对生命之苦与时代之苦，个人如何绝处逢生，在沉重中轻逸。这不是要寻求一种总体性的终极答案，也不期待一个完美或纯净的世界。终极答案是不可靠的，答案本身经常是问题的根源；完美和纯净更是危险的，那通常是对人性弱点的否定，无法试错，也无法纠错。

或许在人文领域，能够回应问题的不仅是答案，而是更多的问题。什么是美？什么是正义？什么是意义？那些标准答案式的回答，通常只适合印在辞典里或写在试卷上，对于帮助理解美、正义和意义几乎毫无效用。

美是丑的反面吗？真与善与美是什么关系？迟到的正义是不是正义？对恶的惩罚在何种意义上是正义？立功立德立言能否缓解意义危机？对意义的渴求会催生焦虑吗？这些问题或许更为有效，但回应它们仍然需要更多的问题。

值得期许的，是一个完美而纯净的还是复杂而丰富的世界呢？苍蝇是不完美、不纯净的吗？谈论食物时是这样，但苍蝇也是生命的一种，当苍蝇和露水一起成为观看对象时，便都是这个复杂而丰富的世界一部分，不可或缺。夏日我厌恶蚊子，想到蚊子的生命仅有一两个月，夏初的蚊子与秋后的蚊子是完全不同的生命，又会怀疑自己的厌恶，蚊子吸血不是和人类进食相似吗？这样想并不妨碍我拍死正叮在胳膊上的蚊子。目前为止，我还做不到以身饲蚊，也很少为无法以身饲蚊而感到歉疚。期许一个全然没有恶的世界，是幼稚的，但这样说并不等于接受恶。

词与物、观念与现实、历史与日常、宏大与微观、重与轻、深渊与繁星的关系，让人着迷。重要的是"与"，是"关系"，是差异、过渡和流转，否则就只是一个充满对立的世界。冯至先生的十四行诗这样说，"但愿这些诗像一面风旗／把住一些把不住的事体"。风能提供答案吗？不能。风是美好的吗？也不尽然。风是宜人的，也是寒彻的。需要让寒彻的风从这个世界上消失吗？做不

294

到，也不必。可能的是寻找到面对风的不同方式，寻找的过程会带来安慰。这本书记载了我的寻找过程，虽然这种寻找仍然无法让我满意，但接受自己的不满意也是人生应有之义。

感谢陈卓兄的努力，使这本小书的问世成为可能，他对文字的洞察，让我对写作更加敬畏。最后也最重要的是，感谢读者的阅读，使纸上的文字起死回生。在这个短视频为王的碎片化时代，对一本文艺评论集的阅读是需要耐心的——愿不是徒劳的。像感受到一株树的消失，如果能一起感受到徒劳，也未尝不是美好的。

2024 年初秋于浙江